盲目

喬賽・薩拉馬戈 JOSÉ SARAMAGO

ENSAIO SOBRE A CEGUEIRA

彭玲嫻——譯

CONTENTS

獻給琵拉[1]

以及我的女兒薇蘭蒂

1 喬賽·薩拉馬戈在一九八六年結織西班牙女記者琵拉·德爾·理歐，兩人於一九八八年結縭，一九九一年，薩氏抗議葡萄牙政府以宗教褻瀆的理由，否決《耶穌基督的福音》一書參選當年的歐洲文學獎，遂與妻子一同遷居加納利群島的蘭薩羅特島定居。

若你看得到，就仔細看

若你能仔細看，就好好觀察

——摘自《勸誡書》2

2 《勸誡書》（*The Book of Exhortations*）係記錄中世紀匈牙利第一位基督教國王史蒂芬一世（Stephen I，生於西元九七五年，卒於一〇三八年）之政詔與例律。

1

琥珀色的燈亮起，前方的兩輛車搶在紅燈出現前加速前行。行人穿越道前亮起了綠色小人的號誌，等待的行人開始過馬路，踩上漆在黑色柏油路面上的白色線條。再沒有什麼比這更不像斑馬了，但這東西就是稱為斑馬線。摩托車騎士一隻腳仍不耐煩地踩在離合器上，於是胯下的機車躍躍欲試，前衝又撤退，彷彿張皇的馬匹預知了即將落下的鞭笞。行人剛剛過完馬路，指示車輛通行的燈號還要慢幾秒鐘才亮。有些人堅稱，這種燈號變換的延遲雖說微不足道，但乘以城市中數以千計的號誌燈數量及三種燈色的連續變換，是形成交通瓶頸——流行一點的說法是塞車——的最重要原因之一。

綠燈終於亮了，車輛輕快地移動。但有個事實逐漸明朗——並非所有的車輛都同樣敏捷。中間車道的第一輛車停滯不前。一定是哪兒的機械故障了，油門踏板鬆了，排檔卡住了，電路出了問題。要不就是沒油了，這種事也不是第一次發生。下一批等候穿越馬路的行人看到靜止的車裡，駕駛人在擋風玻璃後揮手。後方車輛發狂也似地猛鳴喇叭，有些駕駛人已經下車來，準備要將這輛動彈不得的車推到一個不會阻礙交通的地方。他們憤怒地捶打緊閉的車窗，車裡的人把頭轉向他們，先轉向一側，又轉向另一側。他很明顯正在喊著什麼，從嘴形看來似乎是一直重複著幾個字。不是一個字，是三個字。等有個人終於把門打開後，才知他說的原來是，我瞎了。

誰會相信。乍看之下，這人的眼睛似乎完好無瑕，虹膜晶瑩閃亮，鞏膜潔白，密實如瓷器。他的雙眼圓睜，臉龐滿布皺紋，眉毛突然皺了起來，任誰都看得出，這一切顯示著他痛苦難當。突然一個迅雷不及掩耳的動作，所有看得到的一切都掩蓋在他緊握的拳頭之後，彷彿他極力想把他所捕捉的最後一幅影像留在腦中，那便是號誌燈上一枚渾圓的紅光。我瞎了，我瞎了。人們攙他下車，他絕望地複誦相同的字眼，如泉湧的淚映得他自稱已死的雙眼更加晶亮。有時就是有這種事，會過去的，你看著好了，有時是神經的問題，一個女人說。燈號又變了，一些多事的路人聚在四周，後方的駕駛人不知青紅皂白，只當是一般事故，撞壞了車燈或撞凹了擋泥板之類的，壓根兒不該引起這番騷動，因而抗議起來。叫警察來吧，他們喊著，把這糟老頭兒弄開，別擋路。拜託，瞎了眼的人懇求，誰帶我回家吧。認為可能是神經問題的女人主張該叫救護車來，把這可憐人送到醫院去。但盲人拒絕接受，沒有這個必要，他只希望有人能陪他到他家樓下大門口。我家就在附近，送我回家就是對我最大的幫忙。那車子怎麼辦，有人問。另一個聲音回答，鑰匙還插在裡面，就把車開到人行道上吧。不用，又有第三個聲音插嘴，我來處理車子，陪這人回家。贊同的聲音嗡嗡響起。盲人感覺到有人挽住他的手臂。來，跟我來。與方才相同的聲音在對他說話。一夥人緩緩把他弄上前座，替他繫好安全帶。我看不到，看不到，他咕噥著，淚仍婆娑。告訴我你住哪裡，那人問他。車窗外有貪婪的臉龐在窺視，熱切地想探得些消息。盲人把手舉在眼前比劃。什麼也看不到，就像是陷在霧中，或是掉進了渾濁的海裡。但瞎眼不是這樣的，另一人說，他們說盲人看到的是一片漆黑。但我看到的都是白的，那位太太可能說得對，可能就是神經的問題，都是神經害的。不用跟我講這些，這件事很不幸，的確不幸，拜託告訴我你住在哪裡。這時引擎發動了。失明似乎同時也損傷了他的記性，他期期艾艾道出住址。他說，我不知該說什麼來感謝你。另一人使回答，別多想了，今天是你，明天就是我，誰也不知我們會碰上什麼事。你說得對，今早我出門時，誰想得到會發生這等可怕的事。車仍靜止，盲人很困惑。我們為什麼不動，他問。現在是紅燈，另一人回答。自此開始，他再也不知何時是紅燈了。

盲人的家果如他所說，就在附近，但人行道塞滿了車，無處停放，不得不在附近小路另覓停車位。小路裡人行道狹窄，乘客那側的車身距牆僅有一隻手掌寬。為了不用擠過煞車桿和方向盤，難受地從乘客座爬到駕駛座，盲人只有在停好車前先下車。孤伶伶被遺棄在路中央，感受著腳下路面晃動，他努力想壓抑體內奔湧的著慌。他的手驚惶地在面前揮動，彷彿是在自己描述的那片渾濁汪洋中泅泳，而他的嘴已張開，就要出聲呼救，但他終於感覺到另一人的手溫柔地碰觸他的臂膀。別緊張，我牽著你了。兩人在人行道上緩緩行走，唯恐失足。盲人拖著腳步，卻因此被不平的路面絆得踉蹌。耐心點，快到了，另一人小聲地說。不一會兒，他又問，你家裡有沒有人可以照顧你。盲人回答，我不知道，我太太要下班才會回家。今天我提早出門，反而碰上這種事。你看著吧，這不是什麼嚴重的事，我從沒聽說過有人突然失明的。何況我從前還自誇我連眼鏡都不用戴。你等著看，一定沒事的。兩人走到門前，住在附近的兩個婦人看見自己的鄰居讓人攙著手臂走路，好奇地注視，但誰也沒想到問一聲，你眼裡進了東西嗎。她們不曾想到，即便想到，盲人也不會回答，是的，進了東西，進了渾濁的海。進了大樓，盲人說，真感謝你，很抱歉給你添了這許多麻煩，我現在自己能應付了。不用道歉，我陪你上樓，就這麼把你丟在這兒我會於心不安。兩人艱難地擠進小小的電梯。你住幾樓。三樓，你無法想像我有多感激。別謝我，今天是你碰上困難。對，你說得對，說不定明天就是你。電梯停頓，兩人走出去。要不要我幫你開門。多謝你，這個我可以自己來。他從口袋裡掏出一小串鑰匙，一一摸索鋸齒狀的邊緣。他說，肯定是這支，然後用左手指尖摸索鑰匙孔，試圖開門。不是這支。我看看，我幫你。試到第三次時，門開了。盲人向屋裡喊，你在嗎。沒人回答，於是他說，我就說吧，她還沒回來。他伸長了手，摸索著穿過走廊，一會兒又小心翼翼回來，估量著另一人可能的所在位置，臉朝著他說，我該如何感謝你。小事一樁，別謝我。雪中送炭的好心人又加了一句，要不要我幫忙你安頓安頓，陪你等你太太回家。這番熱心忽然讓盲人起了疑。他當然不要請個素昧平生的人進屋來，天知道他此刻是否正算計著如何制伏這個手無寸鐵的可憐盲人，把他五花大綁，封了嘴，洗劫一切貴重物品。不用了，別麻煩，他說，我很好。他一面緩緩關門，一面叨叨念著，不用，不用。

聽見電梯下降的聲音，盲人鬆了一口氣。他忘了自己的處境，機械性地打開窺視孔蓋向外看。窺視孔的另一方彷彿有堵白牆。他感覺得到窺視孔的金屬框抵著他的眉，睫毛掃過小小的玻璃，但他望不出去，無法穿透的白掩蓋了一切。他知道他在自己家裡，他認得那氣味、那情調、那寂靜。他可以憑著觸感、憑著手指的輕撫，分辨出屋裡的家具和物件。但同時一切又彷彿消融入一種奇怪的次元，沒有方向，沒有參考點，沒有南北，沒有上下。他和多數人一樣，童年時曾假扮盲人以為遊戲。閉上雙眼五分鐘後，他就肯定失明固然無疑是種可怖的苦楚，但倘若這不幸的可憐人仍保有足夠的記憶，不只是顏色的記憶，還有形狀與平面、樣式與外表，那麼失明到底還是可以忍受的。前提自然是此人並非天生眼盲。他的推論甚至深遠到認為盲人所置身的黑暗不過就是沒有了光，而所謂的盲是一種遮掩了事物外型的東西，覆蓋在黑紗之下的一切是完好無缺的。然而如今卻是相反的，他驟然落入如此明亮而徹底的渾白之中。這白不是吸收，而是吞噬了所有的色彩、事物、所有的存在，因此一切又加倍地不可見。

他往客廳的方向移動，小心翼翼，手沿牆壁遲疑地摸索，並不預期會碰上任何東西，但還是意外把一只插了花的瓶子砸在地上摔得粉碎。他全不記得有這麼一只花瓶，也或者是他妻子在出門上班前把花瓶擱在這兒，打算稍後再尋找更合適的地方來安置的。他彎下身估量損失有多嚴重。水潑了一地，淹漫在光滑的地板上。他想撿起花，卻忘了破碎的玻璃。一個碎片戳入他的手指，疼痛中，無助的淚水孩子氣地湧了滿眶。被渾白遮蔽視線的他置身於自己家的中央，夜幕緩緩低垂，屋裡漸趨昏暗。他緊握著花，感覺著鮮血流下，他扭著身，從口袋裡掏出手帕，盡可能妥善地纏裹在手指上，然後跌跌撞撞、笨手笨腳地摸索，繞著家具前進，小心翼翼地邁步，唯恐被地毯絆倒。好不容易來到平日和妻子坐著看電視的沙發。他坐下來，花擱在腿上，極其小心地解開手帕。摸起來黏膩的血令他憂心。他的血變成一種沒有顏色的黏稠物質，一種陌生而卻又屬於他的東西，像自己加諸於自己身上的威脅。他想這必定是由於自己看不到的緣故。他用沒有受傷的那隻手，緩緩地、輕輕地摸索，尋找插入手指的碎片。碎片尖利，像支小小的匕首。他把大拇指和食指的指甲併攏，抽出碎片，重新用手帕包裹受傷的手指，這回纏得緊緊的，以便止血，然後虛弱疲憊地靠在沙發上。一分鐘後，由於處於某種痛苦或絕望之中，身體在神經理當保持警醒與緊繃的時刻，採取了極其尋常的棄守策略，一股疲憊襲了上來。其實較像是睏倦而非真的疲憊，但也同樣沉重。他旋即夢見自己在假裝眼盲，夢見自己永恆地閉眼睜眼，回回都宛如遠行歸鄉，發現他所認識的世界裡，所有的色彩與形狀都堅定不移地等著他。在這份鼓舞人心的確定之下，他卻意識著無常隱隱糾纏。或許這是個誑人的夢，一個遲早終將醒轉，卻不知眼前橫陳著何種真相的夢。如果隨後二字也適用於疲憊只維持數秒而意識已落入即將醒轉的半機警狀態之時，他隨後開始認真思索耽溺於這種猶疑不決的狀態是否明智。我要醒嗎，不醒嗎，要醒嗎，不醒嗎。不得不冒險一試的時刻終會來到。我的膝上擱著花，雙眼緊閉猶如怯於睜開，究竟是在做什麼。你膝上擱著花睡在這裡，究竟是做什麼，妻子問他。

她沒有等他回答，逕自動手撿拾花瓶碎片，擦乾地板，咕噥著流露她無意掩飾的惱怒。你大可以自己收拾這一團混亂，別當事不干己似地呼呼大睡。他不發一語，把雙眼保護在緊閉的眼皮之後。突然一個思緒使他激動起來。如果我現在睜開眼睛呢，他自問。焦躁的希望攫住了他。女人近前來，注意到了血跡斑斑的手帕，憤怒轉瞬消失。可憐的傢伙，怎麼回事。她一面憐惜地問，一面解開急就章的繃帶。他用盡渾身的力氣，但願見到妻子跪在他跟前，就在他知道她在的那個地方，他睜開雙眼。終於醒了，我的瞌睡蟲，她微笑著說。一陣靜默。他說，我瞎了，我看不到。女人失去了耐性。別玩這種蠢遊戲，有些事情不能開玩笑。我多麼希望這是玩笑，但我真的瞎了，什麼也看不見。拜託，別嚇我，你看我，看著我，我在這裡，燈亮了。我知道你在那裡，我聽得見你的聲音，摸得到你，我可以想像你開了燈，但我瞎了。她開始哭泣，摟住他。不是真的，告訴我不是真的。花兒滑落到地板上，落在沾血的手帕上，受傷的手指重新開始淌血。他彷彿但願用其他的字眼來表達似地，喃喃地說，我最不擔心的就是那個，我的眼中什麼都是白的。他露出悲傷的微笑。女人在他身旁坐下，緊緊擁他，親吻他的額頭、臉頰，柔柔親吻眼睛。會過去的，你看著好了，你沒生過病，沒有人突然之間失明的。有可能。也許你可以告訴我這是怎麼發生的，是什麼時候，在哪兒發生的，當時感覺如何，不，等等，第一要務是找個眼睛專家請教請教，你知道什麼醫生嗎。我不知道，我們兩個都沒戴眼鏡。如果我帶你去醫院，大概不會有治療失明的急診。你說得對，不如直接找個醫生。我查查電話簿，找個附近的醫生。她站起身，仍繼續發問。

你有察覺什麼異狀嗎。沒有，他回答。注意，我要關燈了，你可以告訴我，好。什麼也沒有。什麼叫什麼也沒有。什麼也沒有，我還是看到一片白，就好像沒有夜晚一樣。

他聽得到妻子快速翻著電話簿，聽見她吸著鼻子忍住淚水，嘆息，最後說，這個應該可以，希望他願意見我們。她撥了電話，詢問那兒是不是診所，醫師在不在，她能不能和醫師說說話。不，不，醫師不認得我，我有很急的狀況，求求你，我瞭解，那我把情況告訴你，但求求你把我的話轉告醫師，是這樣的，我先生突然瞎了，對，對，突然之間，不，不，他不是醫師的病人，我先生沒戴眼鏡，從沒戴過，對，他視力很好，和我一樣，我的視力也好得不得了，啊，太謝謝你了，我可以等，我可以等，醫師，對，突然之間，他說什麼都變白的，我不知道是怎麼回事，我還沒來得及問他，我才剛到家，他就這樣了，要不要我問問他，啊，我太感激您了，醫師，我們馬上去，馬上就去。盲人站起來。等等，他妻子說，我先處理一下那根手指。她消失了一會兒，回來時帶著一瓶雙氧水、一瓶碘酒、棉花和一盒膏藥。她一面替他包紮，一面問，你把車停在哪兒了。突然間她質問起他，以你的情況不可能自己開車，或者事情發生時你已經回家了。不，是在街上，我在紅燈前停下來，有個人送我回家，車子停在隔壁街上。好吧，我們下樓去，我去找車，你在門口等我，鑰匙放在哪裡。我不知道，他沒還我。誰沒還你。送我回家的那個人，一個男的。他一定放在哪兒了，我找找看。不用找了，他沒進屋來。但鑰匙總該在什麼地方吧。可能他忘了，一不小心帶走了。運氣可真好。用你的鑰匙吧，回來再找。對，走吧，牽我的手。盲人說，如果一輩子都要這樣，還不如死了算了。拜託，別說傻話，事情已經夠糟了。失明的人是我，不是你，你不瞭解這感覺。醫生會有辦法治好的，你等著看好了。我會等。

兩人出門了。妻子在樓下大廳點亮了燈，在他耳畔低吟，你在這兒等我，如果有鄰居經過，就若無其事地同他們說話，說你在等我，沒有人看到你會懷疑你看不見，何況我們也用不著什麼都告訴人家。好，別太久。妻子匆匆離去。沒有鄰居出入。盲人從經驗裡得知，樓梯間的燈光只有在聽得到自動開關的聲響時才是亮的，於是每逢四周靜寂無聲，他便伸手按按鈕。燈光對他來說已化作一種噪音。他不瞭解妻子為什麼這麼久不回來，停車的小街很近，頂多八十或一百公尺遠。如果我們拖太久，醫生就會走了，他想。他無法遏止自己機械性地舉起左手手腕，垂下雙眼看錶。彷彿是突然感覺痛楚似地，他噘起嘴，深深慶幸周遭沒有任何鄰人，因為此時此刻，倘使有人對他說話，他便會潸然淚下。一輛車在街上停下，終於來了，他心想，但旋即發現那引擎聲不是發自他的車。這是柴油引擎的聲音，必定是輛計程車。他一面說，一面再撳了一次電燈按鈕。妻子氣急敗壞地回來。你那個拔刀相助的好心人，雪中送炭的大善人，把我們的車偷走了。不可能，你沒找清楚。我當然找清楚了，我的視力又沒問題。最後幾個字意外脫口而出，她隨即改口。你說車在隔壁街道，但沒在那兒，說不定停在別的街道了。不，不，我很確定是左邊的那條街。那就是不見了。那麼鑰匙呢。他趁你糊塗心煩的時候打劫了我們。而我還因為怕他偷東西而不讓他進屋陪我等你回來，要不他也不會偷車了。走吧，我叫了輛計程車，我發誓如果能讓這混蛋也瞎掉，要我犧牲一年性命我也在所不惜。別這麼大聲。還要讓他所有的財產都被賊劫走。說不定他會回來。喔，你想他明天會來敲門，說他一時不察，把車偷走了，他很抱歉，問你有沒有好一些。

前往診所的路上兩人靜默不語。她努力別去想被偷的車，愛憐地緊握著丈夫的手。他垂著頭，唯恐司機會從後照鏡看到他的雙眼。他無法停止自問這可怕的悲劇何以會發生在他身上。為什麼是我。他聽得見嘈雜的車聲，每逢計程車停頓便襲來的奇異響聲。經常這樣的，仍在睡夢中時，外界的聲響便穿透了包裹我們的無意識帷幕，宛如覆於白色床單之中。宛如覆於白色床單之中。他搖頭嘆息，妻子柔柔撫摸他的頰。那動作意味著，別緊張，我在這兒。他把頭倚在妻的肩頭，不在乎計程車司機會怎麼想。要是你也像我這樣，再也不能開車就好了。他幼稚地想。他沒有察覺自己思慮中的愚昧，慶賀自己在絕望中仍有能力做理性的思考。妻子小心翼翼攙他下車時，他似乎沉著冷靜，但一進入診所，明白自己就將在此得知自己的命運時，他顫抖著低聲問妻子。走出這裡時，我會變成什麼樣子。他搖搖頭，彷彿已放棄所有的希望。

妻子告訴櫃檯。我是半小時前打電話來請教我丈夫的情況的那個人。櫃檯人員領他們來到一間有其他病人等候的小室。屋裡有個老人，一隻眼覆著眼罩。有個看似鬥雞眼的男孩，由個肯定是他母親的女人陪同。有個戴墨鏡的少女。另有兩個看不出有明顯症狀的人。但沒有一個盲人，盲人是不會來找眼科醫生的。女人領著丈夫來到一張空椅子。所有其他的椅子都有人坐了，於是她站在丈夫身旁。我們要等一會兒，她在他耳畔低聲說。他明白為什麼，他聽得到候診室裡其他人的聲音。他又擔憂起另一件事。他想，醫生檢查他的眼睛愈久，他失明的情況就愈嚴重，也就愈接近無可治癒的地步。他在椅子上扭動，坐立不安，就要向妻子吐露他的憂慮時，門開了，櫃檯人員說，兩位這邊請，接著轉向其他病人，醫生吩咐，這位先生的情況比較緊急。鬥雞眼男孩的母親抗議，她有她的權利，她是第一個來的，已經等了一個多小時。其餘病人低聲附和，但沒有人覺得繼續抱怨是明智之舉，因為萬一惹惱了醫師，他們的無禮可能會遭到懲罰，以致得等更久，這種事已經發生過了，連那母親自己也明白這點。戴眼罩的老人十分寬宏，讓這可憐人先進去吧，他的情況比我們嚴重多了。盲人沒有聽到，他們已經走進了醫師的診療室。妻子說，醫師，真謝謝你如此好心，我先生他，他說。她停頓了，因為她著實不知一切是怎麼回事，只知道她丈夫瞎了而他們的車被偷了。醫師說，請坐。他親自攙扶盲人坐下，而後握著他的手，直接對他說話。好，告訴我出了什麼問題。盲人解釋，他坐在車裡等紅燈，突然之間看不到了，好幾個人奔過來幫忙他，有個從聲音分辨年紀應不輕的婦人說可能是神經的問題，然後因為他無法自己行動，有個人陪他回家。我只看得到一片白，醫師。他沒提車被偷的事。

醫師問他，這樣的事以前發生過嗎，類似的事呢。沒有，醫師，我連眼鏡都不用戴。你說事情是突然發生的。是的，醫師，就像電燈突然熄滅，其實更像電燈突然點亮。過去幾天來你的視力有沒有什麼異狀。沒有，醫師。你的家人有沒有失明的例子，或以前有沒有。我認識和聽過的親戚都沒有。你有沒有糖尿病。沒有，醫師。梅毒。沒有，醫師。動脈或腦細胞高血壓。腦細胞我不知道，但其他的都沒有，我們公司有定期體檢。你今天或昨天頭部有沒有遭到重擊。沒有，醫師。你幾歲。三十八。好，我們來檢查檢查你的眼睛。盲人把眼睛睜得老大，彷彿這樣能幫助醫師檢查似地，但醫師執起他的手，把他安置在一座掃描器後方。任哪個有想像力的人都可能會認為那掃描器是一種新型態的告解室，眼睛取代了話語，神父直接望入罪人的靈魂。下巴放在這裡，他指示他，眼睛睜好，別動。女人靠近丈夫，手擱在他肩上，會治好的，你放心。醫師舉高又放低他的雙目鏡裝置，細細調整球型調節鈕，開始檢查。角膜沒有問題，鞏膜沒有問題，虹膜沒有問題，視網膜沒有問題，水晶體沒有問題，視網膜黃斑沒有問題，視神經沒有問題，其他任何地方也都沒有問題。他推開機器，揉揉眼睛，一語不發地從頭再檢查一次。檢查完畢，他的臉露著困惑的神情。我找不到任何的機能障礙，你的眼睛非常健康。女人欣喜地雙手交握歡呼。我就告訴你，我就告訴你，一定會解決的。盲人不理會她，問醫師，我的下巴可以移開了嗎，醫師。當然可以，對不起。如果我的眼睛真如你說的那麼健康，那我為什麼失明。我一時之間無法判斷，我們要做一些較精細的檢查和分析，腦部X光之類的。你覺得和腦有關嗎。是有可能，但我懷疑不是。但你說我的眼睛沒有任何異狀。對。真奇怪。我要說的是，如果你真的失明了，那此刻我無法解釋為什麼。你懷疑我沒失明。一點也不懷疑，我個人認為你的情況非常不尋常，我行醫多年，從沒碰過這樣的事，而且我敢說，眼科史裡從沒記載過這種事。你覺得有治癒的希望嗎。理論上，因為我找不出任何機能障礙或先天的變異，我的看法是樂觀的。但情況顯然一點都不樂觀。我只是要謹慎一點，只是不想讓你抱有錯誤的希望。我明白。情況就是這樣。有沒有什麼該採取的療法，藥物還是什麼的。我暫時還是別開處方，因為那樣會像在黑暗中摸索。這比喻真恰當，盲人說。醫師裝作沒聽到，從坐著檢查的旋轉凳子上起身，在處方箋上寫下他認為有必要做的檢驗，交給盲人的妻子。這給你，結果出來再帶你先生回來，在這當中如果情況有什麼變化，就打電話給我。我們該付您多少錢，醫師。在櫃檯結帳。醫師送他們到門口，喃喃說著鼓勵的話。放心，等著看好了，別喪氣。盲人夫婦一走，他便走進診療室隔壁的小浴室，盯著鏡子良久良久。會是什麼問題呢，他喃喃自語。然後他回到診療室，向櫃檯人員喊，叫下一位進來吧。

那一晚，盲人夢見自己失明了。

2

偷車賊提議送盲人回家時並沒有惡意，相反地，他不過是聽從了內心中寬宏與利他的情操。誰都知道寬宏與利他是人性裡最美好的兩個特質，即便在比這小偷冷血得多的罪犯身上也能找到。這偷兒不過是個單純的偷車賊，因為受著真正掌管這項產業的大老闆剝削，毫無希望在事業裡有更上層樓的發展。那些大老闆才是真正佔窮人便宜的人。為了搶劫而幫助盲人，說穿了，和為了遺產而照顧行動不便、說話結巴的獨眼老人並沒有太大的差別。他直到接近了盲人的家時，才自然而然興起了這個念頭，可以說就和看到了彩券攤才決定買彩券是完全相同的道理。他並沒有預感，只是買張彩券來看看會如何，預先服從了變幻莫測的命運所可能帶來或不帶來的東西。但也可以說他的行為是一種性格下的制約反應。論起人性，為數眾多且頑固不化的懷疑論者宣稱，即使小偷不完全是機會的產物，機會也的確對小偷的塑造貢獻良多。至於我們，則該欣然相信倘使盲人接受了假善人的第二個提議，最後人性的寬宏終會得勝。我們說的是陪他等妻子回來的那個提議，誰知道他人賦予的信賴所產生的道德責任不會遏止犯罪的誘惑、讓即便在至為墮落的靈魂中也能找到的輝煌高貴情操戰勝一切呢。最後，我們用一句平凡的話來結束這段討論，這是古諺始終不厭其煩教導我們的教訓——盲人試圖在自己身上劃十字時，唯一的成就卻是撞斷了自己的鼻子。

儘管許多輕率大意的人違背道德良知，更多的人否定它的存在，然而它是存在的，亙古以來就存在著。良知並不是靈魂觀念還混沌不明時的第四紀（Quaternary）哲學家憑空杜撰的。經過時光荏苒，社會演化，基因交流，我們終把良知放到血的顏色與淚的鹽分裡，又彷彿這樣不夠似地，我們把眼睛變成了一種向內映照的鏡子，因而眼睛總是一五一十反射出我們嘴上矢口否認的東西。何況除掉這個普遍的道理外，在單純的靈魂裡，從事了某種邪惡行為所引發的悔恨與各式各樣的古老恐懼交纏，這種特殊狀況使這個騙徒所得到的無情懲罰兩倍於他所罪有應得。就這個偷車賊來說，在他發動引擎驅車離去的剎那，糾纏著他的究竟有多少是恐懼而多少是受著折磨的良知，沒有可能理得清。另一個人在握著這方向盤時突然失明，在視線穿透著這片擋風玻璃時突然什麼也看不到了，偷車賊坐在那人坐過的地方，自然絕無可能心情平靜。這樣的思慮不需多少想像力便可喚醒已然揚起頭的陰森邪惡的恐懼。那恐懼同時也是悔恨。我們先前說過了，悔恨是面帶委屈的良知，又或者，若我們偏愛比喻，悔恨就是長了牙齒啃齧人心的良知，正準備把盲人掩上門時的孤寂神情在他眼前播放。不用，不用，可憐的傢伙說。從那一刻開始，他將再也無法在無人協助下邁步。

小偷用比平時多一倍的精力專注於交通，以防可怖的意念徹底佔據他的心思。他非常清楚自己不容許犯一丁點兒小錯，不能有一丁點兒分心。警察總是無所不在，而只要一個警察就能攔下他的車，身分證和駕照我看看，回到監獄，多麼坎坷的人生。他特別小心遵守紅綠燈，無論如何，紅燈時絕不前行，黃燈時要尊重，耐心等待綠燈亮起。某一剎那他發覺自己對燈號的注意已到了病態的地步，於是他開始控制車速，好讓自己每逢駛到交通號誌，眼前都亮著綠燈。為了確保自己碰到綠燈，他有時必須加速，有時則反而要把車速減到惹惱後方車輛的駕駛人。最後，在頭腦紊亂不清而精神緊張得無可承受下，他把車開上一條他知道沒有紅綠燈的小路，他的技術之好，三兩下就心不在焉地把車停好。他覺得自己的神經彷彿要爆炸了，當時閃過他腦海的正是這幾個字。我的神經快要爆炸了。車裡悶得很，他搖下兩側的車窗，但窗外的空氣縱使果真在流動，也無助於車內空氣的清新暢通。怎麼辦，他自問。他要把車開去車棚，但車棚在城外的一個小村，長路漫漫，以他目前的心理狀態，絕對到不了。要不就是會給警察逮到，要不就更糟，會出車禍，他喃喃自語。一會兒他想到了，最好是到車外待一會兒，理清一下思緒。說不定新鮮空氣會吹去這層昏亂的感覺，那可憐的傢伙瞎了並不表示我也會瞎，又不是感冒，我到那條街轉個彎，這感覺就會過了。他走下車，連車門都懶得鎖，反正一會兒會回來，於是便邁著步向前走。走沒有三十步，他就瞎了。

診所裡，最後一個接受診治的是那位好心的老先生，是他開口要大家讓讓那突然失明的可憐人。他是來預約手術時間的，僅剩的那隻眼裡長出的白內障需要割除，黑色眼罩遮住的是一片虛空，與眼前的問題一點干係也沒有。這是年紀大了就自然會有的毛病，醫師先前說過，等它長到一定程度，我們就把它摘除，然後你就會認不出你住的地方。戴眼罩的老人走了後，護士說，候診室沒有病患了。醫生把突然瞎掉的病人檔案拿下來，讀了一遍，又一遍，思索了好幾分鐘，最後打電話給一個同業，兩人進行了以下的對話。我得告訴你，我今天碰上了最奇怪的病例，有個人剎那之間失去了全部的視力，卻檢查不出任何的機能病變或先天異常，他說他看什麼都是白的，像一種乳狀的白緊挨在眼前，他描述的狀況就是這樣，我盡可能解釋清楚了，對，當然是主觀的，不，那人年紀不算大，三十八歲，你聽過這種病例嗎，有沒有讀到過，還是聽人說起過，我也想到了，我一時之間也想不出解決的辦法，為了爭取時間，我建議他做幾項檢驗，對，我們可以找一天一起幫他檢查，晚餐後我會查一些書，再看一次參考書目，說不定會找出什麼線索，對，我知道認識不能(agnosia)，有可能是心因性的，但那樣的話，這就是這種症狀的第一個病例，因為那人無疑是真的瞎了，而就我們所知，認識不能是無法辨識熟悉的事物，而且我還想到這有可能是黑矇(amaurosis)的病例，但是記得我剛剛說了嗎，這人看到的是白的，黑矇應該是完全的黑暗，這個恰恰相反，除非有一種白色的黑矇，白色的黑暗，像這個例子這樣，對，我知道，沒聽過的病例，我同意，明天我打電話給他，跟他說我們要一起幫他檢查。談話結束，醫生靠在椅背上，待了幾分鐘，然後站起身來，緩慢而疲累地脫去白袍，走進洗手間洗手，但這回他不再充滿哲思地向鏡子詢問這是什麼病了。他恢復了科學的頭腦，認識不能和黑矇在書本裡和臨床上都有清楚準確的界定，但這不表示絕不會出現變異或突變，如果這樣也能算突變，這個變異或突變似乎已經出現了。頭腦為什麼關上了這個部分卻不關上其他部分，可以有千百種理由，就好像遲到的訪客發現只有自己吃閉門羹而其他的門依然開敞一樣。這眼科醫師是個有文學品味的人，具有隨時能引用適當名言的天賦。

那一夜晚餐過後，他告訴妻子，今天診所有個奇怪的病例，可能是心因性眼盲或黑朦的變異狀況，但沒有證據證明的確有這種症狀。黑朦還有另外那個什麼，是什麼樣的病，妻子問。醫生用外行人能懂的話做了一番解釋，滿足了妻子的好奇心，接著便走向他排滿醫學書籍的書架。這些書籍有些是他念醫學院時代的書，也有些才新近出版，還沒有時間仔細閱讀。為了讓工作進行得有條不紊，他查了索引，開始閱讀他所能找到的一切有關認識不能與黑朦的資料。神經外科學是個神祕的領域，他只有相當模糊的概念，闖入一個超出自己能力範圍的領域，他感覺著不安。深夜，他放下研讀的書籍，揉揉疲累的雙眼，靠在椅背上。忽然之間另一種可能性變得清晰無比。如果這是個認識不能的病例，病人應當看見到他一向看得見的東西，換句話說，他的視力應當不會有任何衰減，只不過腦子會辨認不出椅子是椅子，也就是說，面對光線對視神經所造成的刺激，他應當仍有正確的反應，只不過，用外行人能懂的話來說，他不再認識自己從前認識的東西，更無法說出那些是什麼東西。至於黑朦，就毫無疑問了。如果這果真是黑朦的案例，病人看到的應當是一片黑——請原諒我使用「看」這個動詞——周圍應當是徹底的黑暗。然而那盲人清清楚楚陳述他所看到的——請再次原諒我所使用的動詞——是濃濁而清一色的白，彷彿睜著眼墜入乳狀的海。白色的黑朦不僅詞義上自相矛盾，就神經學來說也絕無可能，因為罹患黑朦時，腦無法感知現實中的影像、形狀與顏色，因此可以說應當也同樣無法被一望無垠的白色掩蓋，彷彿是一幅白色的畫，沒有色調，沒有視力正常的人在現實中可以看到的形狀和影像，雖然說，視力正常是很難準確證實的。醫生清楚知道自己落入了死胡同，沮喪地搖搖頭，四下張望。妻子已經睡了，他依稀記得她走上前來親吻他的額。我上床去了，她一定這麼說了。屋裡寂靜無聲，書本散亂在桌上。到底是什麼毛病，他自忖，而後突然恐懼起來，彷彿自己隨時將失明，且事先預知了。他屏息等待，但什麼也沒發生。一分鐘後，他收拾散亂的書，打算搬回書架上時，事情發生了。他先發現自己看不見自己的手，接著便明白自己失明了。

戴墨鏡的女孩毛病並不嚴重。她害了輕微的結膜炎，醫生開的眼藥水三兩下就能治好。該怎麼做你是知道的，未來幾天除了睡覺外，都別摘下眼鏡，他這樣告訴她。同樣的笑話他說了許多年了，我們甚至可以推估這是眼科界代代相傳的笑話，但笑話從未失效過，醫師微笑著說，病患微笑著聽，而這次說這笑話是值得的，因為女孩齒若編貝，又極善於展示。可能是出於一種天生對人類的憎恨，或是由於在人生中遭遇到太多的失望，任何尋常的懷疑論者只要熟悉這女人生活的細節，都會含沙射影地說，她的微笑之美不過是幹這一行的一種技能。這話說得武斷，既邪惡又毫無理由，因為她自襁褓時期——雖然這個詞彙現代人不大用了——就有著這樣的微笑，當時她的未來還是一本闔著的書，而想打開這本書的好奇心則尚未誕生。簡單地說，這女人可以歸類為妓女，然而無論從日或夜、水平或垂直來分析，我們所描述的這個時代社會關係網絡之複雜，在在警告我們別驟下評斷，然而由於我們的自信過度膨脹，驟下評斷是我們難以擺脫的狂熱。雖說天后朱諾體內含有多少雲朵可能是顯而易見，但硬要將盤桓於大氣層中尋常的水珠聚集與希臘女神混為一談也並不完全合理。這女人與男人上床以換取金錢是無庸置疑的，我們因而可以不假思索地將她歸類為妓女之流，然而她只與喜歡的男人上床，且只在想上床時上床，也的確是事實。這種事實上的差異使她有別於一般的妓女，這可能性我們也不能排除。她和一般大眾一樣，有個職業，也和一般大眾一樣，利用空閒時間來放縱自己的身體、滿足自己私密的需求與尋常的需求。假使我們不以某種原始的定義來貶低她，那麼廣義來說，我們可以說她生活率性，在人生中盡情享樂。

她離開診所時夜已低垂，她沒有摘下眼鏡，因為街上的燈光干擾了她，亮著燈的廣告尤其令她不快。她走進一間藥房買醫生開的眼藥，賣藥給她的男人批評道，有些人的眼睛要讓墨鏡遮著，真是不公平。女孩決心不理會店員的話，那話本身極無禮便也罷了，她向來深信墨鏡給了她一種具誘惑性的神祕感，能勾起過往男人的興趣，店員的話卻與她的信念背道而馳，而這話居然是出於一個藥劑師助理之口，可真是怪。倘使不是因為這天有人在等著她，她很可能會樂意回報任何過往男人對她表示的興趣。她有十足的理由相信，與這個等著她的人相會，對她而言無論在物質上或其他需求的滿足上都是有利的。這個即將與她相會的人是個舊識，她告訴他她不能摘下墨鏡，他非但不介意，甚且覺得有趣，感覺她與眾不同。而當時醫生其實尚未下達這個命令。走出藥店，女孩招了輛計程車，報出一間高級飯店的店名。她斜倚在座位上，已經開始品嚐——如果這個字眼恰當的話——從最初心照不宣的四唇相觸、最初的親密愛撫，到一連串如爆裂般的高潮等種種感官之樂。高潮的快感使她既疲累又歡愉，彷彿她就要在炫目迷離的煙火中釘上十字架慷慨赴死——上蒼保佑啊——因此我們很可以推斷說，如果她的伴侶對於如何在時間上或技巧上盡自己的義務都瞭如指掌的話，這戴墨鏡的女孩總是先付出代價，且付出的代價總兩倍於她事後的收費。無疑由於她方才才付出診療費的緣故，女孩陷入這一串思緒，盤算著自今日起調漲她慣常美稱為「應得報償」的收費未嘗不是個好主意。

她命計程車在離她目的地一條街之遠處停車。她混跡於朝同樣方向移動的人潮中，彷彿是讓人潮推動著，沒有人認識她，她也絲毫不露罪惡或羞恥之色，神態自若地踏進飯店，穿越大廳向酒吧行去。他們約會的時間訂得極其精準，她早到了幾分鐘，只得等候。她點了杯無酒精飲料，優閒地啜飲，不注視任何人，唯恐被誤認為正在物色目標的尋常流鶯。一會兒之後，她就像個在博物館流連一下午而即將回房休息的旅客般走向電梯。美德在追求至善境界的艱苦途中總是險象環生，而罪與惡卻始終甚受命運的青睞，這是誰也不能忽視的事實。因而女郎一走到電梯前，電梯門就應聲開啟。電梯裡出來兩個年邁的客人，是對老夫婦。女孩走進去，按了三樓的鈕，等著她的號碼是三一二，到了，她慎重地敲門，十分鐘後她便脫得精光，十五分鐘後她嬌喘狂吟，十八分鐘後她輕吐再不需偽裝的愛戀字眼，二十分鐘後她陷入恍惚，二十一分鐘後她感覺軀體在歡愉中撕裂，二十二分鐘後她高喊，太妙了，太妙了。而待她神智恢復時她說，我眼前仍是一片渾白呢。

3

一個警察把偷車賊送回家。這位謹慎而富同情心的人民保母壓根兒沒想到他挽著的是個冷血罪犯的手臂，倘使在另外的情境，這麼挽住手臂便是為了防止罪犯脫逃，但現下他只是擔憂這可憐人會被路面絆得栽跟頭。我們可以輕易想像當小偷的妻子打開門，與一位穿制服的警員正面相對，而警員押著——至少看來是押著——一個孤伶伶的罪犯，且罪犯痛苦的表情顯示他遭遇了比被捕更悲慘的事時，她受到多大的驚嚇。女人最初以為丈夫在作案時當場落網，警察則到家中搜索。然而儘管這想法自相矛盾，但想到丈夫向來只偷車，而以車的體積斷不可能藏在床底，她又不禁感覺安心。不過她無須疑惑太久，警察告訴她，這人瞎了，好好照顧他。女人在得知警察只不過是陪伴丈夫回家後，理當是鬆了一口氣，但當丈夫撲倒在她懷裡痛哭流涕，把我們已知的事情原委告訴她時，她體認到了這即將摧毀他們生活的不幸事件有多嚴重。

戴墨鏡的女孩也是由員警護送回父母家，但她的失明狀況向外界揭露的那一幕太過刺激，降低了返家時的戲劇性。當時的情況是，一個一絲不掛的女人在飯店裡尖聲慘叫，驚動了其他客人，而她的男伴急匆匆穿上褲子，企圖逃離現場。在理解到自己視力的喪失並非某種新奇意外的歡樂產物後，女孩發出震耳欲聾的尖叫，而後卻窘得六神無主。無論假道學的偽善人士有何意見，這窘迫與她為牟利而全心投入的愛的儀式並不衝突。飯店甚至不給她整理儀容的時間，便以粗暴而近乎野蠻的態度將她驅逐出境，她全不敢流淚或哀嘆自己命運乖舛。警察問她是否有錢搭計程車回家，那嗓音若非如此無禮的話，就會顯得尖酸了。他警告她說，國家是不負擔這種費用的。我們在此附帶一提，由於女郎隸屬於為數眾多賺取不義之財且不納稅的族群，這種措施也不是沒有邏輯的。她點頭表示肯定，但你可以想像，由於自己盲了，她想警察或許沒注意到她的動作，於是咕噥道，有，我有錢，接著又壓低嗓子補一句，我要沒錢就好了。這話我們聽來恐覺得怪，但只要想想人類的頭腦總是拐彎抹角，直接便捷的路徑從不存在，便會明白她的話是再清晰不過了。她真正要說的是，她因從事不體面的勾當而遭到懲罰，這便是她道德敗壞的報應。她早已告訴母親她今天不回家吃晚飯，結果卻反而提前回家，比爸爸還早到家。

眼科醫生的情況就不同了。不只因為他的失明發生在家中，同時由於他身為醫生，不能像那些只在有病痛時才注意自己軀體的人，就這麼束手無策地任絕望宰割。即便處於如此苦楚的情況下，眼前有一整夜的焦慮要熬，他仍能記起在世間描述死亡與苦難的最偉大詩篇《伊里亞德》裡荷馬寫的話，醫生的價值相當於數人，這話在量方面的字面意義我們不能照單全收，而應執著於質的方面，這點我們要不了多久就能懂得。他鼓起勇氣別驚動妻子，逕自上床，儘管妻子在恍惚中喃喃發話，蠕動著翻身過來偎依著他，他依然不動聲色，躺在床上數小時不寐，最後終於勉強偷得片刻睡眠，完全是因為疲憊的緣故。他但願長夜永不結束，以醫治他人眼疾為業的他才無須宣告自己的眼盲，然而同時他卻也焦急等待著白晝的天光，他腦海中出現的正是這麼幾個字，白晝的天光，而他知道自己再也見不到了。事實上，瞎了眼的眼科醫師無論對誰來說功用都不大，然而是否向醫藥主管當局上報這項有可能演變成全國災難的狀況卻是他的責任。這是一種迄今尚無人曾聽聞的盲，顯然具有高度傳染性，且爆發得突然而毫無預警，患者在罹病之前毫無發炎、感染或變質性的眼科症狀，這點從先前到他診所求診的盲人身上可以證實，也可以從自己身上證實。他有輕微的近視和散光，症狀之輕使他決定暫不需配戴眼鏡來矯正。不再有視覺的雙眼，徹頭徹尾盲了的眼，同時卻又完好得無懈可擊，沒有任何先天後天的新痾舊疾。他仍記得他給那盲人做的縝密檢查，眼科醫生所能探查的範圍內沒有一部分不是健康正常，沒有半點病變的跡象，在三十八歲的人身上是罕見的完美，甚至較年輕的人也少有這樣的狀況。他一時忘卻了自己的盲，心想，那人不可能失明的。有些人的無私無我是驚人的，然而這也並非前所未有，荷馬就說過類似的話，只不過用字不同罷了。

妻子起床時他仍佯作沉睡。他感覺到妻子輕吻他的額頭，彷彿錯以為他正置身於酣夢中而不願驚擾他。或許她正想，可憐的傢伙，昨晚為研究那可憐盲人的奇特病例而開了夜車。他獨自一人，彷彿胸臆上壓著厚重的雲，正鑽入他的鼻孔，從內裡蒙蔽他，緩緩地扼死他。

他發出一聲短吟，任由兩滴淚湧入眼眶，淌過太陽穴，落在兩腮。淚水恐怕是白的，他想。如今他懂得了當病患對他說，醫師，我好像快瞎了，那種時候他們心中的恐懼。屋裡細微的聲響向臥房趨近，上班時間快到了，妻子隨時會走進來看他是否仍在睡。他小心翼翼爬起身，摸索著睡袍胡亂套上，而後走到浴室去小解。他知道鏡子在哪裡，他面向它，這回他沒有納悶這是怎麼一回事，也沒有說，人類的腦子要關上可以有千百種理由，他僅僅伸手去觸摸玻璃，他知道他的倒影在鏡裡注視他，他的倒影看得到他，他看不到他的倒影。他聽見妻子走進浴室。啊，你起床了。我起床了，他答道。他感覺她在他身旁。早安，我的愛。結婚多年了，他們仍以充滿愛意的親暱字眼相稱。彷彿他倆是在演戲而這話是給他的提詞似地，他說，恐怕不是這麼「安」，我的視力出了點問題。她只聽懂後半句話。我看看，她說，接著便仔仔細細觀察了他的雙眼。我什麼也沒看到。這話顯然是借來的，這不是她的臺詞，他才是該說這句話的人，但他僅說，我看不到。接著又補一句，我想我一定是被昨天那個病人傳染了。

在長久和丈夫親密相處後，做醫生太太的人多半會獲得少許的醫學知識，而這位先生娘與丈夫在各方面都相當親近，因此有足夠的常識，知道失明不是像傳染病那樣傳播的，盲人對明眼人的注視不會導致後者的失明，失明是一個人與自己與生俱來的雙眼之間的私事。但是無論如何，當醫生的人不得信口雌黃，這是他們的義務，在醫學院接受專業訓練，為的就是這個，而這位醫生除了宣告自己失明外，還公開承認他是被傳染的，他的妻子無論懂得多少醫學常識，又有什麼資格質疑他。因此當這可憐的婦人面對著鐵證如山時，她也只能和其他一般的妻子一樣——我們知道的已經有兩個了——伏在丈夫身上，展現出悲傷的自然反應。現在要怎麼辦，她流著淚問。通知醫藥主管當局，衛生署，這是第一要務，萬一變成流行病，就必須採取一些措施。但是誰也沒聽過傳染性的失明，妻子焦急地想抓住這最後一線希望，堅持著。也沒有人碰過找不出失明原因的盲人，何況此時此刻至少有兩個這種人。這最後一個字一說出口，他的表情就變了。他近乎粗暴地一把推開妻子，自己則向後退。走開，別靠近我，我會傳染給你。他握緊拳頭敲打自己的額頭。真是個笨蛋，大笨蛋，這麼白痴的醫生，怎麼沒早一點想到，我們還整晚睡在一起，我應該睡在書房，把門關好，那樣都不見得安全。拜託，別講這種話，會發生的事就是會發生，來，我幫你弄點早餐吃。走開，走開。不，我不走。妻子大吼。你想怎樣，撞上家具、摔跤、瞎著眼從電話簿裡找電話號碼，而我冷眼旁觀，為了怕被傳染而躲在玻璃罩裡。她緊緊挽住他的手臂。跟我來，親愛的。

醫生喝完妻子堅持為他泡的咖啡，吃完她烤的吐司，我們可以想像他吃早餐的心情。這時時間還早，他需要通知的人都還沒上班。從邏輯和時效來判斷，他最好是盡快直接通知衛生署主管單位，但他隨即明白單單表明自己是個醫生，有緊急要事要稟報，並不足以說服接電話的低階公務員。何況這公務員還是他懇求了半天，總機才勉強願意接通的。於是他改變了主意。對方希望先知道多一點的詳情，才願意報告直屬上司。然而任何有一點責任感的醫生都知道，他不能向自己接觸到的第一個低階公務員報告流行性失明的爆發，因為那樣會立即引起恐慌。電話那端的公務員說，你說你是個醫生，你要我相信你，我當然相信你，但我有我的職責，除非我知道你要談什麼事，否則我不能受理。這事很機密。機密的事不能用電話來處理，你最好親自來一趟。我不能出門。你是說你病了。對，我病了，盲人遲疑了一會兒才回答。那麼你得打電話給醫生，真的醫生。公務員挖苦他，而後一面對自己的幽默感到洋洋得意，一面掛上電話。

那人的無禮猶如是一巴掌打在臉上，醫生好一會兒才恢復鎮定，告訴妻子他受到了多麼粗魯的對待。接著彷彿他突然發現了某件許久以前就該知道的事似地，他悲傷地喃喃自語。人類的構造本來就是一半冷漠，一半怨恨。他想充滿質疑地問，怎麼辦，但他突然明白自己浪費了時間，以安全管道將消息報給有關單位知道的唯一辦法，就是向自己醫院的院長報告，由醫生和醫生談，不要有任何公務員夾雜其間，然後由醫院院長負責督促政府有關單位加以處理。醫生太太撥了電話，醫院的電話她倒背如流。對方接起電話後，醫生表明了自己的身分，接著很快回答，我很好，謝謝。顯然總機小姐問他，醫師，你好嗎。當我們不想顯得自己軟弱時，我們便是這麼說的，即便我們已奄奄一息，也仍然回答，我很好。一般把這種行為稱為打落牙齒和血吞，那是一種只有人類才有的行為。院長接了電話。有什麼大事呀。醫生問他周圍有沒有人聽得到他們的談話。別擔心總機，她有她的事要做，不會偷聽有關眼科的談話，何況她只對婦科有興趣。醫生的報告簡潔而詳盡，沒有拐彎抹角，沒有囉嗦，沒有贅言，以一種冷靜平板的語氣敘述。他在這情況下表現出的鎮定令院長小小地吃了一驚。但你真的瞎了嗎，院長問。徹徹底底瞎了。但說不定只是巧合，以傳染兩字的嚴格定義來說，說不定根本就沒有傳染的狀況。我同意沒有證據證明這情況有傳染性，但我和那個人並不是從沒見過面就各自在家裡突然失明，他瞎了，到我診所求診，然後幾小時後我也瞎了。我們怎樣能追蹤到這個人。我診所的病歷上有他的姓名和住址。我馬上派個人去你家。派醫生嗎。對，當然是派個同業。你不覺得我們該把情況通知衛生署。目前暫時還別輕舉妄動，你想想這種消息會引發大眾多大的恐慌，哎呀，失明是不會傳染的。死亡也不會傳染，但大家都會死。總之你待在家裡，事情我來處理，然後我派個人去接你，我幫你檢查檢查。別忘了我今天會失明是因為我檢查了一個盲人。這點我們還不確定。至少因果關係的跡象非常明顯。話是沒錯，但我們不能太快下結論，兩個獨立的案例並沒有數據上的關連。但如果現在除了我們兩個外還有其他案例，那就不同了。我瞭解你的心態，但我們不能胡亂做可能會證實是空穴來風的悲觀臆測。多謝了。我很快會再和你聯絡。再見。

半小時後，他已經在妻子的協助下笨拙地刮好鬍子，電話響了。又是院長，但這回他的語氣不一樣了。我們這兒有個男孩也突然失明，眼前一片白茫茫，他媽媽說他昨天去過你的診所。這小孩左眼是不是有外斜視。對。那就錯不了了，是他。我開始擔心了，情況現在變得很嚴重。那通知衛生署的事呢。對，當然，我馬上就要找醫院管轄單位了。三個小時後，醫生和太太正在吃午餐，他撥弄著妻子替他切好的肉塊，電話又響了。太太去接電話，很快又回來。是衛生署打來的，你得親自來接。她牽他站起來，領著他走進書房，把話筒交給他。交談十分簡短，衛生署想知道前一天到他診所求診的所有病患身分，醫生回答說，診所的病歷上有所有的詳細資料，姓名、年齡、婚姻狀況、職業、住家地址，什麼都有，最後他提議由他自己陪同負責人員召集這些人。電話另一端的人語氣簡潔，沒有這個必要。接著電話接給了另一個人，話筒裡出現一個不同的聲音。午安，我是衛生署長，我代表政府感謝你的熱心，由於你動作迅速，我們才得以把情況控制住，現在麻煩你幫個忙，留在屋裡不要出門。最後幾句話說得客氣而僵硬，醫生卻清楚明白這是個命令。他回答，是的，署長。但電話另一端的人已經把電話掛上了。

幾分鐘後，電話又再度響起。是醫院院長，緊張得語無倫次。據說警方接獲兩個突然失明的報案。是警察嗎。不，一個男的一個女的，男的在街上尖叫，說自己瞎了，女的瞎掉時是在一間旅館，似乎是在和什麼人上床。我們要調查那兩個人是否也是我的病人，你知道他們的名字嗎。他們沒有提到名字。衛生署打電話給我了，他們要去我診所拿病歷。真是個複雜的問題。還用你說。醫生放下電話，把手舉到眼前，停在那兒，彷彿是保護眼睛別再受更糟的事情傷害，而後他虛弱地說，我好累。你睡一睡吧，我帶你去床上，妻子說。沒有必要，我不可能睡得著，何況這一天還沒完，還可能有事會發生。

電話最後一次響起是快六點的時候。醫生正坐在電話旁，他拿起話筒。是的，我是。然後專注地傾聽對方的話，掛上電話前只微微地點了點頭。是誰，妻子問。是衛生署，半小時內會有輛救護車來接我。你預期會發生的就是這個事嗎。差不多就是了。他們要把你送去哪裡。我不知道，可能是某個醫院吧。我幫你收個行李，整理一些衣服和日用品。又不是旅行。誰知道是不是。她溫柔地領他到臥房，讓他在床上坐下。你就乖乖坐這兒，我會打理一切。他聽見她來來去去，抽屜和五斗櫃開開關關，衣服從櫃子裡拿出來，裝進放在地上的皮箱裡。但他看不見的是她除了打包他的衣服外，還打包了幾件短上衣、幾條裙子、一條寬長褲、一件洋裝、幾雙只有女人才可能穿的鞋子。他隱約懷疑自己如何需要如此多的衣服，卻因為這種時候實在不該煩惱這類枝微末節而未曾開口詢問。他聽見皮箱鎖起的聲音，妻子說，整理好了，可以去搭救護車了。她把皮箱提到通往樓梯的門口。丈夫說，讓我來吧，這個我還能做，我還不是個廢人。但妻子拒絕了。而後兩人坐在客廳的沙發上等待，兩人手牽著手。他說，天知道我們會分開多久。她說，你別擔心這種事。

兩人等了近一個鐘頭。門鈴響時，妻子跳起來去開門，但門口沒有人，她拿起對講機。好的，他馬上下去，她說。然後她轉身對丈夫說，他們奉嚴格命令不准進我們公寓，所以在樓下等。看來衛生署真的覺得事態嚴重了。我們走吧。兩人走進電梯，女人協助丈夫走最後幾步路，坐上救護車，又重回樓上拿皮箱，獨力把皮箱扛起來塞進車裡，然後自己爬進車裡，坐在丈夫身旁。救護車駕駛轉過頭抗議。我奉命只能載他一個，麻煩你下車。女人平靜地回答，你非載我不可，我此刻也突然失明了。

4

這個方案是署長自己提出的。無論從哪個角度來看，這主意即便不能稱為完美，能想得出便也該額手稱慶了。無論是純粹從衛生的角度來看，或是從這事件的社會意涵與政治後果來看，這方案都十分可行。多虧了某位富想像力的助理靈光乍現，這種令人聽來不悅的失明症於焉被稱為「白禍」。除非找出引發白禍的原因，或者用較正確的詞彙來說，除非建立了白禍的原因論，且除非找出了治療的方法或藥物，或找出可防止未來出現更多病例的疫苗，否則所有已失明以及曾與失明人士有肢體接觸或以任何形式接近的人都應加以集中隔離，以免造成更多人的感染。而感染情況一旦證實，則感染人數將以數學上所謂等比級數的方式不斷躍升。情況就是這樣了，署長下了結論。過去霍亂及黃熱病猖獗的時代，確定或疑似帶有病原的船隻必須滯留海面四十天，用大眾能瞭解的話來說，就是把這些人帶去檢疫，等候進一步通知。等候進一步通知幾個字係由署長宣告，顯然是經過深思熟慮，但事實上，由於他想不出其他的任何字眼，這幾個字遂顯得神祕難解。事後他理清了思緒。我的意思是，可能要等候四十天、四十個星期、四十個月或四十年，重點是他們必須一直檢疫。專為處理這個事件及負責運輸、隔離及監管這些病患而倉促成軍的運輸安全委員會主席說，署長，我們現在得決定把這些人安置在哪裡。有什麼設施是馬上能用的，署長想知道。有個尚未決定用途因而暫時空著的精神病院、幾個因為軍方改組而空出來的軍事基地、一座即將完工的購物中心，甚至還有一個無人明瞭為什麼即將倒閉的超級大賣場。依你看，哪一棟建築物最符合我們的需要。兵營的安全措施最好。那當然。但有個缺點，軍營佔地太廣，監管病患不易，成本也比較高。對，我可以瞭解。至於大賣場，則可能會有法規上的障礙，我們得考慮到法律上的問題。購物中心呢。署長，我認為不能考慮這個地方。為什麼。產業界可能會反彈，他們在這工程上投資了數百萬。那麼就只剩那個精神病院了。是的，署長，只剩精神病院。那麼就決定精神病院吧。何況就外表來看，這精神病院也是設備最合適的場地，不只因為它有圍牆，同時還有另一個好處，就是有兩個各自獨立的廂房，其中一個可以用來安置已經失明的人，另一個則用來安置疑似受感染的人，還有一個中間區域，可以設為無人區，突然失明的人可經由此區域遷往已失明病患的廂房。可能會有個問題。什麼問題，署長。我們必須要派人監督病患的遷移，恐怕不會有人自願擔任這項職務。署長，我想恐怕沒有這個必要。為什麼。署長，假使有疑似受感染的人失明了——這自然是遲早會發生的事——您可以確定其他仍有視力的人必定會立即將他驅逐出境。你說得對。他們也不會容許已失明的人突然決定搬家。有道理。多謝誇獎，署長，我可以下令著手進行嗎。可以，交給你全權處理。

委員會的行動迅捷而效率卓著，天黑之前，所有已知失明的人都已全數掌握，可能已遭感染的人也已有許多被帶回，至少在迅速搜查了失明者家庭與職業生活及種種範圍內所有辨認得出可能受到波及的人都加以帶回。最先被帶到廢棄精神病院的是醫生和他的妻子。院外有士兵站崗，大門開啟得剛好足夠讓他們進去，而後又立刻關上。一條粗大的繩子從庭院入口一直延伸到建築物大門，是當作扶手用的。向右一點，你會發現一條繩子，抓住那繩子，跟著繩子直走，一直走，然後會碰到階梯，總共有六級階梯，中士警告他們。進到屋裡，繩子分成了兩股，一股朝左，一股朝右。靠右走，中士嚷道。女人一面拖著皮箱，一面領著丈夫來到最靠近入口的病房。那是一間長型的房間，像老式醫院的病房一樣，有兩排病床，床漆成灰色，但油漆已經脫落相當一段時間了。床單、被單、毛毯都是相同顏色。女人領著丈夫來到病房的最底端，牽他在一張床上坐下。你待在這兒，我去四處看看。院裡還有其他的病房、狹長的走廊、想必曾是醫生辦公室的房間、陰暗的廁所、一間仍散發著腐臭食物氣味的廚房、一間寬廣的餐廳，餐廳裡有桌面鋪著鋅的餐桌，還有三間軟壁小房間，牆上從地面往上六呎的部分都墊有軟墊，其他部分則排列著軟木塞。建築物後方是個廢棄的庭院，庭院裡有無人照管的樹，樹幹看來彷彿是被人剝了皮，遍地都是垃圾。醫生的太太重新回到屋內，在一個半開的櫥櫃裡看到約束精神病患用的約束衣。回到丈夫身邊後，她問他，你能想像他們把我們帶到什麼個地方來嗎。不能。她正想說，是個精神病院，但他看穿了她。你沒失明，我不能讓你留在這裡。你說得對，我沒失明。那我要要求他們帶你回家，告訴他們你為了陪著我而說了謊。那樣做沒有意義，你在這裡說話他們聽不到，就算聽得到，他們也不會注意聽。但是你看得到。目前看得到，但過不了幾天或甚至現在隨時都可能會失明。拜託，回家吧。你別堅持，何況我敢保證那些士兵不會讓我走到階梯附近的。我不能逼你。對，親愛的，你不能逼我，我要留下來幫忙你，幫忙其他來這裡的人，你別告訴他們我看得到。什麼其他人。你總不會以為這裡就只會有我們兩個吧。這太瘋狂了。我們在瘋人病院，不然還能怎樣。

其餘的幾個盲人是一起來的。幾個人先後被有關單位從家裡拘提來，先是開車的人，接著是偷車的人，然後是戴墨鏡的女孩，最後是斜眼的小男孩。小男孩被媽媽帶到醫院，工作人員是在醫院追蹤到小男孩的。他媽媽沒有和他一起來，她缺乏醫生太太那種機智，不懂得在視力完好時宣告自己瞎了。她是個單純的人，不會撒謊，即使撒謊對自己有益也相同。一夥人跌跌撞撞來到病房，手漫空亂抓。這裡沒有繩索指引路線，必須從痛苦的經驗中學習。男孩在哭，吵著要媽媽，戴墨鏡的女孩拚命安慰他。她就來了，她就來了，她告訴他。由於她戴著墨鏡，看起來既可能是盲人，又可能根本不是，而其他人則轉動著眼珠子，卻什麼也看不到。又由於女孩戴著墨鏡，且嘴裡不斷說，她就來了，她就來了，彷彿她看到了男孩焦急的母親不顧一切穿過門走進來。醫生太太傾身在醫生耳畔小聲說，又來了四個人，一個女人，兩個男人，一個小男孩。兩個男人長什麼樣子，醫生低聲問。她描述了一番。他告訴她，後面那個我不知道，但根據你的描述，另一個很可能就是昨天來我診所的那個盲人。那小孩斜眼，女孩戴著墨鏡，看來很迷人。他們兩個也都來過診所。新來的人由於忙著摸索環境，尋找有安全感的地方，發出了嘈雜的聲響，因而並沒有聽到醫生夫婦的談話，他們想必以為屋裡除了他們並沒有別人，而由於他們才失明不久，尚未發展出比一般人更敏銳的聽覺，最後，彷彿大夥兒都確信沒有必要用懷疑來取代肯定似地，可以說每個人都在自己摸索到的第一張床上坐定了。兩個男人比鄰而坐，卻渾然不察。女孩仍低聲安慰著小男孩。別哭，你等著，你媽媽馬上就來了。一陣靜默，接著醫生太太用整間病房上上下下都能聽到的音量說，我們這邊有兩個人，你們那一群有幾個人。新來的人被出其不意的聲音嚇了一跳，兩個男人一語不發，女孩說，我想我們有四個人吧，有我，還有這個小男孩。還有呢，其他人為什麼不說話，醫生太太問。還有我，一個男人彷彿很勉強地含糊說。還有我，另一個明顯帶著不悅的男性聲音咕噥。醫生太太暗自忖度，他們表現得彷彿不敢認識彼此似地。她注視著他們抽搐、緊張、伸長脖子彷彿在嗅著什麼，然而奇怪的是，他們的表情是完全相同的，既猙獰又畏怯，然而兩人的畏怯是不同的，兩人的猙獰也不同。這兩人間到底有什麼瓜葛，她納悶。

這時突然響起一陣沙啞卻洪亮的聲音，從說話人的語氣聽得出此人慣於發號施令。聲音來自一個擴音器，擴音器就裝在他們方才進來的門上方。注意兩字重複了三遍，然後聲音開始宣告，政府方面很遺憾不得不採取緊急措施，我們認為在面臨眼前這個危機時，用一切可能的方法保護大眾是正確的措施，目前顯然爆發了一種傳染性的失明，我們暫且稱之為白症，假定這是一種傳染病而不是一連串無可解釋的巧合，則值此白症爆發時期，我們必須仰賴所有國民通力合作並發揮公德心，共同防止傳染病的蔓延。將所有受感染的人齊聚在一起，並將所有與這些人曾有任何形式接觸的人收容在鄰近但相隔的區域，是經過了審慎考慮所做的決定。政府方面非常清楚自己應負的責任，目前收聽此項訊息的國民想必是正直的國民，希望各位也能負起各位的責任，請切記各位目前所置身的隔離狀態是超越了個人考量，為全國的大局著想。有鑒於此，希望大家注意聽以下的指示：首先，醫院裡所有的燈光都會一直亮著，撥弄開關不會有用，因為開關沒有作用，第二，未經許可擅自走出醫院將立即遭到處決，第三，每間病房都有一具電話，僅可在以衛生與清潔為目的的情況下，向外界要求新的物品補給，第四，院內每個人都必須自己用手洗滌自己的衣物，第五，建議每個病房選出一個病房代表，這是建議，不是命令，如果大家遵守我們現在宣布的各項規則，那麼各位必須以各位認為合適的方式建立組織制度，第六，我們每天會在大門口放置食物箱，一天三次，置於大門的左側和右側，分別供給受感染的病患和疑似受感染的人士，第七，所有的殘渣都必須燒毀，不只是食物，盛裝食物的碗盤和刀叉餐具都將用可燃物製成，也必須一併銷毀，第八，燃燒必須在中庭或操場進行，第九，這類燃燒所造成的損失由院內人士自行負責，第十，若燃燒的火失控，無論是出於刻意或無意，消防人員都不會介入，第十一，同樣地，若院內爆發任何疾病、暴動或攻擊事件，也不能仰賴外界的介入，第十二，倘或有人死亡，無論原因為何，都需由院內人士自行在庭院中安葬，不得舉行任何儀式，第十三，病患和疑似受感染人士間的聯繫必須在進門處的中央穿堂進行，第十四，疑似受感染者若突然失明，必須立即轉移到另一廂房，第十五，為了照顧新入院的人士，這項宣告每天會播放一次。國家和政府希望每位先生和女士都能善盡自己的責任，晚安。

之後一陣靜默，男孩的聲音因而聽得一清二楚。我要媽咪。但這幾個字說得毫無表情，彷彿是發自一種自動重複機器，在不合時宜的時刻播放出先前未播完的詞彙。醫生說，從他們剛才下的命令來看，很明顯我們是被隔離了，可能比史上任何的隔離都更徹底，而且除非找到治療這種病的方法，否則我們沒有出去的希望。我認得你的聲音，戴墨鏡的女孩說。我是個醫生，眼科醫生。你一定是我昨天去看的那個醫生，我認得你的聲音。對，那你是誰。我得了結膜炎，我想應該還沒好，但我現在完全瞎了，所以也不重要了。那跟著你的那孩子呢。他不是我的小孩，我沒有小孩。我昨天幫一個斜眼的男孩做檢查，是你嗎，醫生問。對，是我。男孩答覆的語氣裡帶著憤怒，是那種不喜歡被人提及自己身體缺陷的憤怒，這倒是情有可原，因為這種缺陷和其他的任何缺陷一樣，原本僅是不起眼的小毛病，一旦被人提起，卻變得明顯至極。這兒還有沒有其他我認識的人，醫生問，昨天由他太太陪同來我診所看病的那個人有沒有剛好也在這兒呢，那個開車開到一半突然失明的人。是我，第一個盲人回答。還有沒有別人呢，請開口說話，我們不知要在這裡同住多久，因此彼此認識一下很重要。偷車賊低聲咕噥，是的，是的。他以為這樣就足夠證實他的存在了，但醫生不肯罷休。這聲音聽起來頗年輕，你不是那位有白內障的老先生。不，醫師，我不是。你是如何失明的。我走在路上。然後呢。沒有然後，我走在路上，就突然失明了。醫生正打算問他是否也是眼前一片白茫茫，但及時打住，何必呢，無論他回答什麼，無論他的盲是白或是黑，他們都一樣出不了這個地方。他遲疑地把手伸向妻子，妻子的手在半途迎接他。她親吻他臉頰，其他人誰也看不到他滿是皺紋的額頭、緊繃的嘴、像玻璃般沒有生命的雙眸，那雙眸彷彿具有視力，實際上卻看不見，因而顯得駭人。我有一天也將失明，她想，說不定就在此刻，甚至來不及說完我的話，就和他們一樣，隨時都有可能，也或者我會在醒來時失明，或在闔眼睡覺、以為自己只是假寐一下時失去視力。

她注視著這四個盲人。四個人各自坐在各自的床上，帶來的小小行李放在腳邊，男孩帶的是書包，其他人則是皮箱，小小的皮箱，彷彿是週末出遊的行李。戴墨鏡的女孩小聲和小男孩交談，第一個盲人和偷車賊在對面的那排床位渾然不覺地面對面坐著，坐得很近，中間只隔了一張床。醫生說，我們都聽到命令了，可以確定的一點是，無論發生什麼事，都不會有人來協助我們，所以我們該盡快組織起來，因為這個病房要不了多久就會滿了，其他的病房也是。你怎麼知道有其他病房，女孩問。我們到處走了一趟，才決定待在這個病房，因為這裡離大門比較近，醫生的太太一面解釋，一面捏了捏丈夫的手臂，警告他要小心。女孩說，醫師，由你負責這個病房比較好，你畢竟是醫生。沒有眼睛也沒有藥，這樣的醫生有什麼用。但你有一些權威。醫生的太太微笑了，我想你該接受，不過當然得要大家意見都一致才行。但我認為這不是個太好的點子。為什麼。因為目前這兒只有六個人，但到了明天一定會有更多人，每天都會有新的人來到，要求他們服從不是自己選出的領袖領導，這太強人所難，何況即使他們願意服從我的權威和規定，我也無法提供任何東西來交換人們的尊敬。那麼這裡的生活就會很困難了。如果只是困難，那已經很幸運了。戴墨鏡的女孩說，我本來是好意，但坦白說，醫師，你說得對，每個人都有不同的意見。

不知是因為受了這些話的觸動，或是因為他再也無法抑制自己的怒火，兩個男人當中的一個突然跳起來。我們的不幸都是這個傢伙害的，如果我看得見，我就要殺了他。他一面咆哮，一面用手指向他以為是另一人所在位置的方向。他錯得也不算太離譜，但他充滿責難的手指指著的是一張無辜的床頭櫃，因而這戲劇化的手勢顯得滑稽。冷靜點，醫生說，流行病猖獗時，沒有誰害誰，大家都是受害者。如果我沒有這麼好心，如果我沒幫這個人找到回家的路，我就不會失去寶貴的眼睛。你是誰，醫生問。但訴苦的人沒有回答，他此刻看來似乎十分氣惱自己方才說了那些話。接著另一個男人開口了，他送我回家，這是真的，但他利用我的失明偷了我的車。你說謊，我什麼也沒偷。你絕對有偷。如果有人偷了你的車，那不是我，我做善事得到的回報是瞎了雙眼，何況我倒很想知道，你有目擊證人嗎。這樣爭吵無濟於事，醫生的太太說，車子在外面，你們兩個在這裡，還是和好吧，別忘了我們要同住在這裡。別把我算在內，第一個盲人說，我要搬到別的病房去，離這個趁火打劫的騙徒愈遠愈好，他說他是因為我才失明的，那好，就讓他繼續失明吧，這證明世上到底還是有天理的。他提起皮箱，為防跌跤而拖著腳步，一面用空著的手摸索，一面沿著隔開兩排病床的走道慢慢走。其他的病房在哪裡，他問。但即使有人回答，他也沒有聽到，因為他突然遭到了拳腳攻擊，偷車賊正使出渾身解數對這個造成他一切不幸的罪魁禍首進行報復。兩人在狹隘的空間裡扭打，一忽兒上，一忽兒下，不時撞到床腳，斜眼的男孩再度受驚，重新開始嚎啕，哭喊著要找媽媽。醫生的妻子知道單憑她一己之力無法說服這兩人停止爭吵，於是她挽著丈夫的手臂，領著丈夫沿著走道，走到兩個憤怒男子扭打喘息的地方，她指引丈夫的手，自己則對付較好控制的那個，費了好一番力氣才把兩人分開。你們的行為太愚蠢了，醫生憤怒地說，如果你們想把這地方變成地獄，那這樣做就對了，但別忘了我們在這兒要自立自強，沒有外援可以倚賴，聽到沒有。他偷了我的車，在拳腳交鋒中佔下風的第一個盲人嗚咽著說。別管了，那有什麼意義，醫生的太太說，你的車不見時，你已經無法開車了。話是沒錯，但那是我的車，這個無賴把車偷走，不知扔在哪裡了。很可能就在這人突然失明的地方，醫生說。您真聰明，醫師，沒錯，就是這樣，偷車賊說。第一個盲人作勢要掙脫捉住他的手，但並沒真的使勁，彷彿是明白無論他的憤怒多麼站得住腳，也無法換回他的車，而他的車也無法換回他的視力。然而偷車賊威脅道，你要以為我會就這麼放過你，那你就大錯特錯了，沒錯，我偷了你的車，但你偷走我的視力，誰比較壞。夠了，醫生嚷道，我們大家都瞎了，誰也不要指責誰。我對別人的不幸沒有興趣，偷車賊輕蔑地說。如果你想搬到別的病房，醫生對第一個盲人說，我太太可以帶你去，她比我清楚這裡的環境。不用了，謝謝，我改變主意了，還是留在這裡好。偷車賊笑他，這小弟弟不敢一個人住，怕有鬼會來抓他。夠了，醫生失去了耐性，大吼。醫師，你給我聽好，偷車賊咆哮，我們在這兒都是平等的，你沒資格命令我。沒有人命令你，我只是拜託你別惹這個可憐人。好，很好，不過和我相處要小心點，要把我惹毛了，我可不是省油的燈，我可以是個好朋友，但也可以是最厲害的敵人。偷車賊用具侵略性的手勢和動作，摸索回他方才坐的床，把行李箱塞到床底，然後宣告，我要睡覺了。彷彿是警告說，你們快把頭轉開，我要脫衣服了。戴墨鏡的女孩對斜眼男孩說，你也該睡覺了，你睡這一側，半夜有什麼事就叫我。我想尿尿，男孩說。聽他這麼一說，所有的人突然都尿急起來，每個人的想法大致都是，這種問題要怎麼解決。第一個盲人在床底摸索一陣，想看看有沒有尿桶，但同時卻又但願自己不會找到尿桶，因為在他人面前小解實在太窘，這自然不是因為其他人會看到，而是撒尿的聲音聽在別人的耳裡實在顯得有失檢點，男人至少還可以用點女人辦不到的策略，就這點來說男人是比較幸運。偷車賊坐在床上說，媽的，這鬼地方要在哪裡撒尿。戴墨鏡的女孩抗議，有小孩在場，別說髒話。你說得是，漂亮妹妹，但除非你能找到廁所，否則你的小朋友就要尿褲子了。醫生的太太插嘴，說不定我可以找到廁所，我記得我聞到過廁所的氣味。我跟你一起去，戴墨鏡的女孩牽著男孩的手說。我想大夥兒最好都一道去，醫生說，這樣我們才能學會認路，隨時想上廁所都可以去上。我知道你打什麼主意。偷車賊不敢說出來，只在心裡想。你怕我每次想撒尿時，你的可愛老婆都得帶我去。這念頭背後的意涵使他出現小小的性亢奮，這倒令他吃了一驚，彷彿失去了視力，性慾也就該同時失去或減少似地。很好，他想，一切都還在，畢竟在整個世界都半死不活的時候，還是有個小弟弟安然無恙。他從談話中分了心，開始想入非非。但他沒來得及想太多，醫生已經在說，我們排成一排，我太太會帶路，大家把手搭在前一個人的肩上，這樣就不會迷路了。第一個盲人大聲說，我絕不跟他去任何地方。很顯然他指的是搶劫他的那個惡棍。

無論是想尋找彼此或躲避彼此，狹窄的過道都難以旋身，何況醫生的太太還得假裝自己也盲了。最後，一群人終於排成一條縱隊，戴墨鏡的女孩牽著斜眼男孩，然後是只穿了內褲和背心的偷車賊，再來是醫生，第一個盲人排在最後，因此暫時不會遭到肢體攻擊。一行人行進得很慢，彷彿不信任帶隊的人似地，用空出的一隻手徒勞無功地四處摸索，尋找牆壁、門框等實體來倚靠。排在戴墨鏡女孩後方的偷車賊被她身上散發的香水味及不久前勃起的記憶搔得心癢難耐，決定要更善加利用雙手，一隻手撫弄女孩頭髮下方的頸背，另一隻則堂而皇之地摩挲起她的胸脯。女孩扭動身軀想甩開他，但他緊抓不放，於是女孩使出渾身力氣，狠狠向後踢了一腳，尖利如匕首的鞋跟戳進偷車賊光溜溜的大腿肉裡，他發出驚駭與痛苦交雜的慘叫。怎麼回事，醫生的太太回過頭問。我絆倒了，戴墨鏡的女孩回答，我好像踢傷了後面那個人。偷車賊用手指探查女孩攻擊所造成的結果，血已從他的指間滲出。我受傷了，這個賤貨不看清楚腳該往哪兒踩。你也不看清楚手該往哪兒擺，女孩忿忿地回嘴。醫生太太明白是怎麼一回事了，起初她會心一笑，但隨即發現這可憐的壞蛋傷得不輕，血從他的大腿向下淌，而他們沒有雙氧水，沒有碘酒，沒有膏藥，沒有紗布，沒有消毒劑，什麼也沒有。原來的縱隊亂了，醫生問，傷在哪裡。這裡，這裡。哪裡。在我腿上，你看不到嗎，這賤貨用她的鞋跟戳我。我跌倒了，沒辦法，女孩又說一遍，然後憤怒地衝口而出，這混蛋對我毛手毛腳，他把我當什麼樣的女人了。醫生的太太插嘴，這傷口要立即清洗清洗，包紮起來。哪裡有水，偷車賊問。廚房有水，但不用大家一起去，我和我先生帶他去，你們其他人在這裡等，我們馬上回來。我要尿尿，小男孩說。再忍一下，我們馬上就回來了。醫生的太太知道她得先右轉，再左轉，然後走一條成直角的狹廊，廚房在狹廊底端。醫生太太假裝走錯幾步路，停頓，折返原路，然後說，啊，我想起來了，之後就直接往廚房前進，傷口血流得厲害，沒有時間迷路了。水龍頭流出的水起初是髒污的，好一會兒才稍稍清澈起來。水混濁而微溫，彷彿水管內部已經腐爛，但水沖上傷口時，傷患舒了一口氣。傷口看來相當悽慘。好吧，那我們要怎麼幫他包紮，醫生太太問。有張桌子底下有幾塊污穢的破布，肯定是從前擦地用的，用這種東西當繃帶是最不明智的作法。她一面裝著努力尋找，一面說，好像沒有什麼東西可用。但不能就這樣放著我不管，醫生，我血流不止，拜託幫幫我，原諒我剛剛對你不禮貌，偷車賊呻吟著。我們在想辦法幫你，不然我們在這做什麼，醫生說，接著便命令他，背心脫掉，沒有別的辦法了。受傷的小偷囁嚅著說他需要背心，但還是脫了下來。醫生太太一點時間也沒浪費，俐落地把背心改造成臨時繃帶，纏在小偷的腿上，並用肩帶及背心的尾端草草打了個結。這實在不是盲人可以輕易完成的動作，但她沒心情再浪費時間作假，佯裝迷路已經足夠了。小偷隱約感覺事有蹊蹺，這醫生固然是個眼科醫生，但照道理，替他包紮的應當是醫生才對，然而傷口得到了處置，他感覺欣慰，這欣慰掩蓋了短暫掠過心頭的隱約狐疑。醫生夫婦和一跛一跛的小偷回到其他人身邊，然而一回到原處，醫生太太就發現斜眼男孩已經忍不住尿濕褲子了。第一個盲人和戴墨鏡的女孩都渾然不知發生了什麼事。男孩的腳邊有一攤尿，褲腳仍在淌水，但醫生太太裝作什麼也沒發生似地說，走吧，我們去找廁所。盲人們伸長手臂彼此尋覓，但戴墨鏡的女孩嚴正聲明她絕不再走在那個對她毛手毛腳的無恥之徒前方，最後大夥兒終於重新組成縱隊，小偷和第一個盲人換了位子，醫生夾在兩人中間。小偷拖著受傷的腿前進，跛得更厲害了。緊緊纏在腿上的繃帶弄得他不舒服，傷口則噗通噗通鼓動得厲害，彷彿是心臟換了位置，躺在某個洞的底下。戴墨鏡的女孩再度牽起男孩的手，但男孩極力保持距離，唯恐有人發現他的閃失，比如醫生就喃喃地說，我聞到一股尿臊味。醫生太太覺得應當附和一下丈夫，便說，對，的確有個味道。但她不能說尿臊味是廁所傳來的，因為他們離廁所還有一段距離，然而為了佯裝失明，她也不能透露這氣味是來自男孩尿濕的褲子。

終於到達廁所後，男男女女都一致同意斜眼男孩應該第一個進去，但最後所有的男性決定不分年紀或尿急的程度，一同前往。便池是公共的，在這種地方，什麼都必須是公用的，馬桶也不能例外。女人在門外等。一般來說，女性憋尿的功力較強，但忍耐畢竟有個限度，醫生的太太旋即建議，說不定還有別的廁所。但戴墨鏡的女孩說，就我個人來說，我可以等。我也可以，對方答道。接著是一陣靜默，然後談話重新開始。你是如何失明的。跟大家一樣，突然之間就什麼也看不到了。你當時在家嗎。不在。是離開我先生的診所後發生的。

可以這麼說。什麼叫可以這麼說。我是說不是一離開就發生。會痛嗎。不，不會痛，但我一睜開眼睛就瞎了。我的情況不一樣。怎麼不一樣。我沒有閉眼睛，我先生坐進救護車的那一剎那我就失明了。真幸運。誰幸運。你先生，這樣你們就可以在一起。這樣說來，我也很幸運。你是很幸運。你結婚了嗎。還沒，我還沒結婚，大概也不可能會結婚了。但這種失明好怪，從科學角度來看很不尋常，不可能永遠不會好的。想想看，我們說不定會一輩子住在這裡。你是說誰。我們大家。那太恐怖了，整個世界都是盲人。想都不敢想。

斜眼男孩第一個從廁所出來，其實他根本不需要進去。他把褲管捲起來，脫了襪子。他說，我回來了。戴墨鏡的女孩朝聲音的方向摸索，失敗了一、兩次，終於找到男孩遲疑的手。沒多久，醫生出來了，接著第一個盲人也出來了。其中一個人問，你們其他人在哪兒。醫生太太已經挽住丈夫的手臂，戴墨鏡的女孩則捉住他的另一條手臂。第一個盲人無依無靠了一會兒，接著有人把手搭在他肩上。大家都回來了嗎，醫生太太問。腿受傷的那個人還在裡面，在滿足他的另一個需求，她的丈夫回答。接著戴墨鏡的女孩說，也許還有別的廁所吧，我受不了了，對不起。我們去找吧，醫生太太說。於是兩人手牽手離開，找到一間有獨立廁所的診療室，不到十分鐘就回到原處。小偷重新出現了，嚷著冷和腳痛。一行人排成和來時相同順序的縱隊，比先前輕鬆而順利地回到病房，途中沒有再發生事件。醫生太太伶俐而不著痕跡地幫每個人找到先前各自挑定的病床。在進入病房前，她提議說，找到自己病床最簡單的辦法就是從入口開始計算床位。她說得彷彿這是天經地義的事似地。她說，我們的床位是右手邊的最後兩張，第十九和第二十床。第一個循走道往下走的是偷車賊。他幾乎是一絲不掛，從頭到腳都打著哆嗦，急著想緩解腿上的痛楚，這理由足夠讓他享有優先權了。他走過一張又一張的床，在地上摸索，尋找自己的皮箱，找到後他大聲宣布，找到了，第十四張床。哪一邊，醫生太太問。左邊，他回答，又一次隱約感到吃驚，彷彿覺得她不用問就該知道。第二個摸索的是第一個盲人，他知道他和小偷在同一側，只隔一張床。他已經不害怕睡在他旁邊了，小偷的腿情況悽慘，何況從他的呻吟和嘆息聲來看，他連動都不太能動了。找到床後，他說，左邊第十六床，然後和衣躺下。接著戴墨鏡的女孩低聲懇求，我們可不可以睡在你們對面，比較有安全感。於是四個人一同摸索向前，一點也沒耽擱地找到床位安頓下來。幾分鐘後，斜眼男孩說，我肚子餓。戴墨鏡的女孩喃喃說，明天，明天我們會有東西吃，現在睡覺吧。然後她打開她的皮包，尋找她在藥店買的小小瓶子，然後摘下眼鏡，仰起頭，睜大眼睛，用一隻手引導另一隻手，往眼睛裡點藥。有些藥沒滴進眼睛裡，但在她如此悉心的照護下，結膜炎很快就好了。

5

我一定要睜開眼睛，醫生的太太想。夜裡她幾度醒轉，透過緊閉的眼皮覺察幾乎照不亮病房的黯淡燈光，然而這回她發現情況有了不同，另有一種光亮，可能是黎明的第一道曙光，也可能是已經淹沒了她雙眼的渾濁海洋。她對自己說，數到十，然後睜開眼睛。她說了兩次，數了兩次，也失敗了兩次。她聽得到隔壁床丈夫深沉的鼻息，還有不知什麼人的鼾聲。不知那傢伙的腿傷怎麼樣了，她自問，但她知道此刻她並不真的懷著惻隱之心，她真正希望的是假裝關心別人，是不用睜開眼睛。但隨即她就睜開了，並不是出於某種有意識的決定，而是自然而然的反應。窗戶從牆壁的中央一直延伸到距天花板只有一手之寬之處，陰沉的淡藍色曙光透過窗戶照進來。我沒瞎。她喃喃自語，又隨即著慌，從床上坐起身，睡在對面床的戴墨鏡女孩說不定聽見了。女孩仍沉睡，隔壁靠牆的床上，男孩也依然沉睡。她和我一樣，醫生的太太想，她把他安排在最安全的位置。我們能形成的牆多麼薄弱，不過就是路當中的一塊小石頭，除了或許能絆倒敵人外別無其他作用，敵人，什麼敵人，誰也不會攻擊我們，縱使在外面曾經燒殺劫掠，也不會有人來逮捕我們，那個偷車的人從未如此確知自己的自由過，我們與世界隔絕得如此之遠，將再也不知道自己是誰，甚至再也記不得自己的姓名，何況名字在這兒有何用處，狗與狗之間彼此並不相識，也並不依主人取的名字來辨識彼此，每隻狗之間的不同在於氣味，彼此之間便是用氣味來辨認，我們就像另一種狗，用彼此的吠聲和話語來辨識，至於其他的特徵，五官、眼睛和頭髮的顏色，都不重要，彷彿並不存在似的，我還看得見，但能看見多久呢。光線有了變化，不可能是夜重新降臨，應是雲朵遮陰了天空，延遲了早晨的到來。小偷的床位傳來一聲呻吟。醫生的太太想，如果傷口受到感染，我們沒有東西可以治療，沒有藥物，在這種情況下，再小的意外也會演變成悲劇，說不定他們等的就是這個，等我們在這裡一個個死去，野獸死了，毒素也就跟著消失。醫生的妻子從床上爬起來，伏在丈夫身旁，想喚醒他，但沒有勇氣把他從熟睡中硬生生拖起，然後得知自己依然眼盲。她赤著腳，小心翼翼走到小偷床邊。他的眼睛睜著，動也不動。你感覺怎樣，醫生的太太問。小偷把頭轉向聲音的方向說，很糟，我的腿痛得不得了。她正想說，讓我看看，但及時忍住沒說。真不小心。但反而是小偷忘了這兒全是盲人，不假思索地掀開毛毯，幾小時前他仍在外面時，若有個醫生對他說，我來看看你的傷口，他便會有這樣的反應。即便在黯淡的光線中，任何眼明的人都會發現，床墊已被鮮血浸得濕透，傷口周圍腫脹，形成一個黑洞。繃帶已經鬆開了。醫生太太小心翼翼替他把毛毯蓋好，快速而靈巧地摸了摸他的額頭，他的皮膚乾燥而滾燙。光線又變了，雲朵飄走了。醫生的太太回到自己的病床，但這回並沒有躺下。她注視著在沉睡中喃喃自語的丈夫，注視著灰色毛毯下其他人朦朧的身影、滿是污垢的牆壁、等著病人的空病床，她平靜地但願自己也能失明，穿透可見的事物表面，進入他們的內在，進入他們無可治癒的炫目的盲。

突然間，從病房外，可能是來自隔開兩側病房的穿堂，傳來憤怒的聲音。走，走，快走，走開。你們不能留在這裡。你們要服從命令。喧鬧聲更大了，但隨即平靜，有扇門砰一聲關上，接著便只能聽到憂傷的哭泣，以及顯然是有人跌倒所發出的砰咚聲。病房裡大家都醒了，把頭轉向房門，即使沒有視力，也可以知道是有新的盲人來了。醫生的太太站起來，她多麼希望能幫幫這些新來的人，說個重要的字，引領他們到病床，告訴他們，注意，這是左邊第七張床，這是右邊第四張床，不能弄錯，對，我們這兒原來有六個人，我們是昨天來的，對，我們是最先來的，我們的名字，名字有什麼意義，我們當中有個人偷了另一個人的車子，有個人是車子被偷的那個，有個戴墨鏡的神祕女孩，每天給患結膜炎的眼睛點眼藥，我看不到怎知她戴墨鏡，這是有可能的，我先生是眼科醫生，那女孩到他診所求診過，對，他也在這裡，我們全都失明了，啊，當然囉，還有那個斜眼的男孩。但她什麼也沒做，只對丈夫說，他們來了。醫生從床上起來，妻子幫忙他穿上褲子，其實沒關係，沒有人看得到，這時新的盲人來了，共有五個，三男二女。醫生提高嗓門說，別緊張，不用急，我們這邊有六個人，你們新來的有幾個，大家都有位子。新來的並不知道他們共有幾個人，在被從左側廂房驅逐到這一側的途中，他們的確有肢體接觸，有時甚至還彼此碰撞，但他們不知道這一批總共有多少人。他們也沒帶行李。在病房裡醒來，發現自己失明，而開始哀悼自己命運乖舛後，其他人一刻也不遲疑地把他們驅逐出境，連向一塊兒來的親友道別的時間都不給。醫生的太太說，如果他們能算一算人數，每個人報出自己的名字，會比較好。沒有動靜，盲人們遲疑著，但總要有人起個頭，於是有兩個男人同時開口，總是會這樣，然後兩人又同時閉嘴，結果是第三個人起頭，我是一號。他停頓了一下，似乎要報出姓名，但他說的卻是，我是個警察。醫生的太太心想，他沒報自己的姓名，他也知道名字在這裡不重要。另一個人開始自我介紹，我是二號。他依循一號的模式，我是個計程車司機。第三個人說，我是三號，我是藥劑師助理。接著一個女人說，我是四號，我是旅館清潔婦。然後是最後一個，我是五號，我是上班族。是我老婆，我老婆，你在哪裡，告訴我你在哪裡。這裡，我在這裡。她落了淚，圓睜著眼跌跌撞撞地沿著走道走，雙手在淹沒她的混濁海洋中掙扎。男人較有自信地向她走去。你在哪裡，你在哪裡，他誦經似喃喃念著。兩人找到了彼此，隨即擁抱，融為一體，尋索著彼此的吻，偶爾因看不到對方的頰、眼、唇在何處，熱吻便迷失在半空中。醫生的妻子啜泣著依偎在丈夫身邊，彷彿她也剛剛與丈夫重逢，但她說的卻是，好慘，真不幸。然而斜眼男孩的聲音隨即驀地冒出，我媽咪有沒有在這裡。戴墨鏡的女孩坐在自己的床上低聲說，她會來的，別擔心，她會來的。

在這裡，每個人真正的家就是他們睡覺的地方，因此新來的人第一要務就是選定一張床，就和仍有視力且居住在對面病房時一樣。就第一個盲人的妻子來說，情況相當清楚，她最合理的位置當然就是丈夫旁邊的第十七號床，十八號床則空在中間，像是隔開他們與戴墨鏡女孩的虛空空間。這些人想盡可能地靠近彼此，這也是可以理解的。這些人之間有種種的關係，有些我們已經知道了，有些我們即將知道，比方說，這個藥劑師助理就是賣眼藥給戴墨鏡女孩的那個，這個計程車司機就是載第一個盲人去眼科診所的那個，自稱是警察的那個在街上發現失明的小偷像個迷路的孩子般哭泣，旅館清潔婦則是戴墨鏡女孩在房裡尖叫時，第一個走進房間的人。不過可以確定的是，這些關係要不是因為缺乏機會，要不就是壓根兒沒人想得到有這種事，或者純粹由於某些人的心思敏銳且技巧圓滑，不見得都會揭露出來。旅館清潔婦作夢也想不到她見到的那個裸女在這兒，我們知道藥劑師助理也曾賣眼藥給其他戴墨鏡的客人，也不會有人魯莽到向警察檢舉說這兒有個偷車賊，而那位計程車司機必定會發誓過去幾天來他從沒載過失明的乘客。第一個盲人當然低聲告訴了妻子，這病房的室友當中，有一個就是偷了他們車子的混帳。真是巧，呃。但由於這時他知道那可憐的流氓一條腿受了重傷，因此他相當寬宏地補上一句，他受的懲罰已經夠多了。而她則由於失明的悲苦太過深沉，而與丈夫重聚的喜悅又太過高昂，喜悅與悲苦是可以融合的，並不像油和水，因而她忘了自己兩天前說過的話。用她自己的話來說，如果能讓這混蛋也瞎掉，要她犧牲一年性命也在所不惜。就算這份憎恨在她靈魂裡還有一絲殘存的影子，也在受傷的人可憐兮兮哀嚎著，醫生，求求你救救我時，煙消雲散了。醫生由妻子領著，輕輕摸索傷口的邊緣。除此之外他什麼也不能做，也沒有必要再清洗傷口了，感染可能是鞋跟造成的，踩過外面街道和這棟樓裡地板的鞋跟深深插入他的肌肉裡，但廚房的水管陳舊骯髒得令人咋舌，流出的水污濁且近乎停滯，當中極可能存在著病菌，也可能是感染原。戴墨鏡的女孩在聽到他的呻吟後起床了，緩緩地數著病床，向這兒靠近。她的身體前傾，伸長了手，手拂過醫生太太的臉，天曉得她是如何找到的，但她捉住受傷病患燒得滾燙的手，悲傷地說，請你原諒我，都是我的錯，我不該那樣對你。算了，那人回答，人生就是會發生這種事，我也不該那樣對你。

擴音器忽然傳出刺耳的聲音，幾乎掩蓋了受傷病患的最後幾個字。注意，注意，你們的食物和衛生清潔用品已經放置在入口處，失明的病患先出來取食物，受感染病房的人聽到指示後再出來，注意，注意，你們的食物已經放置在入口處，失明的病患先出來領取，失明的先。受傷的人高燒燒昏了頭，沒聽清楚廣播的話，以為隔離結束，可以出去了，努力想爬起來，但醫生太太把他按住。你上哪兒去。你沒聽到嗎，他問，廣播說失明的病患先出去。對，但只是出去領食物。受傷病患發出喪氣的嘆息，再一次感覺痛楚穿透了肌膚。醫生說，你留在這兒，我去拿。我跟你一起去，他的妻子說。兩人正要走出病房時，新來盲人當中的一個問，這傢伙是誰。第一個盲人回答，他是個醫生，眼科醫生。那可真有用，計程車司機說，能和一個啥也幫不上忙的醫生困在一塊兒可真幸運。我們還不是跟個哪兒也不能載我們去的計程車司機困在一起，戴墨鏡的女孩酸溜溜地回嘴。

裝著食物的箱子放在走廊上，醫生對妻子說，帶我到大門去。去幹嘛。我要告訴他們這裡有人受了嚴重感染，但我們沒有藥物。別忘了他們的警告。我知道，但真的面對實際狀況時，他們不見得真會那麼做。我很懷疑。我也是，但我們得試試看。走到通往前院的階梯頂端時，醫生的太太被陽光扎得刺眼，但並不是由於陽光太強烈，天上有烏雲飄過，看來似乎就要下雨。才這麼短一段時間，我就不能適應亮光了。等一等，大門外有個士兵大嚷，不准動，回頭，我奉命開槍。接著他拿槍指著他們，以相同的口氣說，中士，有人想出來。我們不是要出來，醫生反駁。依我看，他們不是想出來，中士一面走過來，一面說。他向大門鐵條裡望，開口問，怎麼回事。有個人腿受傷，傷口感染，我們急需抗生素和其他藥品。我的命令很清楚，誰也不准出來，也只有食物可以往裡送。如果感染惡化，很可能會致命，而現在很顯然一定會惡化。那不是我的問題。那請你聯絡你的上級。你給我聽好，瞎子，我告訴你，你們要是不回去本來待著的地方，我們就要開槍了。我們走吧，醫生太太說，沒辦法，這不是他們的錯，他們也很害怕，何況他們只是聽命行事。我不相信會有這種事，這根本違反人道精神。你最好要相信，因為事實再明顯不過了。你們兩個還在那兒嗎，我數到三，如果我還看得到他們，他們就回不去了，一……二……三……，時間到。他說話非常算話，轉頭對士兵說，即使是我親兄弟也一樣。他沒解釋他指的是誰，是出來討藥品的那個，還是裡頭腿受傷感染的那個。回到裡頭，受傷的人想知道外界願不願意提供藥品。你怎麼知道我去討藥品，醫生問。我猜的，你畢竟是醫生。我很抱歉。你的意思是說他們不肯給。對。好吧，那就算了。

準備食物的人很細心地計算了五人份的食物，有牛奶和餅乾，但準備的人忘了附上杯盤和刀叉，可能要午餐時才會附。醫生的太太端了點飲料給受傷的人喝，但他隨即吐了出來。

計程車司機抱怨他不喜歡牛奶，詢問有沒有咖啡可以喝。有些人吃了飯就重回床上睡覺，第一個盲人帶妻子四處逛，就只有他們倆離開病房。藥劑師助理要求和醫生談談，他問醫生對這個病有沒有什麼看法。嚴格來說，我覺得這不叫病，醫生說。他概略敘述了自己在失明前研究參考書籍的成果。好幾張床之外，計程車司機專心地傾聽，醫生報告完他的心得後，計程車司機大聲從病房的另一端發話。我打賭一定是從眼睛通往腦子的管道堵塞了。白痴，藥劑師助理憤怒咆哮。誰知道呢，醫生忍不住露出微笑，其實眼睛只不過是透鏡，真正看東西的是腦子，就像影像映在底片上一樣，也許就像那個人說的，中間的管道真的堵塞了。那就跟化油器一樣，如果汽油到不了化油器，引擎就不會運轉，車子就動不了。你看，就是這麼簡單，醫生告訴藥劑師助理。醫生，那麼你想，我們還要在這裡關多久，旅館清潔婦問。坦白說，我想沒有人知道，這毛病如果不是自己會消失，就是永遠不會好。我多麼希望知道。清潔婦嘆了口氣，好一會兒以後又說，我也很想知道那女孩後來怎麼了。什麼女孩，藥劑師助理問。旅館裡那個女孩，她把我嚇了好大一跳，她在房間中央，除了墨鏡外身上什麼也沒穿，尖叫著說她瞎了，我想就是她傳染給我的。醫生的太太注視著，看見女孩緩緩摘下眼鏡，遮遮掩掩把眼鏡藏在枕頭下，然後問斜眼的男孩，你還要不要一片餅乾。來此之後，醫生太太第一次覺得自己彷彿站在顯微鏡後方，觀察著一群人的行為，而這些人絲毫不覺察她的存在，這使她感到淫亂卑鄙。別人看不見我時，我也沒有權利看人，她心想。女孩用顫抖的手點了幾滴眼藥。她隨時都可以謊稱那是眼裡流出的淚水。

幾小時後，擴音器的廣播通知他們前去取用午餐。第一個盲人和計程車司機自告奮勇從事這項不需視力而只需觸覺的任務。裝食物的箱子與玄關和走廊之間的門有點距離，兩個盲人必須四肢著地，一隻手伸長了在前方地板摸索，另一隻手當作第三條腿，匍匐前進，才能尋找食物箱的位置。而返回病房的路途之所以還算容易，是因為醫生的太太想出了個點子，把毛毯撕成細長碎布，製成一條臨時的繩子，一端綁在病房門外側的把手上，另一端則綁在負責去取食物的人腳踝上。她費了好一番心思才想出藉口，說能想出這一招完全是出於個人經驗。兩人回來了，這回有了盤子和刀叉，但食物還是只有五人的分量，很可能負責這個小隊的中士一點兒也不知道這裡的實際人數比他以為的多了六個，因為只要是在大門外，縱使注意著門內發生的事，在玄關的陰影遮蓋下，也只有運氣好的時候才能看見有人從一側廂房遷移到了另一側。計程車司機自告奮勇，要前去要求補足短缺的食物，他不要人陪伴，便逕自出發了。這裡不止五個人，我們有十一個人，他對著士兵吼叫。方才的中士隔著大門回答，省省口舌吧，還會有更多人來呢。中士的口氣聽來像是在嘲弄對方似地，計程車司機回到病房後說的話證實了這一點。他好像在嘲笑我。一夥人分了食物，五份食物分成十份，因為受傷的人仍然不肯吃，只要求喝點水，懇求他們幫他沾濕他的唇。他的皮膚滾燙，由於無法忍受毛毯的重量在傷口上壓太久，他每隔一會兒就掀開毛毯，但病房裡的冷空氣卻逼得他不久又重新蓋上，就這麼反反覆覆好幾個小時。他規律地間歇呻吟，聲音聽來像被勒得透不過氣的喘息，彷彿持續不褪的痛楚在來不及控制下突然惡化。

下午兩、三點時，又來了三個被隔壁病房逐出的盲人。一個是診所的員工，醫生的太太馬上就認出來，另兩個受命運之神判決的，一個是和戴墨鏡女孩上旅館的男人，另一個是帶她回家的倒楣警察。幾個人選定病床坐下來後，診所員工就開始哭泣，兩個男人則一語不發，彷彿還沒弄清楚這是怎麼一回事。突然街上傳來人們的叫喊聲，有人用粗獷響亮的嗓音發號施令，還有一陣反抗的騷動。病房裡的盲人全把頭轉向門的方向等待。他們看不到，但很清楚接下來將發生什麼事。醫生的太太坐在丈夫的隔壁床位上，低聲說，無可避免，我們期待中的地獄就要出現了。醫生握緊她的手，輕聲說，別動，從現在開始，你什麼也幫不上忙了。叫喊聲消失了，這時玄關傳來不清晰的嗡嗡聲，是盲人發出的聲音，像綿羊似地被驅趕著，你撞我我撞你，在走廊擠成一團，有些失去方向，走錯了病房，大部分則跌跌撞撞，或聚集成群，或三三兩兩，像溺水的人般絕望地在空中揮舞雙手，旋風也似倏忽湧入病房，彷彿是被推土機從外面推進來。好一些人摔跤了，被其他人踩在腳下。新來的人困在狹小的走道裡，逐漸塞滿了床與床之間的空位，然後，就像風雨中的船終於航到港口，每個人終於找到了自己的停泊位置，也就是病床，他們堅稱床位已滿，後來者必須另覓據點。醫生從病房的最底端高聲宣布還有其他病房，但少數還沒找到床位的人害怕會在迷宮也似的房間、走廊、樓梯與緊掩的房門間迷失，而這些地點他們只怕要尋索到最後一分鐘才能找到。然而他們終於明白這裡不能待下去，跌跌撞撞地摸索方才的門，向未知的世界探索。第二批的五個盲人猶如尋找最後的安全棲身所，好不容易在前兩批盲人間原本空蕩蕩的床位中選定了自己的位置。只有受傷的人在左手邊第十四床，孤伶伶地與大夥兒隔離，沒有臨床室友的保護。

一刻鐘後，除了少許啜泣聲和打點安頓的細微聲響，病房又復歸平靜，並不安詳的平靜。現在所有的病床上都有人了，夜幕即將低垂，黯淡的燈光似乎強了起來。突然間擴音器爆出聲響。和第一天一樣，病房的管理辦法和拘禁人士應服從的規則都重複一遍，政府方面很遺憾必須嚴格執行應有的責任和權利，在面對眼前的危機時，不得不採取一切必要手段來保護所有的人民，諸如此類。廣播停止後，憤怒的抗議聲此起彼落。他們把我們關起來了。我們會死在這裡。這怎麼可以。他們答應要派來的醫生呢。這個先前倒是沒聽說過，當局答應要派醫生，要在醫藥上提供支援，說不定還有完全治好的辦法。醫生沒有說，如果他們需要醫生的話，他隨時候教。他永遠不會再說這種話了。光憑他的一雙手並不足以當個醫生，醫生用藥物、用化合物和各式各樣的合成物治病，而這些東西在這裡連個影兒也沒有，也沒有絲毫取得的希望。他甚至沒有雙眼的視力可以注意到害病的蒼白容顏、觀察到任何體表循環的發紅，這些外在的徵兆多少次證實與整套病歷、黏液的顏色與色素的色澤有相同的功效，不需要更精密的檢查，光憑這些徵兆就幾乎可以做出完全正確的診斷。是這個病，錯不了的。由於附近的床位都有人了，醫生太太無法再繼續向他報告情況，但他感覺得出新的一批盲人來了之後那種衝突一觸即發的緊張氣氛。病房裡的空氣似乎變得更沉重，散發著揮之不去的氣味，偶爾突然飄過的陣陣氣味令人作嘔。一個星期後這裡會變成什麼個樣子，醫生自忖。然而想到一個星期後他們仍會被關在這裡，他便恐懼起來。假設食物的供給沒有問題，然而誰能確定食物會不會已經短缺，比方說，外面的人恐怕無法掌握內部監禁的人數，問題是他們將如何解決衛生的問題。我不是說我們才失明幾天，在沒有人協助的情況下要如何保持身體清潔，也不是說蓮蓬頭能不能用或能用多久，而是指其他的問題，其他各種可能發生的問題，比方假使馬桶堵塞，即使只堵塞一個，這個地方就將變成臭水溝。他用手搓搓臉，三天沒刮鬍子，他摸得到自己滿臉鬍碴。這樣比較好，希望他們不會想出供應我們刮鬍刀和剪刀的倒楣點子。他的皮箱裡有刮鬍子所需的一切工具，但他很清楚最好試也別試。即使在病房外，即使不在人群中時，我太太可以幫忙我，但要不了多久就會有人聽說這件事，會意外這兒竟然有人能提供這種服務，而就在那裡，在淋浴間，多麼混亂，親愛的上帝，我們多麼懷念擁有視力的日子，多麼懷念看得見的日子，即使只能看見隱約的影子，能站在鏡前看見朦朧昏黑的一片，能夠說，那是我的臉，也是值得懷念的，如今一切有光的東西都不再屬於我。

抱怨聲逐漸平息，隔壁病房有人來問是否有剩餘的食物，計程車司機劈頭答道，連麵包屑也沒有。藥劑師助理想表示點善意，緩和一下斷然拒絕的語氣，便說，說不定待會兒會有更多食物送來。但什麼也沒有再來了。天黑了，外界既沒有送食物來，也沒有捎來隻字片語。隔壁病房傳來哭喊，之後便鴉雀無聲，即便有人啜泣，也是無聲地啜泣，並沒有聲音穿透牆壁傳過來。醫生太太上前去看受傷的人怎麼樣了。是我，她一面說，一面小心翼翼掀開毛毯。他的腿呈現著可怖的景象，大腿以下完全腫脹，傷口是個沾染紫色血跡的黑圈，且變得更大了，彷彿內部的肌肉伸展到外面來，散發著混合有輕微甜味的惡臭。你感覺怎樣，醫生的太太問。謝謝你來看我。告訴我你感覺怎樣。很糟。很痛嗎。又痛又不痛。什麼意思。很痛，但又好像這條腿已經不是我的腿了，好像已經和我的身體分離了，我不會解釋，感覺很奇怪，好像我躺在這裡看著我的腿讓我痛不欲生。那是因為你在發燒。可能吧。現在想辦法睡點覺。醫生太太摸摸他的額頭，然後抽身要走，但還沒來得及道晚安，傷患卻突然捉住她的手臂，把她向前拉，使她不得不貼近他的臉。我知道你看得見，他低聲說。醫生的太太渾身哆嗦，含糊不清地說，你弄錯了，怎麼會有這種怪念頭，我和其他每個人一樣看不到。不要騙我，我很清楚，你看得見，但你放心，我一個字也不會說出去。睡吧，睡吧。你不相信我。我當然相信你。你不相信做賊的人說的話。我說了我相信你。那為什麼不告訴我真相。我們明天再聊，先睡覺吧。對，明天，如果我活得到明天。不要往壞的地方想。我就是往壞的地方想，說不定是高燒在替我想。醫生的太太回到丈夫身邊，悄聲在他耳邊說，傷口看來很糟，會不會是壞疽。不太可能這麼短時間就變成壞疽。不管是不是壞疽，總之他情況很糟。我們這些被關在這裡的人，醫生故意大聲說，難道失明還不夠慘嗎，不如把我們的手腳都綁起來吧。左手邊第十四床傳來傷患的聲音。誰也別想把我綁起來，醫師。

時間一鐘點一鐘點地過去，盲人都睡了，有些用毛毯蒙著頭，彷彿焦急地想用真實的黑暗一勞永逸地除去雙眼變成的黯淡太陽。手臂搆不著的高高天花板上懸掛著三盞燈，在病床上灑下昏黃的光，光線黯淡得連影子都映不出來。四十個人不是在睡覺就是在痛苦地設法入睡，有些在夢中嘆息或低吟，或許在夢中，他們看得見自己的夢，或許他們在對自己說，如果這是夢，我但願別醒過來。他們的錶都停了，不是忘了上發條，就是自己決定上了發條也沒用，只有醫生太太的錶仍在走。這時已是淩晨三點多，在病房較靠入口的地方，小偷極其緩慢地用手肘撐起身子坐起來。他的腿一點感覺也沒有，除了疼痛外，餘下的一切都不再屬於他，膝蓋則僵硬。他側身滾向健康的腿那一側，把活動自如的腿伸出床外，而後試圖用兩隻手把受傷的腿移向同一方向，然而猶如群狼突然被驚醒，痛楚刹那間傳遍全身，又返回引發震顫的黑色火山口。他用手撐著，緩緩越過床墊，把身子往走道方向拖。爬到床尾欄杆時，他不得不停下來休息，像害了氣喘似上氣不接下氣，頭歪在肩膀上，甚至沒有力氣把頭擺正。好幾分鐘後，呼吸恢復正常，他緩緩站起來，把重心放在沒受傷的腿上。他知道另一條腿沒用了，無論到哪兒都必須拖著這個沉重負荷。他乍然暈眩起來，一種按捺不住的哆嗦遍體遊走，寒冷與高燒使他牙齒窣窣打戰。他用每張床的金屬欄杆支撐，猶如沿著一條鍊子般向前走，經過一個又一個沉睡的身軀，受傷的腿拖在身後，像個袋子。沒有人注意到他，沒有人問，這種時候你要上哪兒去。假使有人問，他知道他會回答，我要去撒尿。他不希望醫生的太太叫住他，他沒法兒對她說謊，他會告訴她他的真心話。我不能在這種鬼地方等死，我知道你先生已經盡力幫我了，但我偷車時不會拜託別人幫我偷，這也一樣，我應該自己去，他們一看到我就會知道我的情況不好，會用救護車載我去醫院，一定有盲人專用的醫院，多一個盲人也沒什麼差別，他們會治療我的傷口，會把我治好，我聽說他們對死刑犯就是這樣，如果死刑犯得了盲腸炎，他們會先幫他開刀，然後再處決他，好讓他健康地死去，就我來說，他們要把我送回來也沒關係，我不在乎。他繼續向前走，咬緊牙關忍住呻吟，但走完一整排床位時，他算錯了床數，以為還有一張床，卻撲了個空，失去平衡，這時他再也壓抑不住痛苦的啜泣。他躺在地上動也不動，直到確定沒有人被他摔倒的噪音驚醒為止，然後他意外發現這個姿勢對盲人來說非常適合，四肢著地匍匐行走反而更容易找到路。他拖著身子前進，到走廊時他停頓了，尋思是該在內門處呼喊，或是沿著權充扶手的繩索走到大門，那繩索想必還沒撤除。他很清楚，倘若在這兒呼救，他們會立即命令他回頭，然而方才儘管有堅實的床柱可以支撐，也是費了九牛二虎之力才到達這裡，想到眼前只剩下搖搖晃晃的繩索可以倚靠，他遲疑起來。好幾分鐘後他想出了辦法。他想，我就這樣用四肢在地上爬，然後不時把頭抬高，看看是不是還在繩子下方，就像偷車一樣，總是有辦法可想的。剎那間，他的良知驟然醒轉，狠狠責備他不該乘人之危，竊取不幸盲人的車子。他吃了一驚。他分析，我現在之所以是這個景況，並不是因為我偷了他的車，而是因為我陪他回家，那才是我犯的最大錯誤。他的良心沒有心情做因果辯論，他的邏輯推理簡單而清晰，盲人是神聖的，不能偷盲人的東西。技術上來說，我並沒有打劫他，他並沒有把車裝在口袋裡帶著跑，我也沒拿槍指著他，被告辯解。別狡辯了，快走吧，他的良心咕噥。

清晨冰冷的空氣使他的臉頰沁涼。在這兒呼吸多麼好，他想。他感覺腿似乎不那麼痛了，但並不驚訝，因為這情形早就發生過，而且不止一次了。如今他出了屋門，就要來到階梯。頭朝下往下爬，那是最窘的一段路了，他想。他舉起一隻手，確定繩索還在，便繼續向前。果如他所預期，從一個階梯爬到下一個階梯並不容易，尤其他的腿現在百無一用，這點很快就得到證實，他的手在階梯中段滑了一下，身子傾到一側，傷腿沉沉的重量把他狠狠拖曳。消失的痛楚又回來了，彷彿有人在鋸著、鑽著、敲打著傷口，就連他自己也無法解釋如何能不哭出來。好長一段時間，他臉朝下趴在地上。忽然一陣低低的疾風吹過，他冷得哆嗦。他身上只有單薄的襯衫和內褲，傷口緊貼地面，他想，這樣可能會感染，真蠢。但他忘了方才從病房到此的途中，傷口就這麼一路匍匐著從地面拖過。之後他想，沒關係，他們會在傷口感染之前把它治好，這念頭使他安心了些。接著他側過身來，以便能較輕易摸到繩索，但他忘了滾下階梯時，他和繩子已成了垂直角度，因此一時之間找不到繩子，但直覺告訴他最好別動。接著推理能力引導他坐起來，緩緩退後，直到臀部碰到了第一級階梯，舉起的手緊握住粗糙的繩索，他洋洋得意起來，接下來的事可能也是相同的感覺所導致的，他旋即發現一種不用讓傷口在地面摩擦的移動方法，便是背朝大門坐著，像從前的殘障人士一樣，用手當枴杖，撐著身子一步一步坐著走下小小的階梯。倒退走，是的，因為就和其他所有的情況一樣，用拉比用推要容易。如此一來，他的腿就不那麼痛苦了，何況通往大門的前院是個緩降坡，這對他非常有利。至於繩索，現在幾乎觸著他的頭，因此也不用擔心會迷失。他忖度著自己離大門大概不遠了，他要用腳走，當然用兩隻腳走更好，但即便僅有一條腿，畢竟還是比以半隻手掌寬的細碎步伐一步步倒退著走要強。有一剎那他忘了自己看不見，回過頭想確定自己離目的地還差多遠，而橫在眼前的依然是那一片不能穿透的白。現在是夜晚還是白天，他自問，如果是白天，他們應該早就看到我了，何況他們今天只送了早餐來，那又是好多個小時前的事了。他很意外地發現自己的推理又快又正確，而且邏輯相當清楚，於是突然對自己有了全新的認識，感覺自己彷彿變了個人，要不是這條要命的腿，他幾乎要發誓自己這輩子從沒覺得如此地舒暢過。他的下背部碰到了大門底部的金屬板，目的地到了。因為冷，值勤的警衛在哨亭裡縮成一團，他似乎隱約聽到某種不知名的聲音，不可能是屋內傳來的，一定是樹的沙沙聲，可能是風吹樹枝，以致樹枝撞到了鐵欄杆。接著又有另一個聲音，但這次不同，是砰的一聲，確切地說是某種撞擊聲，不可能是風吹造成的。警衛提心吊膽地走出哨亭，手指擱在自動步槍的扳機上，朝大門張望，卻什麼也沒看到。然而聲音又出現了，這次更大聲，彷彿有人用指甲刮著某種粗糙的表面。是大門的金屬板，他想。他正想前往中士夜宿的帳棚，又唯恐萬一是一場虛驚，自己可能會被罵個狗血淋頭，因而躑躅不前。中士們都不喜歡睡覺時被打擾，即使有很好的理由也一樣。他回頭看看大門，戒慎恐懼地等待。兩條鐵欄杆間極其緩慢地出現了一張鬼魅般的白色臉龐。是個盲人的臉。恐懼使士兵的血液凝結，他禁不住舉起武器瞄準，在近距離連發了數發子彈。

槍聲立即驚動一群士兵，衣冠不整地從各個帳棚現身。這些士兵是奉派守護這個精神病院以及院內人員的小隊成員。中士已經來了。搞什麼鬼。有盲人，有個盲人，士兵結結巴巴地說。哪有。他剛剛在那裡，他用槍托朝大門指了指。我什麼也沒看到。他剛剛在那裡，我看到了。士兵們已經整理好儀容，荷槍實彈列隊等候。探照燈打開，中士命令。一個士兵爬上平臺，幾秒鐘後，刺眼的燈光照亮了大門和建築物的前側。哪裡有人，你這白痴，中士說。他正打算用相同的心境繼續發出一流的辱罵，卻看到炫目的強光照耀下，大門底部流出一汪黑色的水。你把他幹掉了，他說。而後他想起來自上級的嚴格命令，連忙大吼，回來，那會傳染。士兵們戰戰兢兢地後退，卻仍目不轉睛地注視那一攤血水緩緩流進小徑裡鵝卵石間的縫隙。你想那人死了嗎，中士問。一定死了，那一槍正中他的臉，士兵回答。自己百發百中的本領得到了如此醒目的證明，士兵感到十分愉悅。正當此時，另一名士兵慌張大喊，中士，中士，你看那邊。探照燈的白光照耀下，階梯頂層站著好幾個盲人，有十來個。待在那兒別動，中士大吼，再往前一步，我就斃了你們全部。對面的大樓裡，許多人被槍響驚醒，正驚恐地站在窗口向外看。中士接著又喊，你們派四個人上前來搬運屍體。由於盲人既看不見，也無法計算人數，有六個盲人向前走去。我說四個，中士歇斯底里地咆哮。盲人們摸了摸彼此，又再摸一次，然後兩個人站定了，其餘四個則攀著繩索繼續向前。

6

我們得找找看有沒有圓鍬或鏟子，或任何可以用來挖掘的工具，醫生說。這時是早上，他們費了好一番工夫才把屍體拖到中庭，放在凌亂的垃圾和落葉之間。只有醫生的太太知道死者的模樣有多駭人，整張臉和頭骨都被子彈轟得血肉模糊，還有三個穿過頸子和胸骨的彈孔。她也知道在這整棟建築物裡，沒有一樣東西能用來掘墓穴。她上上下下搜索了禁閉他們的這一側病院，除了一根鐵棍外一無所獲。鐵棍是可以幫上點忙，但用處不夠大。她透過走廊的窗戶望去，走廊一直通到對面疑似受感染者居住的廂房，她看到那些人驚恐的臉，他們等待著命運降臨，等待著無可避免的那一刻，屆時他們將必須對其他人說，我瞎了，而即使他們試圖隱瞞，總有一些笨拙的行動，比如轉動著頭尋找光影、或無緣無故撞上仍有視力的人，會透露事實的真相。醫生很清楚這些事，方才他說的話只是他倆共同設計的騙局的一部分，那樣說只是為了讓妻子可以接下去說，也許我們可以拜託士兵從牆外扔把鏟子進來。好主意，我們試試吧。除了戴墨鏡的女孩外，大夥兒都同意了。戴墨鏡的女孩對尋找鏟子或圓鍬的問題沒有表達絲毫意見，她所發出的唯一聲音是流淚與嗚咽。都是我的錯，她抽泣。

這是事實，誰也不能否認，但倘使我們在從事任何行為之前，都戒慎恐懼地估量種種前因後果，先思索直接的後果，然後思索可能的後果，然後思索略有可能發生的後果，以及想像中的後果，那麼在第一個念頭使我們裹足不前之後，我們將什麼行動也不該採取了。這也是事實，只不知能否帶給她一丁點兒的安慰。我們的言行所形成的善與惡會在未來漫長的日子裡自行分攤，一直延伸到我們無法得知的久遠時日裡，以一種一致且平均的合理方式，得到恭賀或乞求原宥，的確有人宣稱這就是人們時常討論的不朽。那是有可能的，但這個人已經死了，必須要埋葬。因此醫生和太太前去交涉，憂傷的戴墨鏡女孩在良心的折磨下，自願陪同他們。三人一抵達大門，就有個士兵咆哮，不准動。又唯恐盲人不聽從他的口頭命令，士兵對空鳴槍。一行人受了驚，又退回玄關的陰影下，躲在敞開的厚重木門背後。接著醫生的太太單獨前進，從她站的地方可以看到士兵的舉措，有必要的話，她可以立即尋找掩蔽。我們沒有工具可以埋屍體，她說，我們需要圓鍬。大門前盲人中槍倒地的那一側出現了另一名士兵，他是個中士，但不是先前的那個。你要幹嘛，他吼。我們需要鏟子或圓鍬。我們沒有那種東西，你走吧。我們要埋葬屍體。別埋了，就丟在那兒讓它腐爛吧。如果不埋，腐爛的屍體會污染空氣。污染就污染吧，希望對你們有好處。但這裡和那裡的空氣都是流通的。她的論點有道理，士兵開始思量。他是來頂替另一個中士的，原來的那個中士瞎了，軍方一刻也不耽擱地把他送往陸軍監禁患病官兵的營區。不用說，空軍和海軍也各自有監禁傷兵的營區，但由於海空軍的人數較少，監禁病患的營區規模也較小。這女人說得對，中士思索，在這種情況下，顯然再怎麼小心都不為過。為了安全起見，已有兩名戴防毒面罩的士兵在血水上傾倒了兩大瓶阿摩尼亞，殘餘的氣味仍然刺激著士兵的眼、鼻與喉嚨，讓他們淚水盈眶。中士最後宣布，我幫你們想想辦法。那我們的食物呢，醫生太太藉機提醒他。食物還沒來。光是我們那側的病房現在就有五十多個人了，我們都很餓，你們送來的食物不夠吃。供應食物不是陸軍的責任。總有人負責的，政府說要供應我們食物。回到屋裡去，我不要看到有人在這門口。那圓鍬呢，醫生的太太不肯放棄。但中士已經走了。日上三竿時，病房裡的擴音器響起來。注意，注意。盲人的臉龐亮起來，以為就要發配食物，但是錯了，廣播宣布的是圓鍬的事。請派個人來取圓鍬，不要派一群人，只准一個人出來取圓鍬。我跟他們說過話，我去吧，醫生的太太說。她一走出大門就看到圓鍬了。從圓鍬的位置較靠近門而離階梯較遠來看，一定是被人從圍籬外扔進來的。我不能忘記我應該是個盲人，醫生的太太自忖。在哪裡，她問。先下階梯我再指揮你，中士說。你這樣走就對了，繼續朝這方向走，繼續走，繼續走，停，向右轉一點點，不對，左轉一點，轉少一點，少一點，好，現在往前，一直往前，就會找到了，可惡，我叫你不要換方向，差得遠，差得遠，現在接近了，更接近了，轉半圈我再指揮你，我可不要你轉來轉去又轉回大門邊。你放心，她心想，拿到圓鍬我就會直接走回大門，何況就算你懷疑我沒瞎，那又如何，我擔心什麼，你又不會闖進來把我抓走。她像個正要上工的挖墳工人一樣，把圓鍬扛在肩頭，腳步平穩地筆直朝大門走去。你看到了嗎，有個士兵驚嘆，不知道的人還以為她看得見呢。盲人學認路學得很快，中士非常有自信地解釋。

掘墓很費力，泥土很硬，被踩踏得結實，地表下不遠處又有錯綜盤結的樹根。計程車司機、兩名警察和第一個盲人輪流挖掘。面對著死亡時，我們可以想像怨恨會自然削弱且不再尖刻。雖然人們都說夙仇難消，這在文學與現實生活中也不乏例證，然而這兒盲人心底深處的情緒說穿了並不是仇恨，也沒有久遠到能稱作「夙」，竊取一部車與竊取偷車人的性命如何能相提並論，更何況這人的屍體如此慘不忍睹，即使沒有雙眼的視力，也知道這張臉既沒有鼻子也沒有嘴巴。墓穴掘到三呎深就再也掘不下去了。死者若是體態寬廣，啤酒肚就會突出於地面之上，然而這偷車賊是個瘦子，不折不扣的皮包骨，挨餓了這麼些日子後，更是加倍清瘦，墓穴容得下兩具他這體型的屍體。沒有人替死者祈禱。我們可以放個十字架，戴墨鏡的女孩提醒。她說這話是出於悔恨，但就在場所有人所知，死者在世時，心中從未有過上帝或宗教，即使面對死亡有其他任何正確的態度，此刻最好是什麼也別說，況且別忘了製作十字架並不如想像中容易，更何況在一大群看不見自己行走方向的盲人踩踏之下，十字架要不了多久就會毀壞。他們回到了病房。在較為擁擠的地方，只要不是像前院那樣完全開放的空間，盲人便不再迷路，他們將一隻手臂伸向前方，手指舞動好似昆蟲觸角，如此便無處不能到達。有些較有天分的盲人甚至能發展出一種所謂的「正面視覺」，比方說醫生的太太就相當不簡單，能在這些房間、角落、走廊所形成的不折不扣的迷宮裡穿梭自如，準確地知道什麼時候該轉彎，在門的面前能一刻不遲疑地停下腳步來開門，且不用摸索計算就能順利找到自己的床位。此刻她正坐在丈夫的床上同丈夫說話，和平常一樣輕聲細語，看得出來是教養極好的一對夫婦，而且他們之間總是有說不完的話，不像另一對夫婦，第一個盲人和他的妻子，自從夫妻團圓的片刻激動後，兩人鮮少交談，眼前的不幸掩蔽了往日的深情，時間久後他們將會習慣這種情況。唯一永遠抱怨肚子餓的是那個斜眼男孩，雖然戴墨鏡的女孩幾乎是把屬於自己的那份食物統統給了他。他已有好幾小時沒哭喊媽咪了，但可以確定的是一旦吃飽，在簡單而卻是維生所必需的身體需求得到滿足、殘酷的自私獲得解除後，他又會思念起媽媽來。無論是由於早上發生的事件，或是由於某種超出我們瞭解範圍的因素，早餐時間並沒有人送來裝食物的箱子，卻是個不幸的事實。已經接近午餐時間了，醫生太太悄悄瞥了一眼手錶，快要一點鐘了，因此這側廂房和另一側廂房的人因為胃酸失去了耐性而到玄關去等待食物也不是太令人驚訝的事。這麼做是為了兩個非常好的理由，一是表面的理由，也是其中部分人的理由，即在這裡等可以爭取時間，而私密的理由，也是另外一些人的理由，則是因為大家都知道的，先到先贏。共有約十個盲人在那兒側耳傾聽，等待外側大門開啟的噹聲和士兵提來美好食物箱的腳步聲。左側廂房疑似受感染的人由於擔心與盲人太過接近會突然失明，因此不敢擅離房間，但有好幾個人都透過門縫偷看，焦急地等待。時間一分一秒過去，盲人等累了，有的坐在地上休息，不久有兩三個索性回到病房。沒有多久，大門發出絕對錯不了的金屬撞擊聲，盲人在興奮中彼此推擠，從聲音判斷門在何處，一哄地朝那方向移動，然而突然一陣隱約的不安湧上心頭，一群人又停頓下來，糊里糊塗地退卻，而提著食物箱以及一旁持槍護衛的士兵腳步聲清晰可聞。

經歷了前一晚的不幸事件，士兵還驚魂未定，一致同意將不再如以前那樣把食物箱擱在通往走廊的門附近，而要胡亂扔在玄關，然後逃之夭夭。讓他們自己去想辦法吧。由於從光線強烈的室外乍然進入走廊的陰影中，士兵起初並沒有看到那群盲人，但隨即注意到了。幾個大兵恐懼哀嚎，摔下食物箱便發瘋似頭也不回地朝門外狂奔。負責戒護的兩名士兵等在門外，在危難當前時反應得極為出色。只有上帝知道他們是如何做到的和為什麼這樣做，但無論是因為什麼原因或運用了什麼方法，他們把這份理所當然的恐懼掌握得分外良好，前進到門檻處，把彈匣裡的子彈發了個精光。盲人一個個應聲倒地，層層疊疊，倒下時身體仍不斷遭到子彈射穿，這實在是軍火的浪費。這一切發生得出奇緩慢，一個軀體倒下，接著又一個，彷彿永遠不會停止，就像偶爾在電影或電視裡會看到的那樣。如果我們是生活在一個士兵必須解釋自己為何開火的時代，他們會對著國旗信誓旦旦地說，這麼做是合理的自衛，同時也是為了保護手無寸鐵的同袍，這些同袍正在執行人道任務，卻受到一群人數較他們為多的盲人所威脅。他們沒命地迅速撤退至門邊，巡邏的士兵則搖搖晃晃朝欄杆間隙舉著步槍，彷彿在槍林彈雨中僥倖撿回一條命的盲人就要大舉反撲似地。一個開火的士兵臉上沒了血色，緊張地說，給我再多代價也別想要我再去那兒一次。同一天黑夜降臨，站崗士兵換班的時刻，這位士兵瞬間成為了眾多盲人中的一個。幸而他是陸軍的一員，否則便將與其餘盲人一同留置，那些盲人都是他槍火下犧牲者的同伴，天知道他們會如何對待他。中士唯一的評語是，應該讓他們餓死，野獸死了，毒素也就會跟著死。我們知道其他人也經常這樣說或這樣想，幸而他還有一點點殘存的寶貴人道襟懷，因此補了一句，從今以後，我們要把食物箱放在中間點，讓他們自己來拿，我們則要嚴密監控，一旦發現他們有輕舉妄動的嫌疑，就開火。他走向指揮站，打開麥克風，努力回想曾經在勉強可相提並論的情況中所聽過的字句，盡可能把要說的話組織了一番，然後宣布，軍方非常遺憾不得不對可能引發迫切危機的滋擾行動採取武力鎮壓，無論直接或間接來說，這都不是軍方的錯，我們奉勸各位今後必須到大門外取食物，倘或昨晚和今天的滋擾情況再度發生，後果將由各位自行負責。他停頓下來，不知該用什麼話來做結尾，他忘了自己原先打算說什麼，原先的確是有個草稿的，但如今卻只能一再重複，這不是我們的錯，這不是我們的錯。

連續的槍響在密閉的迴廊裡震耳欲聾地迴響，引起無比的恐慌。起初大夥兒以為士兵將闖入病房，掃射所有映入眼簾的東西，以為政府改變了策略，決定大舉屠殺所有被拘禁的盲人，有些人躲到了床底，有些嚇得不敢動彈，其中或者也有些認為這樣也好，與其苟延殘喘，不如一次了斷，反正終歸要走，不如速戰速決，早死早超生。最先有反應的是疑似受感染的人。槍擊爆發時他們立刻拔腿逃跑，但接下來的沉寂卻給了他們勇氣，於是又重新回頭，再一次向玄關大門移動。他們看見死屍層層疊疊，血水彷彿具有生命似地在地上蜿蜒，緩緩漫上磁磚地，流向食物箱。飢餓驅策他們採取行動，渴盼多時的維生物資就在眼前，雖然照規定來說，這是配給失明病患的，他們自己的那一份則尚未送達，但誰管什麼規定呢，又沒有人看得到，不入虎穴焉得虎子，這點古人從久遠久遠的年代就始終不斷地提醒我們，古人對這種事是瞭若指掌的。然而飢餓的力量只使他們前進了三步，理智隨即介入，警告他們眼前那一堆沒有生命的軀體，尤其是那一攤血水之中，暗藏著危機，輕舉妄動的人將會暴露於危險之中，天知道屍體裸露的傷口會不會早已發散了某種蒸汽或毒素。他們死了，傷不了人。有人這麼說，目的是要讓自己和大夥兒安心，卻反而把事情弄得更糟，這些盲人固然是死了，再不能行走或睜眼視物，既不能動彈，也不能呼吸，但誰能說這種白色的盲不是一種靈魂上的疾病呢，而假使果真如此，那麼這些死去盲人的靈魂既已從軀體解脫，只怕從未如此自由過，因而盡可以為所欲為，而大家都知道，為非作歹向來是所有事情中最容易的一件。然而裝著食物的箱子就這麼毫無遮掩地矗立，吸引著他們的目光，胃的需求就是這樣，即使聽從忠告是為自己好，也依然我行我素。其中一只箱子滴出了白色液體，緩緩向血水處漫去，想必是牛奶，從顏色看來肯定錯不了。兩個疑似受感染的病患較有勇氣，或者說較認命，這二者有時並不容易分辨。兩人向前走去，貪婪的手就要染指第一只食物箱，卻見一群盲人出現在通往另一側廂房的門廊上。想像力是會作弄人的，在這種病態的情況下尤其如此，因而對這兩個大膽出擊的人來說，這一幕簡直就宛如地上的屍首突然死而復生，縱然與生前同樣眼不能見，但由於此刻胸臆必然充滿復仇意志，因而比先前更加具有危險性。兩人於是又輕悄謹慎地退回了通往自己廂房的入口。說不定盲人只是出於慈悲和尊重，前來處理屍體，或者縱使不是，也可能會不小心遺漏一箱食物，無論多小的一箱都好。事實上疑似受感染者的人數並不多，說不定最好的辦法就是懇求他們。拜託，可憐可憐我們，至少留一小箱給我們吧，剛剛發生了那種事，今天很可能不會再有人送食物來了。盲人的行動就和一般人意料中一樣，四處摸索、跌跌撞撞、步履蹣跚，然而他們卻又彷彿紀律嚴明，每個人都極有效率地分工合作，有些啪噠啪噠踩過黏稠的血水與牛奶，迅速把屍體搬運到中庭，其他人則一箱箱搬運士兵扔在大門口的八箱食物。眾多盲人間有個女人，看來彷彿無所不在，俐落地幫著搬運，彷彿是指引著所有男人，這顯然是失明女人難以做到的，同時不知是出於刻意或無意，她不止一次把頭轉向疑似受感染者受拘禁的區域，彷彿她看得到或感覺得到他們的存在似地。沒有多久玄關就空了，除了一大攤血跡及旁邊翻覆牛奶留下的一小攤白色痕跡，以及紛紜雜沓的紅色或無色濕腳印外，什麼痕跡也沒留下。疑似受感染的病患死了心，掩上門尋找殘渣碎屑，心情低落到極點，其中一個人甚至沮喪到開口說，如果我們終歸是要失明，如果命運注定如此，那我們不如就搬到他們的病房，起碼還會有東西可吃。這話顯示了他們有多絕望。說不定士兵還是會送我們的糧食來，某個人這麼說。你當過兵嗎，另一人問。沒有。我想也是。

第一病房和第二病房都有人喪生，因而兩個病房的人聚在一塊兒，商討他們該先吃飯還是先掩埋屍體。沒有人有興趣得知死的是哪些人，其中有五個來自第二病房，很難推測他們彼此是否認識，又或者假設並不相識，也不知他們是否曾有時間或意願彼此自我介紹，吐露心聲。醫生的太太一點也不記得曾經見過這些人。其餘四個她認得，這幾個可說曾和她在同一個屋簷下睡過，然而她對他們所知的就僅止於此了，但她又還能知道些什麼呢，任何稍有自尊的人都不會逢人便討論自己的私事，比方說曾在一個旅館房間與一名戴墨鏡女孩溫存之類的，又或者就她那方面來說——假使我們說的的確是她——她也渾然不察那男人與她拘禁在同一處，也不知道致使自己滿眼白茫茫的人距她如此之近。罹難的另幾個人是計程車司機和兩個警察，三個都是能照顧自己的壯漢，也都以照顧他人為業，卻在盛年時被人殘酷地掃射殲滅，躺臥在那兒等待他人決定自己的命運。他們得等到存活的人吃飽喝足，這並不是因為尋常的自私，而是某個人理智地記起，要用單單一把圓鍬在堅硬的土壤中埋葬九具屍體，至少也得忙到晚餐時間才能完成，而自告奮勇參與掘墓的好心腸人士要在其他人忙著填飽肚子時賣力工作，是無可忍受的事，因而大夥兒決定屍體稍後再處理。食物在送來前便事先分成了一份份，極易分派給每個人，這是你的，這是你的，分到沒得分為止。然而某些心術不甚正派的人因為焦躁，把正常情況下理當十分單純簡單的事務搞複雜了，雖然公正理性的判斷告訴我們，食物是有可能過多的，但我們只需記著，一開始的時候，誰也無從得知食物夠不夠分。事實上，既看不見食物也看不見人，是很難計算盲人人數或平分食物的，更何況第二病房有些人心地不老實，刻意要旁人以為第二病房的人數比實際上更多。一如往常，這時候就證明醫生太太存在的重要性了，適時的幾句話便可以化解問題，而長篇大論卻只會把事情愈弄愈擰。另有一些人也同樣居心不良，不僅存心，甚且還成功取得了兩份食物。這種霸道醫生太太是知道的，卻認為別聲張比較明智。萬一被人發現她並沒瞎，後果將不堪設想，任由人人使喚還是好的狀況，最糟的是可能會成為少數人的奴僕。最初的廣播曾建議各病房選出各自的領導人，這主意說不定有助於解決這一類的問題或其他更嚴重複雜的情況，然而這個人的權威想必脆弱、搖搖欲墜且時時刻刻遭受質疑，同時這份權威必須是為全體的利益來行使，且必須為多數人所認可。她想，除非我們成功做到這點，否則最後大夥兒會自相殘殺起來。她對自己承諾將和丈夫討論這些細節，然後繼續分配食物。

有些人是因為懶，有些則是因為胃腸嬌嫩，誰也不想一吃飽就掘墓。醫生由於職業的緣故，比其他人多一份責任感。他不甚熱中地說，我們來埋屍體吧。卻沒有一個人附和。所有盲人都伸長手腳躺在床上，此刻唯一的興趣就是安安靜靜躺在床上消化食物。有些立即入睡了，這並不奇怪，經歷了方才的恐怖事件後，身體雖然獲得的養分不多，也仍是向緩慢的消化化學作用屈服了。夜晚逐漸趨近，由於自然光漸趨黯淡，昏黃的燈光彷彿增強了，儘管燈光存在的作用薄弱，也在這種時候得到了肯定。醫生和太太說動了病房裡兩個男人陪他們到中庭，即使只是為了研擬屬於這病房的工作有多少、並把已然僵硬的屍體區分開來也好。兩個病房決議各自埋葬各自的室友。失明對這些人來說有個好處，可以稱之為光的幻覺。事實上，白天或晚上、黎明晨曦或夕陽餘暉、清晨的寧靜或正午的喧囂對他們來說都沒有分別，他們永恆地被一種明亮的白所包圍，像陽光穿透茫茫的霧。對他們來說，失明並不是墜入一種單調的黑暗裡，而是生活在一團明亮的光環之中。醫生無意間說溜了嘴，說他們該把不同病房的屍體區分開來，第一個盲人，也就是同意前來幫忙的兩人當中的一個，詢問屍體要如何分辨。這疑問就盲人來說是合理的，但醫生怔了一會兒。這回他太太唯恐露出馬腳，不敢挺身相助，醫生大膽地和盤托出，巧妙脫困，所謂和盤托出，便是承認自己的錯，他用自嘲的語調說，人習慣了有眼睛的日子，即便眼睛失去了作用，也仍以為它們能派上用場，我們知道死者有四個是我們病房的，計程車司機、兩個警察，還有另一個人，那我們就隨便挑四具屍體，用肅穆的心情替他們下葬，就算完成我們的義務了。第一個盲人同意，他的同伴也表示贊成，於是三個人再次輪流掘墓。這兩個幫手永遠也不會知道，他們雖然眼不能見，但掩埋的卻不偏不倚恰是同病房的那幾個，我們當然也無須贅述，這看似隨意的挑選其實是由醫生太太引導醫生做的，她替他抓住一條胳膊或一條腿，而他只需要說，就這具吧。下葬了兩具屍體後，終於又有三個人現身幫忙，很可能若不是有人提及此刻已是深夜，他們也不會願意幫忙。就心理上來說，即便是盲人，在白晝掘墓和在天黑後掘墓還是有顯著的不同。幾個人汗流浹背、渾身覆滿泥土回到病房時，令人作嘔的屍臭味仍在他們鼻腔流連，擴音器裡的聲音又在重複相同的指示。廣播裡壓根兒沒提到方才發生的事，沒有提起槍擊，也沒提起被近距離擊斃的罹難者，只警告著，未經許可擅自離開病院者立即處決，院中人士應自行埋葬死屍，不得舉行任何儀式，諸如此類，在經歷過人生中的坎坷與痛苦後——那樣的經歷是一切原則的最高主宰——這些警告如今不具有任何真實的含意，而承諾每天會遞送三次食物的宣告則顯得猙獰而諷刺，甚至顯得輕蔑。聲音沉寂後，醫生由於對此地的地形環境已瞭如指掌，便獨自一人走到另一病房的門前，通知其中的病友。我們已經把我們的罹難室友埋好了。喔，既然你們已經埋了幾具，何不把剩下的也一併埋了，裡面一個男人回答。我們協議好兩個病房各自埋葬各自的室友，我們算了四具屍體埋好了。好吧，那我們明天再來處理我們這邊的室友，另一個男性聲音說，隨即換了個聲調又說，有沒有新的食物送來。沒有，醫生回答。但廣播說一天會送三次。我想他們不見得都會守信用。那我們得把送來的食物公平分配，一個女性聲音說。這主意不錯，你願意的話，我們明天可以討論討論。我同意，女人說。醫生正待離開，第一個說話的男人又開口了。是誰在發號施令。他停頓了一下，等待答案，接著那女性聲音又說了，我們要不花點心思訂點紀律，這兒遲早會被飢餓和恐懼淹沒，我們沒和他們一起埋葬死屍實在太可恥了。你既然如此聰明又自信，何不去自個兒去埋死屍。我一個人沒辦法，但我會幫忙。沒有必要爭吵，另一個男性聲音插嘴，我們明天一早就處理這問題。醫生嘆息了，共同生活將會是艱難的事。他正要返回病房，卻突然迫切地想如廁。以他目前的所在位置，他不大確定能否找到廁所，但他決定試一試。他希望至少有人記得把隨食物一同送來的衛生紙放到廁所。途中他兩度迷失，身體的需求愈來愈急切，幾乎要隱忍不住，他開始焦急憂慮，所幸此時他終於得以脫下褲子屈身於馬桶之上。惡臭嗆得他呼吸困難。他感覺自己方才似乎踏上了某種軟綿綿的東西，某個沒對準馬桶或壓根兒不為他人著想的人的糞便。他試圖想像這地方是個什麼模樣，對他來說，這兒只是一片明亮輝煌燦爛的白，他無法得知牆壁或地板是不是白的，於是下了荒謬的結論，認定可怖的惡臭必定來自這片光亮與慘白。我們會因恐懼而發瘋，他想。接著他打算清理自己，卻找不到衛生紙。他用手在背後的牆上摩挲，想那兒該有衛生紙捲或釘子，又或如果沒有較好的選擇，堆積的紙屑也行。但什麼也沒有。他感到哀淒悲涼，這樣的不幸已超出了他所能承受的範圍，他的褲管觸著令人作嘔的污穢地板，他護著褲管，看不見看不見看不見，霎時悲從中來，再不能自已，悄聲哭泣起來。他摸索著，跌跌撞撞走了幾步，撞上對面的牆。於是他伸長一隻手，又伸長另一隻手，終於找到門。他聽到蹣跚的腳步聲，可能是另一個尋找廁所的人。這人不斷絆倒。到底在哪裡，他用一種不帶感情的聲音含糊說，彷彿心底深處並不真熱中於尋找廁所。他逐漸趨近廁所，渾然不察另有個人在裡面，但這也無妨，情況還不致糟到有傷風化的地步——如果這種尷尬的情況可以稱為有傷風化的話。醫生在最後一分鐘衣冠不整羞恥倉皇地穿上褲子，而後待他認為自己再度獨處時，重新脫下褲子，但是來不及了。他知道自己有多污穢，比畢生他所能記憶的任何時候都污穢。成為禽獸的方法很多，他想，這還只是第一步。然而他並不該抱怨，他還有個人願意無怨無悔地替他清洗。

盲人各自躺在床上等待睡眠的憐憫眷顧。醫生的妻子彷彿唯恐被人撞見似地戒慎恐懼，盡其所能地替丈夫清理身軀。四下死寂，是那種醫院中病人全都入睡、並在沉睡中承受更大痛苦的悲傷的死寂。醫生的妻子坐著，清醒敏銳地望著這許多床、這些覆著陰影的形體、蒼白的臉龐、睡夢中抽動的手臂。她不知自己是否也將如其他人一般失明，不知是什麼無可解釋的原因使她至今仍保有視力。她疲累地舉起手，把頭髮拂向背後，心想，我們都會發臭，應當臭氣薰天。忽然有聲音傳出，嘆息、呻吟、細碎的哭泣，起初含糊低沉，聽來像說話，應當也的確是說話，然而字句的意義迷失在高亢激昂的樂曲高潮中，高潮把字句幻化成了吼叫與咆哮，最後化為沉重的鼾聲。病房的另一端有人抗議，這些人簡直像豬。不，他們不是豬，只是一個瞎眼男人和一個瞎眼女人，除了瞎眼外，他們對彼此一無所知。

7

飢餓的人總是醒得早。有些盲人在離天亮還差得遠的時刻就睜了眼，倒不是因為餓，而是他們的生理時鐘或諸如此類的東西已經錯亂，以為眼裡見到的是天光，心想，我睡過頭了，但隨即發現自己錯了，室友們仍在鼾聲大作，這是錯不了的。我們從書上以及更重要地從個人經驗中得知，任何人無論是因由性情使然而黎明即起，或是為了某種必要的原因不得不早起，都無法忍受其他人竟可以繼續高枕無憂地呼呼大睡。在我們所談到的這個情況下，這些人之不能忍受是情有可原，因為沉睡中的盲人與無緣無故睜開雙眼的盲人之間有著明顯的差別。這一番鉅細靡遺的心理狀態觀察與我們現在奮力描述的災難嚴重程度相較，實在微不足道，唯一的功用只在於解釋這些盲人何以都如此早起。我們一開始說過了，有些是被渴求食物的腸胃咕咕蠕動所驚醒，其他人則是被緊張且缺乏耐性的早起室友驚醒。一群人居住於同一個軍營或病房時，早起的人總會迫不及待地製造出原本可以避免的、超出人們忍受範圍的噪音。這兒的人並非個個都彬彬有禮，有些相當粗俗，每天早晨旁若無人地吐痰放屁，日復一日表現惡劣行徑，把空氣污染得更濁重，但是一點辦法也沒有，門是唯一的通風口，窗子則太高了，誰也搆不著。

醫生太太躺在丈夫身邊，因為床窄，她緊緊靠著丈夫的身子，但這同時也是出於刻意。為了在深夜裡依然維持某種端莊，以免做出和那些被某人稱為豬的人相同的行為，他們付出了多大的代價。醫生的太太瞥了一眼手錶，現在是兩點二十三分。她又更仔細地看了一眼，發現分針文風不動。她忘了給這可憐的手錶上發條，或者說可憐的她，可憐的我，才不過與世隔絕三天，就連這麼小的差事都記不得。她忽然無可克制地抽泣起來，彷彿天底下最悲慘的不幸突然降臨在她身上。醫生以為妻子失明了，以為他至為害怕的事情終於發生了，焦急得近乎發狂，幾乎要開口問，你瞎了嗎，但終於聽到她輕聲說，不，不，不是那樣，不是那樣。接著兩人把頭埋在毯子裡，她用拖長的聲音極輕極輕地說，我好笨，我忘了給手錶上發條。她繼續傷心欲絕地啜泣。戴墨鏡的女孩從對面一排的床位爬起來，伸長了雙手朝哭泣聲的方向走來。你心情不好，我能幫你做什麼嗎。她一面走一面問，用手碰觸床上的兩副身軀。謹言慎行的人此時應當立即將手縮回來，她腦中下達的指令想必也是如此，但她的手沒有聽從，繼續柔柔撫摸溫暖厚重的毛毯。我能幫你什麼嗎，女孩又問了一次。這時她挪開了手，無助的手抬高到單調的白色迷霧中。醫生太太仍在啜泣，從床上爬起來擁抱女孩。沒什麼，她說，我只是突然傷心起來。如果你這麼堅強的人都氣餒了，那我們真的沒希望了，女孩說。醫生的太太較平靜了，她筆直地注視女孩。結膜炎的症狀幾乎完全消失了，可惜我不能告訴她，她聽了會高興的。是的，她絕對會高興的，雖然所有這一類的快樂都會顯得荒謬，不是因為女孩自己瞎了，而是因為其他所有人也都瞎了，如果誰也看不見，那麼有一雙明麗動人的翦水雙瞳又有什麼用。醫生的太太說，每個人都有脆弱的時候，我們仍能哭，眼淚就是我們的救贖，有些時候我們不哭就會死去。我們沒有希望了，戴墨鏡的女孩又說一次。說不定這種失明會像突然出現一樣地突然消失。但對死去的人來說已經來不及了。大家都會死。但不是被人殺死，我殺死了一個人。不要自責，那是情勢所迫，這兒所有的人都有罪，也都無辜，最糟的是那些理當保護我們的士兵，但即便是他們，也舉得出最崇高的藉口，那就是害怕。如果我就讓那不幸的傢伙對我上下其手，他現在也不會死，而我的身體也不會有半點不同。別想了，休息吧，睡點覺。她陪女孩走回她的床。來，上床吧。你真好，女孩說，然後壓低了聲音又說，我的生理期快來了，我沒帶衛生棉，我不知道該怎麼辦。別擔心，我有。戴墨鏡的女孩雙手漫空亂抓，想找個什麼東西攀住，醫生太太溫柔地握住她的手。休息吧，休息吧。女孩閉上雙眼，有一分鐘的時間都保持著相同的姿勢，若不是突然有爭吵爆發，她就會睡著了。有個人去上廁所，回來時發現床被人佔了。佔他床的人並沒有惡意，他為了相同的理由起床，兩人在路上甚且擦肩而過，卻顯然誰也沒想到提醒對方一聲，小心回去時別上錯床。醫生的太太站在那兒注視兩個爭吵的人，她發現他們沒有比手劃腳，身體幾乎文風不動，他們很快已經瞭解到，唯有聲音與聽覺是有用的，他們的確有手臂，可以扭打、搏鬥、向對方飽以老拳，但走錯床位實在不值得如此大驚小怪。倘使人生中所有的騙局都如這個一般就好了，他們只需要達成某種協議，二號是我的，你的床位是三號，這點時時刻刻都要記清楚。我們要不是瞎了眼，這種錯誤根本不會發生。你說得對，我們的問題就是眼睛看不見。醫生的太太對醫生說，整個世界的縮影就在這裡。

然而並非整個世界都在這裡，比如食物就在外面，遲遲不來。兩個病房都有人流連在玄關，等候擴音器發出要他們領取食物的命令。他們不斷緊張而不耐地拖著腳步。他們知道士兵會依先前所宣布的，把食物箱扔在大門和階梯之間，因而他們將必須到前院去取食物。然而他們也害怕，擔憂這其中會不會有詐。我們怎知道他們不會突然開火。他們幹了先前那些事後，現在什麼都幹得出來了。那些士兵不能信任。你們誰也別想讓我到外頭去。我也是。如果要吃飯，總得有人出去。我不知道是被槍打死好還是餓死比較好，我要去。我也是。我們不用全部去。士兵可能不喜歡太多人。他們可能會緊張。他們以為我們想逃跑，那個腿受傷的小子可能就是這樣才被殺的。我們要拿定主意。我們可得千萬小心，別忘了昨天發生的事，死了九個人呢。士兵怕我們。我更怕他們。我倒想知道萬一他們也瞎了會如何。他們是誰。那些士兵。就我看來他們應該要第一個瞎掉才對。他們的行動都一致，卻從不問問自己為什麼，也沒有人給他們一個好理由。因為要是知道為什麼，就沒法兒舉槍瞄準了。時間一點一點過去了，擴音器依然無聲。為了打破沉寂，第一個病房的一個盲人問，你們病房的屍體埋了沒。還沒。已經開始發臭，周圍的東西都感染了。感染就感染，臭就臭死吧，就我而言，沒吃東西我什麼也不想做，不是有句諺語說嗎，先吃了東西，才能洗鍋子。這不合禮俗，你的諺語錯了，一般是要先替死者下葬，然後送葬者才吃東西。但我的作法是相反的。幾分鐘後又有個盲人說，有件事我很苦惱。什麼事。我們要怎麼分食物。像以前一樣啊，我們知道總共有多少人，算一算有多少份食物，每個人就拿自己的一份，這樣最簡單也最公平。但是沒有用，有些人拿不到食物。也有人吃兩份。我們分食物分得太亂無章法。除非大家都彼此尊重、遵守紀律，否則分食物永遠會分得亂無章法。如果能有個人至少看得見一點點就好了。喔，那他一定會想辦法讓自己分到特別多的食物。諺語說，在盲人的國度裡，一隻眼睛的人就是王。別管什麼諺語了。但這裡情況不一樣。這裡連斜眼的人都難逃一劫。就我看來，最好的辦法就是把食物平均分給兩個病房，這樣所有的人都能吃得飽。是誰說的。是我。我是誰。我就是我。你是哪個病房的。第二病房。這太狡猾了，第二病房人比較少，平均分的話，當然對第二病房有利，他們會吃到比較多的食物，因為我們病房的床位都滿了。我只是想幫點忙，諺語也說，負責分東西的人自己要是不分到好一點的東西，那他不是笨蛋就是白痴。可惡，你諺語說夠了沒有，我快被你的諺語煩死了。我們應該把所有的食物抬到餐廳，每個病房選三個人負責分食物，總共有六個人，就比較沒有濫用職權或作弊的危險。但是雙方報告自己的病房有多少人時，我們怎麼知道對方有沒有說謊。我們現在是跟誠實的人打交道。這也是諺語嗎。不，這是我說的。親愛的朋友，我不知道這裡的人誠不誠實，但我確定我們都很餓。

彷彿這麼長時間的等待就是為了等一個暗號、某種芝麻開門的密語，擴音器終於響了起來。注意，注意，院內人士可以來領飯了，但是要小心，如果有人太靠近大門，我們會先給予警告，此時他們若是不馬上回頭，第二次警告就是吃槍子兒。盲人緩緩前進，較有信心的幾個自忖門應當在右方，便向右方行去，其他幾個對自己方向感不甚肯定的，則較喜歡沿著牆壁慢慢前進，如此便完全沒有走錯路的危險，摸索到角落時，只要以正確的角度繼續沿牆走，就自然會找到門。擴音器裡耀武揚威的聲音不耐煩地重複著命令，語氣的轉變非常明顯，即使絲毫不需懷疑憂慮的人也清楚聽得出來，於是盲人害怕了。其中一個說，他們想引誘我們出去，然後殺了我們，我就待在這兒不要動了。另一個人附和，我也不要動了。我也是，又有第三個人說。一群人僵在那兒，猶疑不決，有些想繼續前進，但恐懼麻痺了所有的人。擴音器又響了，如果三分鐘內沒有人出來領飯，我們就要收走了。這話並沒有驅走他們的恐懼，只是把恐懼推向了心底的最深處，像被獵捕的動物等待著攻擊的機會。盲人們互相遮掩藏匿，慌張恐懼地來到階梯上方的平臺。他們以為食物箱放在指引路線的繩索旁，卻不知士兵因為害怕感染，根本拒絕靠近盲人抓緊了的繩索。然而他們看不到食物箱不在那兒。食物箱在醫生太太撿圓鍬的地方附近堆成一堆。往前，往前，中士命令。盲人在一團迷霧中試圖排成一直線，以便整齊前進，但中士朝他們大吼。你們在那裡找不到食物箱的，繩子放掉，放掉，往右走，我說你的右邊，你的右邊，一群笨蛋，右邊是哪一邊又不需要用眼睛看。這句警告來得正是時候，因為有些盲人對這類事情太過於小心謹慎，逐字分析這項命令，既然說是右邊，按道理應是指說話者的右邊，於是試圖鑽過繩子，向天知道是什麼方向來搜尋。若是換個情境，這番駭人場面可能會使至為拘謹的觀眾笑得前仰後合，畫面滑稽得超越言語所能形容，有些盲人四肢著地匍匐前進，臉貼近地面，像豬，一隻手伸長在半空中，另有些人似乎唯恐沒有屋頂的保護，會被白色的空間吞噬，死命攀住繩子，專注聆聽，期待找到食物箱的第一聲歡呼在任一分鐘響起。士兵們幾乎想舉起槍枝瞄準，毫不猶豫地殺死這些在眼前如瘸腿螃蟹般移動、揮舞著螯找尋失落的腿的智障。他們知道那天早上團指揮官在營區裡是怎麼說的。他說，解決這個問題的唯一辦法就是把他們全部殲滅，包括已入院和即將入院的統統殲滅，別假惺惺地搞什麼人道關懷。用他的話一字不改地說，就像切掉生壞疽的肢體以保全身體的其他部分。又為了舉例說明，他說，死狗的狂犬病就是大自然治好的。對不大瞭解比喻之美的士兵來說，得狂犬病的狗與盲人何干實在難以理解，然而再一次運用比喻來說，團指揮官的話重如千金，一個人能夠在軍隊裡爬到這麼高的地位，想必他所想、所說、所做的每一件事都是對的。終於有個盲人無意間撞上食物箱，他抓住食物箱高喊，找到了，找到了。倘若這人有天恢復視力，只怕歡呼的心情也不會比此時更高昂。幾秒鐘內，其他人紛紛撲向食物箱，一時間人馬雜沓，一片混亂，每個人都把一只食物箱往自己的方向拖，宣告自己拔得頭籌。我來搬。不，我來。仍攀住繩索的盲人開始緊張，如今他們有了新的事情要憂心，唯恐分飯時，自己會因為膽小或未曾出力而被排除在外。啊，你們這些人拒絕翹著屁股趴在地上，冒被槍殺的生命危險，所以沒東西好吃，別忘了那句諺語，不入虎穴焉得虎子。這番言簡意賅的話打動了其中一個盲人，於是他鬆開繩索，伸長手臂，朝騷亂聲走去。他們可別想把我排除在外。然而突然間騷亂聲消失了，只剩下人們在地面爬行的聲音，低沉的驚呼，聲音雜亂散漫，彷彿來自四面八方，又彷彿虛無縹緲。他停頓了，猶疑不決，想回到繩索邊的安全地帶，卻突然失去了方向感，他白茫茫的天空裡沒有星星，耳邊唯一聽到的是中士的聲音，他命令圍著食物箱相爭不下的人回到階梯上。那命令只可能是針對他們的。快回到你們想去的地方，一切都取決於你們所在的位置。現下沒有一個盲人攀著繩索了，他們只需要沿著來時的路回去，如今他們站在階梯上方，等候其他人歸隊。失去方向的盲人不敢從他的所在位置移動，他痛苦地高聲呼喊，拜託，幫幫我。他不知道士兵們正把步槍瞄準他，等著他踩上那條分隔生與死的隱形界線。死瞎子，你要在那兒待上一整天嗎，中士問。他的聲音有些緊張，事實是他並不同意指揮官的看法，誰能保證相同的命運不會明天就找上你，至於士兵們，則很清楚他們只需要聽命行事，聽一個命令，便殺人，聽另一個命令，便死。沒我命令不准開火，中士大嚷。聽了這話，盲人才理解到自己的性命危在旦夕。他雙膝落地，哀求道，拜託幫幫我，告訴我怎麼走。瞎子，繼續往前走，繼續往這邊走。一個士兵從遠方用充滿虛情假意的聲調呼喊。盲人站起來，走了三步，又重新停頓。士兵用的字眼引起了他的懷疑，繼續往這邊走和繼續往前走不一樣，繼續往這邊走，這邊，這個方向，表示你將走到呼喚你的人跟前，如此只會碰上子彈，而子彈會用另一種盲來取代現下的盲。這句可以描述為有犯罪之實的話是一個壞得出名的士兵說的，中士趕緊連發兩個嚴厲命令，駁斥那士兵。停，轉半圈。緊接著又將這位顯然沒資格握有步槍的不聽話士兵訓斥了一番。受到中士好心干預的鼓舞，已經爬到階梯上的盲人忽然發出一陣響亮的喧嘩，這對迷路的盲人來說猶如磁石。如今他有了較多信心，筆直地朝前走。繼續喊，繼續喊，他哀求他們。其他的盲人歡呼起來，彷彿觀看著一個人完成一段漫長、激烈而疲累的衝刺。他獲得了熱烈的歡迎，那是他們所能做的最簡單的事了。無論是紮紮實實橫在眼前的險象，或是事前預知的橫逆，你會在危難當前時得知誰才是真正的朋友。

然而這份同舟共濟的情誼維持得並不久。有些盲人趁大夥兒歡呼之際，乘機摸走了幾份食物，能拿多少就拿多少，為搶先預防食物分配不公而公然背叛同伴。無論人們怎麼說，世上總會有守本分的老實人，這些正直之士對那些偷雞摸狗的行為甚是憤慨，認為是可忍孰不可忍。我們若不能彼此信賴，那情況會演變成什麼個樣子，有人這麼問。儘管他並不真有意尋求答案，這話倒也的確是個理直氣壯的好問題。這些惡棍要找個地方把自己好好藏起來，另有些人如此威脅。那些賊人想找的當然不是什麼藏身之處，但誰都知道這話是什麼意思。大夥兒能容忍這句與事實不符的話，是因為這話著實說得恰當。盲人這會兒聚集在玄關，彼此達成了協議。這是解決他們眼前艱難處境的第一步驟。僅存的少許食物箱幸而數量是偶數，大夥兒決議平分給兩個病房，並以同樣的均等原則成立委員會，負責調查且尋回失蹤的，也就是被偷的食物箱。然而他們花了點時間辯論，探討先與後的問題已成為他們的慣例，大夥兒為了應該先用餐或是先調查而爭論不休，然而由於他們已被強制禁食數小時，多數人的意見都是，先滿足腸胃再進行調查較為方便。還有別忘了你們要埋你們室友的屍體，某個第一病房的人這麼說。我們還沒殺室友，就要埋他們。某個油嘴滑舌的傢伙如此回答，然後為自己的伶牙俐齒沾沾自喜。大夥兒都笑了。然而他們很快便發現小偷並不在病房裡。兩個病房的盲人各自挨在門邊等食物，紛紛指證歷歷地說曾聽到走廊上有人行色匆匆地經過，卻誰也沒走進病房來，更別提食物了。有人想到指證這些人的最好辦法便是大家回到各自的床上，空床自然就是小偷們的床。而後他們只需等這些人吃飽喝足、從藏匿地回來，對他們飽以老拳，如此便能教導他們尊重公有財產，服膺神聖原則。然而這個計畫縱然公正合理，卻有個重大的缺點，即大夥兒垂涎已久、已慢慢冷掉的早餐必須延後享用，而誰也不知需延後多久。還是先吃吧，有個盲人提議。多數人也都同意先吃飯是較明智的作法。很不幸，食物遭竊以後所剩無幾。而此時此刻，在這幾棟古老破舊的建築物中某個隱蔽的角落裡，小偷們正大快朵頤，一人吃著兩份或三份儼然意外增量的早餐，內容包括有餅乾、奶油麵包，和加了牛奶冷掉了的咖啡，而循規蹈矩的人則用比他們少上兩、三倍或甚至更少的食物果腹。外面的擴音器呼叫著疑似受感染的人前來領飯，聲音也傳到了第一廂房裡正哀愁地嚼著水麵餅乾的部分盲人耳裡。其中一個盲人顯然受了食物被竊的不健康氣氛所影響，有了個點子。我們若是到玄關去等，他們光是見了我們就害怕，說不定會丟下一箱食物落荒而逃。但醫生說這樣不對，懲罰無辜的人太不公平。大夥兒都吃飽後，醫生太太和戴墨鏡的女孩把紙箱、裝咖啡和牛奶的空瓶、紙杯，簡單地說就是所有不能吃的東西，統統拿到院子裡去。我們得把這些垃圾燒掉，趕走這些可怕的蒼蠅，醫生的太太這麼建議。

盲人各自坐在各自的床上，好整以暇地等待竊賊歸來。這些人是不要臉的狗，有個粗暴的聲音這麼說。他沒察覺他說這話是因為追憶起某個不知該如何用另外口吻說話的無辜的人。然而壞蛋們始終沒出現。他們必定覺察出某種異狀，想必是某個精明的傢伙發現的，那傢伙就和這兒這個說他們該尋找藏匿地點的人一樣頭腦伶俐。時間一分鐘一分鐘過去，好幾個盲人伸長手腳癱在床上，有些已經入睡了。所謂吃飽睡睡飽吃，就是這德行了。綜觀各種情勢，眼下的情況也不算是最糟。我們不能沒有食物，因此只要他們繼續供應餐點，這兒就像間旅館。相反地，盲人在城市裡生活多麼痛苦，對，沒錯，真的很痛苦。跌跌撞撞地穿越街道，每個人一看到他就落荒而逃，家人陷入恐慌，誰也不敢靠近他，母親的愛、子女的愛都成為神話，他們對待我的方式可能就會像我們在這兒受到的待遇一樣，把我鎖在一個房間裡，運氣好的話，也許在門邊放個盤子給我。撇開干擾理智的成見和怨恨，客觀來看，我們得承認政府決定把盲人聚集在一起，是展現了相當不凡的遠見，就像痲瘋病患一樣，把同類型的人關在一起，這是明智的規則。病房最裡面那位醫師說我們要組織起來，這無疑是非常正確的，所以我們現在的問題就是組織，先是食物的問題，然後是組織的問題，兩樣都是維持生活不可或缺的，選幾個值得信賴的人，讓他們主掌大局，訂定幾個大家都同意的病房生活公約，對掃地、整理、洗滌、鋪床等簡單的事做個規範，洗滌方面我們沒什麼好抱怨的，他們一直有提供肥皂和清潔劑，最重要的是我們不能失去自尊自信，還有要避免和負責守護我們的士兵發生衝突，我們不希望再有人犧牲了，四處問問有沒有人願意在晚上講故事、寓言、奇聞軼事或其他任何東西給大家聽，如果有人會背《聖經》，那就太幸運了，我們可以從〈創世紀〉開始複習，最重要的是我們要傾聽彼此說話，真可惜我們沒有收音機，音樂可以讓我們忘掉煩憂，且我們可以收聽新聞快報，比方說如果有人找出了治療我們這種病的方法，那我們該會有多快樂。

接著無可避免的事發生了。他們聽到街上有槍聲。他們要來殺我們了，有人這麼喊。冷靜點，醫生說，我們要用理性思考，如果他們要殺我們，會進來這裡殺，而不是在外面放槍。醫生說得對，事實上，並沒有哪個手指恰好放在扳機上的士兵突然失明，而是中士命令屬下對空鳴槍。很顯然當新的盲人從卡車上跌跌撞撞走下來時，對空鳴槍是讓他們乖乖聽話的唯一辦法。衛生署事前知會了國防部，我們要送四卡車的盲人過去。那樣大概是多少人。大約兩百人。他們要住在哪裡，保留給盲人的是右邊的三間病房，根據我們得到的資訊，總共有一百二十個床位，而裡面已經有六、七十個盲人了，不過要減掉我們不得不殺死的十幾個人。只有一個辦法，就是開放所有的病房。那樣的話，疑似受感染的人就會和盲人直接接觸了。那些人很可能遲早也是會瞎掉的，何況以現在的情況來看，我們每個人都會被感染的，不可能有哪個人不曾出現在盲人的視線之內。我自問，如果盲人看不到，又怎能用視線來傳染疾病呢。將軍，這肯定是全世界最有邏輯的一種疾病了，失明的眼睛把失明傳染給看得見的眼睛，還有什麼比這更簡單。我們有個上校深信，解決的辦法就是一出現盲人就開槍把他打死。沒了盲人，換成屍體，這對情況沒什麼幫助。失明和死亡不同。對，但是一旦死了也就盲了。所以說有兩百人會來。對。那卡車司機怎麼處理。把他們也一起關進去。同一天接近傍晚時，國防部聯絡衛生署。想不想聽最新消息，我們稍早提到的那位上校瞎了。我倒想知道這下他對他那了不起的點子有何看法。他已經表達了看法，他往自己頭部開了一槍。這才叫始終如一。軍方隨時都樂意以身作則。

大門大大地敞開了。依照軍營的慣例，中士命令盲人五五一組排成縱隊，但盲人無法計算人數，有時一排多於五人，有時則少，最後一哄地全擠在入口，像老百姓一樣毫無秩序概念，事實上他們本來也就是老百姓，同時他們也忘了模仿船難中的情況，讓婦孺先行。有件事得趁還沒忘記前趕緊說明，即並非所有的子彈都是對空發射的，其中一個卡車司機拒絕和盲人一起進入病院，堅稱自己的視力完好無缺，結果三秒鐘後，衛生署宣稱死亡便是失明的看法隨即得到印證。中士下達著前面提過的指令。繼續往前，前面有六級階梯，到階梯後慢慢往上爬，萬一有人跌倒，沒人知道會發生什麼事。唯一忘了說的指示是要他們跟著繩子走，但很顯然要是他們使用繩子，這入院的過程便會無比冗長。所有盲人都進了大門後，中士鬆了一口氣，提出警告。注意，左側有三間病房，右側也有三間病房，每間病房各有四十張床，同一家人請待在一起，大家不要擠成一團，在入口處等一等，向先入院的人請求協助，一切都會很順利，大家安頓一下，保持冷靜，保持冷靜，食物稍後會送來。

把這群數量如此龐大的盲人想像成待宰的羔羊，略微擁擠且一如慣常地咩咩啼叫，的確是不妥的比喻，但他們確實是如此，摩肩接踵，氣味與鼻息雜混，有些人無法停止哭泣，有些因恐懼或憤怒而嚎叫，有些則口出穢言，有人發出一聲可怕卻毫無意義的威脅。如果你落入我手中，我會把你的眼睛挖出來。他口中的你指的可能是士兵。最先到達階梯的盲人無可避免地必須先用一隻腳探索階梯的高度和深度，後面衝上來的壓力把走在前方的一、兩個人推倒在地，幸好沒發生更嚴重的事，只是有幾個人擦傷小腿而已，中士的勸告證實是個恩賜。幾個新來的人已經進入玄關，但你無法期待兩百個人能這麼輕易地整頓出秩序來，更何況他們都是盲人，眼下沒有人指引方向，老舊且設計不良的建築則使情況更加混亂。對軍事以外的事務一無所知的中士說，左右兩側有三間病房。但這話幫助不大，病院內部地形之複雜外人無由想像，走廊狹窄得像瓶頸，迴廊像瘋人病院裡的另一種病患一樣錯亂，出口開得毫無道理，盡頭則雲深不知處，誰也弄不清在哪裡。打頭陣的盲人直覺地分成兩排，沿著兩側的牆摸索，尋找能進去的門。只要沒有家具擋路，這無疑是個安全的作法。只要運用技術與耐心，這些新來者遲早會安頓下來，但首先必須打贏一場戰爭，即左側縱隊前排盲人和關在左側廂房疑似受感染者間新近爆發的戰爭。這是可以預期的。大夥兒一致同意，而且衛生署也訂了規定，這一側廂房是保留給疑似受感染的人的。我們可以預期這些人很可能最後都會瞎掉，這是沒錯，但純粹就邏輯來看，在他們真的瞎掉之前，誰也不能肯定他們一定會瞎，這也是事實。某個人正舒舒服服、安詳自在地坐著，深深相信單就他個人來說，一切都將雨過天青，突然間卻看見一大批他最害怕的人聲勢浩大地筆直朝他逼近。起初疑似受感染的病患以為這是一批和他們相同身分的人，只是數量較多罷了，但這錯誤印象維持不久，這些人是盲人。你們不能進來，這一側廂房是我們的，盲人不該來這裡，你們應該到另一側的廂房去，在門口把守的幾個人喊著。有些盲人試圖轉頭去尋找另一個入口，走左邊或走右邊他們都不在意，但從外面源源湧入的人潮無情地推擠他們。疑似受感染的病患用拳打腳踢來捍衛入口，盲人則全力還擊。他們看不見對手，但很清楚攻擊來自何方。兩百左右的人數無法一下子通過玄關，通往前院的門雖然寬敞，但沒有多久就徹底堵塞了，像塞了個塞子似地，既不能前進，也不能後退，裡面的人被擠成了夾心餅乾，對身邊近乎窒息的人拳打腳踢以便捍衛自己，有哭喊聲傳出來，盲了的孩子啜泣，盲了的母親昏厥，士兵們無法理解這一大群白痴何以進不了大門，大聲咆哮，嚇壞了堵在門外的眾多人群，於是這些人更加用力推擠。有一剎那情勢相當駭人，裡面的人面臨著隨時可能被壓死的危險，奮力掙扎，想掙脫這一團混亂，形成一股威力強大向外奔湧的人潮。我們站在士兵的立場想想，他們突然看到一大批已然進屋的人又衝撞出來，立即想到最壞的情況，以為新來的盲人要回頭了。我們別忘記先前的案例，現下很可能會發生大屠殺，幸而這位中士再一次恰如其份地化解危機。他自己先對空鳴槍，吸引大夥兒注意，然後對著擴音器大吼。保持鎮定，階梯上的人退後一點，不要推擠，互相幫忙。這樣的要求太強人所難，內部的推擠並沒有停止，但由於有很大一批盲人走向右側廂房，玄關終於慢慢空了。右側廂房的盲人愉快地引導新來的盲人來到目前尚無人居住的第三病房，或引導到第二病房仍空著的床位。有一剎那疑似受感染的病患似乎占了上風，不是因為他們較強壯且眼睛看得見，而是因為新來的盲人發現另一側的入口似乎較不堵塞，因此就像中士和人討論戰略及基本戰術時可能會說的那樣，停止了交戰。然而防守方的勝利十分短暫，右側廂房的門口傳來喊聲，宣布床位已滿，所有病房都沒了空位，此時仍有盲人被推擠入玄關，那是由於堵塞大門的人潮散去，被擋在門外的盲人於是得以前進到屋頂遮蔽之下，遠離士兵的威脅，使生命得到保障。兩批幾乎是同時往錯誤方向移動的人潮重演了方才發生在左側廂房門口的混戰，又是一陣拳腳飛揚，呼喊聲震天響，而彷彿這樣還不夠似地，混亂中有些搞不清楚方向的盲人找到且推開了玄關通往中庭的門，尖聲嚷著說這兒有屍體。你可以想像他們的恐懼。一群人盡可能地退卻。這裡有屍體，他們重複著，彷彿下一個要死的就是他們，一秒鐘內，玄關又恢復方才那海嘯般的天翻地覆，而且是至為慘烈的天翻地覆，剎那間，人潮突然絕望地轉向左側的廂房，勢如破竹，疑似受感染者的抵禦崩潰了，許多人已不再僅僅是疑似受感染，另一些人仍試圖逃離厄運，拔腿狂奔，但徒勞無功。他們一個接一個瞎了，雙眼淹沒在氾濫了所有走廊、病房、天地間所有空間的可怕白色狂潮中。玄關和庭院裡，被毆、被踩得渾身瘀青的盲人無助地拖著身子前行。這些人多數是無力保護自己的老人和婦孺，沒有出現新的待掩埋屍體實在是奇蹟一件。地上四散著失去主人的鞋子、提包、行李箱、籃子、每個人帶來的小小財產。這些東西永恆地失落了，誰找到都會宣稱這是他的。

一個一隻眼戴著黑眼罩的老人從庭院走進來。他要不是也丟了行李，就是什麼也沒帶。

他是第一個踢到屍體的人，但他沒有出聲，只待在屍體旁，默默等待騷動平息。他足足等了一個小時，現在輪到他尋找棲身之處了，他伸長了手臂，緩緩摸索，找到了右側第一間病房的門，聽見屋裡傳出聲音，於是他問，這兒會不會剛好有空床呢。

8

新來這麼多的盲人似乎至少帶來了一個好處，或者應該說是兩個好處，第一個是心理層面的好處，因為他們現在瞭解到整棟房子終於已經完全住滿，從此終於可以和鄰居們建立並維持穩定持久的關係，不用再經常因為新來者的出現而擾亂原有的狀態，被迫一再重建溝通管道，這樣的穩定和等著新室友隨時冒出來有顯著的不同。第二個是直接、實際且具體的好處，也就是外面的主管單位，無論是軍方還是文職機構，都已經瞭解到，替二、三十個人準備食物是一回事，替兩百四十個背景、性格各異的人準備食物是另一回事。原先的二、三十人由於勢單力薄，對於食物遞送中偶然的錯誤或延遲多少比較有心理準備，也比較容忍，比較逆來順受。而眼前突然降臨的複雜責任就不同了。兩百四十個人，注意，這還只是保守的估計，因為至少有二十個人沒能找到床位，不得不席地而眠。總之他們必須體認到三十個人分享十人份的食物和兩百六十個人分享兩百四十人份的食物是不同的。兩百六十與兩百四十間的差別微乎其微。聽好，就是因為政府有意識地假定他們的責任加重了，而且說不定政府擔心會爆發更多騷動——這個假設不容忽視——因此決定在程序上有所改變，要求下屬在運送食物的量和時間上都要準確。很顯然經過了我們所見到的這一番無論從哪個角度來看都十分可悲的紊亂後，數量如此龐大的盲人居住在一起是沒有可能輕鬆和平的了，我們只需記起那些原本有視力而如今已失明的疑似受感染的可憐病患，記起失散的夫妻和失散的子女，記起被推倒和踐踏——有些還倒下了兩、三次——的人的難受，記起到處尋找寶貝財產卻遍尋不著的人，唯有徹底麻木不仁的人才能把這些可憐人的不幸不當一回事似地遺忘。然而不能否認，午餐即將送來的消息對每個人來說都有如鎮痛藥膏般帶來慰藉。因為沒有適當的組織負責執行，或因為沒有權威人士能制定必要的原則，領取這麼大量的食物並分給這麼多人吃引發了更多的誤會，倘若這點也是不能否認的，我們就必須承認，當這整個古老的精神病院裡，除了兩百六十張嘴的咀嚼聲外一點聲音也沒有時，這兒的氣氛大大地改善了。事後誰將會來清理這片杯盤狼藉，是個目前為止尚未得到答案的問題。擴音器要到傍晚才會再度宣讀秩序規則，為了全體的利益，大夥兒有必要遵守這些規則，然而新來的人會如何看待這些規則，屆時就會知道了。右側廂房第二病房的人好不容易決定掩埋他們室友的屍體，這可不是小事，至少我們不用再聞到那種特殊的氣味，活人的氣味雖然也不好聞，但到底比較容易習慣。

至於第一間病房，可能因為歷史最悠久，在適應失明方面也最有經驗，因此吃飽飯一刻鐘後，地板上便一點髒紙屑、遺落的盤子或滴水的容器也沒有了。所有的東西都收集起來，依照合理的衛生規則，小的裝在大的裡面，髒的裝在不那麼髒的裡面，極力維持了處理垃圾與殘渣所能達成的最高效率，並採用了執行這件工作所需花費的最小精力。堅決訂定這種社會管理方式所需的必要心態不可能是急就章，也不可能自動自發。在我們眼下正嚴密觀察的這個例子中，病房最裡端那位失明女子的諄諄教誨似乎具有決定性的影響力，她是那位眼科醫生的太太，這醫生總是不厭其煩地告訴我們，如果我們不能活得完全像個人，至少也要全力避免活得完全像禽獸，他的太太一再重複這些本質上如此簡單淺顯的話，結果整個病房的人都把她的勸告變成了一種格言，一種權威，一種教條，一種生活規範，這樣的態度使人對他人的處境與需求多了一份體諒，當戴黑眼罩的老人向門內窺探、詢問這兒可有床位時，病房裡的盲人之所以熱情歡迎他，很可能就是受了這種心態的影響，雖則那影響並不算太深遠。這兒的確有張床位，這是個幸運的巧合，而這巧合清楚預示了未來的後果。空床就僅僅這麼一張，這張床何以能在這場入侵中未被攻陷，原因誰都猜得到，偷車賊曾在上面忍受苦不堪言的痛楚，可能正因為如此，這張床殘留著一種痛苦的氣氛，因此人人都敬而遠之。這是命運的傑作，是神祕難解的謎團，而這巧合並不是第一個巧合，絕對不是，只要看看第一個盲人出現時的眼科病人都集中在這個病房，便能明白了，而即使在這時候，大夥兒還以為巧合就到此為止了。醫生太太和平常一樣壓低了聲音，以免讓人發現她的祕密，她在丈夫耳畔輕聲說，說不定他也是你的病人，是個老人，白髮，頭頂禿了，一隻眼睛戴眼罩，我記得你提過他。哪隻眼睛。左眼。那一定是他。醫生往走道走去，提高聲音說道，我想摸摸這個新來的人，我要請他往我的方向走，我也會往他的方向走。兩人在半途中相撞，手指與手指碰觸，像兩隻螞蟻舞動觸角辨認彼此，但這裡的情況不同，醫生請求允許，手拂過老人的臉，很快找到了眼罩。沒錯，他宣布，他就是失蹤的那個人，戴黑眼罩的病人。你說什麼，你是誰，老人問。我是，或者說我以前是，你的眼科醫生，你記得嗎，我們在商量動白內障手術的時間。你怎麼認出我的。最重要的是你的聲音，對盲人來說，聲音就是視覺。對，聲音，我也慢慢認出你的聲音了，誰想得到啊，醫師，現在沒有動手術的必要了。如果這個毛病可以治療，我們兩個都有動手術的必要。醫師，我記得你告訴過我，等我動完手術，我會認不出我生活的世界，現在我們都知道你說得多正確。你何時瞎的。昨晚。他們這麼快就把你送來。外面大眾恐慌得厲害，再過不久他們就會開始把突然失明的人立即殺掉了。他們已經在這裡殺了十個人了，一個男人說。我發現了，戴黑眼罩的老人淡淡地說。那些是別的病房的，我們病房的屍體我們馬上就掩埋了，同一個聲音這麼說，彷彿是替一則報導做結論。戴墨鏡的女孩走過來。你記得我嗎，我當時戴著墨鏡。雖然我有白內障，但我清楚地記得你，我記得你非常漂亮。女孩微笑了。謝謝你，她說，然後回到她的床位。她在自己的床位大聲說，那小男孩也在這裡。我要媽咪，小男孩的聲音傳來，彷彿是在某種遙遠而徒勞的哭泣後疲乏了。我是第一個失明的人，我太太也在這裡，第一個盲人說。我是診所的職員，在診所工作的女孩說。醫生的太太說，只剩下我還沒自我介紹了，於是她說出自己是誰。老人彷彿是要回報這番歡迎似地宣布，我有收音機。收音機，戴墨鏡的女孩拍手歡呼起來，音樂，多好。對，老人提醒她，但只是個小收音機，用電池的，電池可不是永遠用不完。別跟我說我們會永遠關在這裡，第一個盲人說。永遠，不，永遠太久了。我們可以收聽新聞，醫生說。還有一點點音樂，戴墨鏡的女孩堅持。每個人喜歡的音樂不同，但大家都有興趣知道外面的情況，我想收音機用來聽新聞比較好，戴黑眼罩的老人說。他從外套口袋裡掏出小小的收音機，捻開開關，尋找不同的電臺，但他的手仍太緊張，轉不到任何一個頻道，因此大夥兒一開始聽到的是間歇的雜音、零星的音樂和破碎的語句，好不容易他的手穩了，音樂的聲音清晰可辨。停在那兒一會兒，戴墨鏡的女孩哀求。語句清晰了。那不是新聞，醫生的太太說。接著她彷彿靈光一閃，問道，現在幾點了。但她知道沒有人能夠回答她。頻道鈕持續從小小的盒子裡挖掘出聲音，一會兒它停了下來，是一首歌，一首沒有意義的歌，但盲人慢慢聚攏了，沒有推擠，一旦感覺到跟前有人，他們便站定腳步傾聽，瞪大的眼睛定定朝向歌聲響起的方向，有些人哭了，就像可能只有盲人能哭，他們的眼淚滔滔如泉湧。歌聲停了，播音員說，響三下後就是四點了。一個盲女人笑著問，是下午四點還是清晨四點，然而她的笑聲似乎刺痛了自己。醫生太太偷偷調整手錶，骨轆骨轆上起發條來，現在是下午四點，然而坦白說，手錶並不關心上午或下午，它從一點走到十二點，餘下的部分只是人們腦袋裡的觀念。戴墨鏡的女孩問，那微弱的聲音是什麼聲音，聽起來像……。是我，我聽到收音機報四點，就給手錶上發條，這是我們常有的自然反應，醫生的太太說。接著她想，為了這麼點事冒這種險實在不值得，她其實只要瞥一眼新來盲人的手錶就行了，總會有人戴運作正常的手錶的。她這時才發現，戴黑眼罩的老人就戴了手錶，而且時間是正確的。醫生說，告訴我們外面的情況吧。戴黑眼罩的老人說，那沒問題，但我最好坐下來，我的腳快斷了。盲人們每三、四個合坐一張床，彼此作伴，盡可能舒服地坐好，安靜下來，戴黑眼罩的老人於是開始敘述他所知道的事，在視力仍正常時親眼看到的事，以及從這流行病爆發到他自己失明之間的幾天中他所聽聞的事。

如果傳言屬實，他說，最初的二十四小時，有數百個類似的案例，症狀都相同，都是突發，也都完全找不出異常之處，明亮的白佔據他們的視野，無論事前或事後都感覺不到任何痛楚。第二天，據說新案例的數量降低了，從數百宗減少成數十宗，政府因此宣布，他們深信情況不久便將獲得控制。自此刻開始，除了少數無可避免的評論外，我們已不再一五一十轉述戴黑眼罩老人的話，而是就詞彙的正確度與適切性重新加以評估，以重新組織過的陳述加以取代。之所以出現這個意外的轉折，是由於敘述者使用嚴謹拘束的言詞，縱然倘若沒有他，我們便無從得知外界的資訊，然而無論他作為這個特殊事件補充報導者的身分多麼重要，由於我們了解，任何事實的描述都會因所使用詞彙的精準與適用度而更臻完善，因此他過於嚴謹的措詞幾乎使他沒有資格擔任補充報導者。回到我們原先的話題，政府原假設全國遭到前所未有的傳染病橫掃，這傳染病由一種至今不明的病原所引發，感染後即刻發病，特點是毫無潛伏期。如今政府排除了這種假說，改稱根據最新的科學意見以及行政單位做出的最新詮釋來看，目前他們所面對的是一個暫時性、意外且不幸的巧合。是否確實為巧合，目前也尚未獲得證實。政府的公報先就現有資料做一番分析，然後強調，這個現象可能已開始呈現減緩的跡象，幾乎明顯將獲得解決。一位電視評論員創造了個恰當的譬喻，將這個不知是傳染病還是其他什麼的現象比擬成一支射向空中的箭，在到達最高點時，彷彿懸掛似地停頓了一下，而後便遵循必然的下降曲線，如果上帝成全的話，重力似乎增快著下降的速度——評論員說完禱詞，又重新回歸人類的瑣碎事務，回到這所謂傳染病的話題——直到這折磨著我們的可怕夢魘終於消失為止。這樣的話在媒體上不斷出現，最後總以虔誠的祈願作結，一方面祝福不幸失明的人早日恢復視力，同時並承諾政府與民間將一致給他們支持。在久遠久遠以前的年代，尋常百姓憑著驍勇的樂觀，將類似的論點與比喻歸納成諺語，諸如好事壞事都如浮雲，轉眼即過，對於有時間習得人生與命運之起伏的人來說，這是句極好的箴言，而在輸入了盲人的國度後，應該翻譯成這樣，昨天我們看得見，今天我們看不見，明天我們將再度看得見，第三句，也就是最後一句，加了個問號，彷彿是謹慎在最後一刻決定要在這充滿希望的結論裡添加一點懷疑色彩，以防萬一。

很不幸，這類的希望很快就證實是夢幻泡影，政府的期望與科學界的預言消失得無影無蹤，失明的病狀繼續蔓延，不是像勢如破竹所向披靡的滔天洪水，而是有如數千條洶湧的細小河川，陰險地滲透瀰漫大地，然後一舉將它淹沒。這個社會災難已到了一發不可收拾的地步，當局緊急召開種種醫學會議，其中以諸多眼科醫生和神經學家齊聚一堂的會議為最重要。由於建立機制無可避免地需要時間，部分人士大聲疾呼應當成立的大會始終未能成立，取而代之的是種種的座談會、研討會、圓桌討論會，有些開放給一般大眾旁聽，有些則關起門來密商。整體的結論證實了辯論的無用，同時由於發生了數起在會議中驟然失明的案例，發言者突然嚷道，我瞎了，我瞎了，導致報紙、電臺及電視紛紛失去了主動積極的精神，也不再有興趣從事這類對某些傳播媒體來說，無論從哪個角度來看都誠屬謹慎且值得稱許的行為，這些媒體向來靠各式各樣的聳動事件、他人的幸與不幸來過活，諸如某個眼科教授突然失明的這類情況保證具有豐富的戲劇性，原是他們拚了命也要做實況報導的機會。

一般大眾信心逐漸喪失的證據是由政府自己提供的。政府的政策在六天內更改了兩次。起初政府信心滿滿地以為，只要把所有盲人都關在某個特定區域，比如我們現在被關的這個精神病院，就能控制疫情。但失明的案例不斷增多，來勢洶洶，致使政府內某些具影響力的人士唯恐官方主動出擊的方式不足以應付眼前的狀況，以致消耗龐大的政治成本，因此強力主張由家庭負責將自家的盲人關在屋內，禁止他們外出，以免使原本壅塞的交通更加惡化，也避免引發視力正常者的不悅。那些明眼人對多少帶點撫慰作用的意見置若罔聞，深信這種白病是經由視線接觸而感染，就像惡魔眼一樣[3]。當一個人沉浸於自己或悲傷或喜悅——這是假定世上仍存在著喜悅——或無悲無喜的思緒中時，突然見到迎面走來的人表情丕變，露出無限驚恐的神色，緊接著陷入無可避免的哭嚎，我瞎了，我瞎了，期待他有其他的任何反應的確不應當。沒有人的神經承受得了這種事。最慘的是整個家庭無一倖免，迅速成為盲人家庭，再沒有人能替他們導盲、提供照顧、保護他們免受明眼鄰人的欺負，小小孩兒尤其可憐，而這些盲人無論是多麼充滿愛心的父親、母親或子女，都無法彼此照顧，否則便會面臨畫中盲人的命運——同時行走、同時跌倒、同時死去[4]。

面對這種狀況，政府別無選擇，回頭是岸，於是放寬可徵用場地的條件，因此廢棄工廠、老舊教堂、運動場及空倉庫都臨時派上用場。戴黑眼罩的老人補充說，最近兩天，有人在討論要不要拿出軍用帳棚來紮營。最初的時候，好幾個慈善團體仍派出義工協助盲人，替他們鋪床、掃廁所、洗衣服、張羅吃的，提供這一類即使是明眼人維持差堪忍受的生活也需要的最基本照顧。這些可愛的善心人士迅速失明了，但至少他們的善行將流芳百世。有沒有義工到這兒來呢，戴黑眼罩的老人問。沒有，醫生的太太回答，誰也沒來過。說不定只是謠言。那城裡的交通怎麼樣了，第一個盲人問。他想起他的車，以及載他上診所、後來又幫忙他掘墓的計程車司機的車。交通一片混亂，戴黑眼罩的老人回答，並且詳細舉出了幾起意外或其他案件的例子。第一次有公車司機在大馬路上駕駛公車而突然失明時，雖然造成了人員死傷，但大眾因為習慣的緣故，並沒有賦予太多注意，而客運公司的公關主任並沒有大驚小怪，泰然自若地宣布這起災害係人為疏失所導致，事件當然令人遺憾，然而從各方面看來，這就和心臟從未感到不適的人突發心臟病一樣無可預知。公關主任表示，我們汽車的機械和電子零件以及我們同仁的身體都定期接受嚴格的檢查，這一點從我們公司的車一般來說出事率極低中可以看出清楚而直接的因果關係。這一番牽強的解釋上了報，但民眾各自有比小小車禍更重要的事要關心，畢竟這情況並不比煞車失靈嚴重到哪裡去。何況兩天後，果真有一起車禍起因於煞車失靈，然而以這個世界的運作方式，真相總必須偽裝成錯誤，才能達到目的，因此有關駕駛突然失明的謠言繪聲繪影地流傳，誰也無法使大眾相信真相，此現象的後果迅速浮現，民眾自某一剎那起再也不搭乘公車了，他們宣稱情願自己失明，也不願因他人的失明而喪生。很快地，相同的原因又導致了第三起意外，這回出事的車輛一個乘客也沒載。我也可能碰上這種事，這類的話於是風起雲湧，說話者帶著心有戚戚焉的時興語氣。他們無法想像這些話說得有多麼正確。有一架客機的正副駕駛同時失明，客機因而墜毀，在著地的剎那轟然起火，乘客與機員全部罹難，而唯一的倖存者黑盒子事後透露，該飛機的機械與電子設備狀況都無懈可擊。這種大規模的災難不同於小小的公車車禍，結果是所有仍抱著希望的人都絕望了，引擎聲就此絕跡，所有的輪子不分大小快慢，都從此不再轉動。從前習慣抱怨交通問題每況愈下的人，因為靜止或移動中的車輛總是妨礙他們行走而無所適從的行人，在同一個街區繞行無數次後終於找到停車位而成為行人，並在先為自己抱怨而後再為與其他行人相同原因抱怨的駕駛人，如今必定都滿意了，只除了一個明顯的事實難以忍受，即由於再也沒有人敢駕駛任何交通工具，甚至連從A點到B點都不敢，因此汽車、卡車、摩托車、甚至腳踏車，都凌亂不堪地散布在城市的大街小巷，駕駛人的公德心在何處被恐懼征服，這些車便被扔在何處，一臺前軸懸掛著車輛的拖車便是證據，這景象可怖駭人，很可能拖車司機比誰都先失明。情況無論對誰來說都很糟，但對不幸失明的人來說真是天崩地裂，因為，套句最近時興的話來說，他們不知道自己的腳該往哪兒踩。看著盲人一個接一個撞上被丟棄的車輛，把小腿撞得瘀青，實在可悲，有些仆倒在地，哀求道，有沒有誰可以扶我站起來。但也有些人生性暴躁，或在絕望下變得易怒，一面咒罵，一面甩開旁人伸出的援手。別理我，馬上就輪到你了。於是充滿同情心的人會立即受到驚嚇，赫然明白自己的善行使自己暴露在多大的危險之中，因而逃之夭夭，消失在濃濃白霧中，說不定再走個幾步路便失明了。

戴黑眼罩的老人做了結論，外面大概就是這麼個情形，我知道的也不是全部，只是我用雙眼看到的事。突然他停頓了，隨即改口。不是雙眼，因為我只有一隻眼，現在一隻也沒有了，呃，是還有的，只是沒用了。我始終沒問過你，為什麼你不裝玻璃義眼，而要戴黑眼罩。為什麼要裝玻璃義眼呢，告訴我，戴黑眼罩的老人說。因為那樣很正常，比較好看，而且衛生得多，可以像假牙一樣拆下來清洗替換。話是沒錯，醫師，但是告訴我，如果現在所有失明的人都失去了他們的雙眼，我的意思是在實體上真的失去了，如今戴著兩顆玻璃義眼有何意義呢。你說得對，一點意義也沒有。既然大家最後都會失明——顯然目前情況就是這樣——那麼還有誰在乎美不美呢，而至於衛生，告訴我，醫師，在這種地方你期待什麼樣的衛生。或許唯有在盲人的世界裡，事情才會以源源本本的面目呈現，醫生說。那麼人呢，戴墨鏡的女孩問。人也是一樣，誰也看不到他們。我突然有個點子，戴黑眼罩的老人說，我們來玩個遊戲打發時間。我們看不見，要怎麼玩遊戲，第一個盲人的太太問。嗯，不是真的遊戲，我們每個人說出自己失明的剎那看到的東西。那說不定會很尷尬呢，有人這麼說。不想玩的人可以不說話，最重要的是誰也不可以捏造事實。舉個例子吧，醫生說。沒問題，戴黑眼罩的老人說，我失明的時候正在看我失明的眼睛。什麼意思。很簡單，我感覺我空洞的眼窩內部彷彿著火了，於是摘下眼罩來滿足我的好奇心，然後那一剎那我就瞎了。聽起來好像是個寓言，一個不知名的聲音說，那隻眼睛拒絕承認自己不存在。至於我，醫生說，我在家裡研究眼科方面的參考書，正是為了現在發生的這種現象而研究，我最後看到的是我的手放在書上。我最後看到的東西不一樣，我看到的是救護車的內部，我當時在扶我先生進救護車。我已經向醫生解釋過我的情況了，第一個盲人說，我在紅綠燈前停下來，燈號是紅燈，有人在過馬路，我就突然瞎了，然後前幾天死掉的那個人送我回家，我當然看不到他的臉。至於我，第一個盲人的太太說，我記得我最後看到的是我的手帕，我坐在家裡，哭得死去活來，我把手帕拿到眼前，然後就瞎了。我的情況是，在診所工作的女孩說，我剛剛走進電梯，伸出手要按按鈕，卻突然看不見了，你可以想像我多麼難過，一個人被困在電梯裡，不知道該往上還是往下，也找不到開門的按鈕。我的情況比較單純，藥店夥計說，我聽到人們失明的消息，禁不住思考萬一我瞎了會是什麼樣子，於是閉上眼睛揣摩看看，睜開時就瞎了。聽起來又像個寓言，不知名的聲音插嘴，你想失明，就會失明。大夥兒默然不語，其他的盲人回到自己的床上了，這可不容易，因為他們雖然各自知道自己是幾號床，但非得從病房的一端數起，從第一張床往上算或是從第二十張床倒著算回來，才能肯定自己到了自己想去的地方。單調如念經的喃喃計算聲逐漸消失後，戴墨鏡的女孩敘述了自己的遭遇。我在一個旅館房間裡，有個男人躺在我身上。說到這裡她就沉默了，沒有臉敘述她在做什麼，敘述她眼前一片白，然而戴黑眼罩的老人問，然後你眼前一片白。是的，女孩回答。說不定你的盲和我們不一樣，戴黑眼罩的老人說。只剩下旅館清潔婦還沒說話。我正在鋪床，有個人在那張床上失明，我把白床單舉起來攤開，把四邊塞好，用兩隻手把它弄平時，突然就看不見了，我還記得我把床單鋪平，鋪得非常慢，那是最底層的床單，她加了這麼一句，彷彿這話具有特殊意義似地。大家都說了自己看見的最後一刻遭遇了嗎，戴黑眼罩的老人問。如果沒有別人了，我就來說說我的情況吧，不知名的聲音說。如果還有人沒說，可以等你說完再說，你就說吧。我最後看到的東西是一幅畫。一幅畫，戴黑眼罩的老人跟著重複一遍，那麼這幅畫在哪裡。我去了一間博物館，那幅畫上有玉米田、烏鴉和柏樹，還有個太陽，看起來像是由一大堆破碎的太陽所組成的。聽來是個荷蘭畫家的畫。應該是吧，但畫裡還有隻快淹死的狗，半個身子已經沉沒了，可憐的傢伙。那樣的話就是個西班牙畫家了，在他之前沒有人畫過那種情況下的狗，在他之後也沒有人有勇氣嘗試。有可能，但畫上還有個堆滿乾草的馬車，由幾匹馬拉著，正在越過一條小河。左邊有一棟房子嗎。有。那就是個英國畫家畫的了。有可能，但我覺得不是，因為畫上還有個女人抱著個小孩。母親和小孩在畫裡非常常見。的確，我也發現了。但我不瞭解的是，一幅畫裡怎麼會有這麼多畫家畫的這麼多幅畫。而且裡面還有男人在吃飯。藝術史上有很多的午餐、午茶和晚餐，光是這一點不足以告訴我們是誰在吃東西。共有十三個人。啊，那就容易了，繼續說。還有個一絲不掛的金髮女郎，站在一個浮在海面的海螺裡，她的身旁花團錦簇。很顯然這是義大利畫家畫的。還有一場戰爭。就和以宴會或抱小孩的母親為主題的畫一樣，這樣的描述不足以告訴我們這是誰畫的。畫上有死屍和受傷的人。這很自然，所有的小孩遲早都會死，士兵也是。還有一匹嚇壞了的馬。眼睛快要從眼窩裡掉出來是嗎。一點也沒錯。馬都是那樣的，你的畫上還有些什麼其他的畫。唉，我沒機會看到，我在看那些馬時失明了。恐懼會導致失明，戴墨鏡的女孩說。這話再實在不過了，我們在失明的剎那之前便早已失明，恐懼使我們盲目，也會使我們繼續眼盲。是誰在說話，醫生問。一個盲人，那聲音回答，不過是個盲人，我們這兒唯一不缺的就是盲人。接著戴黑眼罩的老人問，一份盲目需要幾個盲人來構成。沒有人答得出來。戴墨鏡的女孩央求他打開收音機，說不定有新聞。新聞要稍後才播報，現在先聽點音樂。某一剎那有些盲人出現在病房房門外，有個人說，真可惜沒人想到帶把吉他來。新聞並不很令人振奮，有傳言說政府就快要團結齊心，全國性的救贖將不遠了。

3 西方傳說被惡魔眼（evil eye）瞪視就會遭厄運。

4 荷蘭畫家布勒哲爾（Pieter Bruegel, 1525-1569）所繪之《盲人的寓言》（又譯《瞎子帶瞎子走路》，繪於一五六八年，現藏於拿波里國家畫廊），畫中有六個盲人，伸出手臂和馬竿相互提攜，步履蹣跚走向深坑，領路人已跌落其中，第二個盲人眼看就要絆倒在他身上，第三人意識到危險，卻欲罷不能，其他人則懵懵懂懂，只管奮力前行。——取材自《巨匠》美術週刊第二十期。

9

起初病房裡盲人的人數還能用十隻指頭數完，當時，三言兩語的交談就能使萍水相逢的陌生人成為患難之交，再多說個三言兩語，就能冰釋所有的嫌隙，其中有些甚且是相當重大的過錯，假使一時之間未能獲得完全的原宥，也只需要耐心地多等個一、兩天。在這種時候，當身體迫切地想排放廢物時，這些可憐人所受的苦有多麼荒謬，便是顯而易見的事了。儘管如此，也儘管舉止至善至美的人實屬稀少，且縱是最謹言慎行謙恭有禮的人也難免有弱點，我們還是必須承認，最早被帶到這裡來施行檢疫的盲人，多少還兢兢業業背負起人類排泄天性所加諸於身上的十字架，不敢造次。如今兩百四十張床位全數佔滿，另還有一些人被迫席地而睡，再怎麼豐沛而充滿創意的想像力，再怎麼善於對照、幻想與比喻的頭腦，也無法適切地形容出這裡的污穢。廁所的狀況迅速惡化，髒污的馬桶猶如想像中塞滿受貶靈魂的地獄排水溝，那也罷了，某些盲人或由於對他人缺乏尊重，或由於身體需求迫切得無可抑遏，走廊和各種通道成了廁所，起初是偶然，後來成了常態。粗心而缺乏耐性的人心想，沒關係，反正誰也看不到，於是便放心大膽地就地解決。而後前往廁所終於無論從哪方面來看都成了不可能的事，盲人們便開始把庭院當成了大小解的場所。先天嬌嫩或因後天教養而性格纖細的人只有在白天死命隱忍，直到多數室友都已入睡，想必是天黑了，才捧著肚子或夾緊雙腿出發，在踩扁的糞便所形成無邊無際的地毯中尋找一、兩尺的乾淨土地，而更糟的是，廣闊的庭院中，除了幾棵有幸未被早來的盲人在瘋狂探索中弄死的樹幹以及幾乎蓋不住死屍、早已被踏得幾近平坦的土丘外，沒有什麼東西能替他們指引方向，因而他們總是冒著迷失的危險。每天有這麼一次，通常是在傍晚，擴音器會把熟悉的指示與禁令重複一遍，像鬧鐘一樣準時。擴音器裡的聲音強調定期使用清潔用品的好處，提醒盲人每間病房有一支電話，當必需品用罄時便可以要求補給，然而他們真正需要的是一支水管噴出的強力水柱，好沖去所有的穢物，還有一批水管工，好修復馬桶水箱，讓它恢復正常運作，還有水，大量的水，好把穢物沖到它們該去的下水道，還有眼睛，我們懇求你，給我們一對眼睛，一隻能指引我們、帶領我們的手，一個能夠對我說這邊走的聲音。這些盲人若是不得到我們的幫助，很快便會成為禽獸，更糟的是，會成為瞎眼的禽獸。這些話並不是那個談論名畫與世間影像的那不知名聲音說的，而是醫生太太深夜裡躺在丈夫身邊、兩人頭埋在毛毯裡說的。這種可怕的髒亂一定要想辦法解決，我受不了了，我沒辦法繼續假裝我看不見。你要想想後果，他們一定會把你變成他們的奴僕，變成打雜的工友，任每個人使喚，他們會希望你服侍他們吃飯、幫他們洗澡、帶他們睡覺、叫他們起床，要你帶他們到這裡那裡，幫他們擤鼻涕、擦眼淚，他們會在你睡覺時呼喊你，若你動作慢，他們便會罵你。你們怎能期待我繼續看著這種慘狀，讓這些東西永恆地在我眼前，卻不使出分毫力氣來改善。你做的已經夠多了。如果我最關心的問題是別讓人發現我看得見，那麼我還能幫上什麼忙。有人會因為你看得見而恨你，別以為人失明了就會變比較高尚。但也不會變比較差。已經在變差了，你看看分飯的情況就知道了。一點也沒錯，看得見的人可以監督食物的分配，運用常識公平地分給所有人，就不會再有人抱怨，那些快把我逼瘋的爭執就可以停止了，你不瞭解看著兩個盲人爭吵是什麼個樣子。爭吵本來多少就是一種盲目。這個情況不一樣。你覺得怎麼好就怎麼做吧，但別忘了這裡是些什麼樣的人，我們瞎了，就是瞎了，我們是沒有同情心、不會發表溫情演說的盲人，照顧失明孤兒的慈善美麗的世界結束了，我們現在生活在殘酷、嚴厲、無可妥協的盲人國度裡。如果你看得到我被迫看到的景象，你會情願失明。我相信你，但這沒有意義，我已經失明了。對不起，我的愛，如果你瞭解就好了。我瞭解，我瞭解，我一輩子都在注視別人的眼睛深處，人的身上只有眼睛還可能有靈魂存在，如果失去了眼睛……。我明天要告訴他們我看得見。希望你不會後悔。我明天要告訴他們。她停頓了一下，又補了一句。除非到時候我也加入了他們的世界。

但是時候還沒到。隔天早晨她和平常一樣極早醒來，雙眼依然什麼都看得很清楚。病房裡所有的盲人都仍沉睡，她思索該如何告訴他們，是該把大夥兒聚在一起宣布，或者低調一點比較好，別誇示，好像不想把事情看得太嚴重似地。想想看吧，誰會想到我在這麼多盲人之間還能保有我的視力呢。又或者要假裝她曾失明，現在則突然恢復了視力，這樣可能更明智，說不定可以給其他人一些希望。如果她能重新看得見，他們會彼此這麼說，說不定我們也能。但話又說回來，他們會對她說，如果真是這樣，那你走吧，出去。這時她會回答說，她不能丟下丈夫獨自離開，況且軍隊不會容許任何檢疫中的盲人出去，因此他們別無選擇，必須容許她留下。有些盲人在床上抽動，每天早上他們都會放幾個屁，但這並不會使空氣更加令人作嘔，空氣中難聞的氣味必定已經達到了飽和點。令人反胃的不只是廁所傳來的陣陣惡臭，兩百五十個人的軀體經常浸泡在汗水裡，不知如何清洗自身，衣服一天比一天骯髒，躺在他們經常排便的床上，混合的體味使人禁不住噁心。如果許多蓮蓬頭都堵塞或從水管脫落，排水管容不下的過多髒水從廁所裡滿溢流洩，浸濕走廊的地板，滲入石板路的縫隙中，這時已經被扔棄而不知去向的肥皂、漂白粉和清潔劑還能有什麼用。在這種情況下出手干涉是多麼瘋狂的念頭，醫生的太太開始思考，即使他們不要求我聽候他們差遣——這實在是無法肯定的——我自己也不可能不盡所有的力氣刷洗清掃，但這不是一個人能做的工作。原先似乎十分堅決的勇氣開始崩解，當言語要化為行動時，悲哀的現實侵入她的鼻孔，觸怒她的眼睛，她一點一點失去了勇氣。我是個膽小鬼，她憤怒地喃喃自語，即使失明也比像個優柔寡斷的傳教士要好。三個盲人起床了，其中一個是藥店夥計，他們正要到玄關去領取分配給第一病房的食物。由於他們看不見，我們不能說他們用眼睛來分配，多一箱、少一箱，另方面來說，看著他們算得糊里糊塗，又從頭算一遍，是很悲哀的事。有時某個生性多疑的人想確切知道其他人搬運的是些什麼東西，最後總是會爆發爭執，無可避免地，總會有人推某個男人一下，有人甩某女人一個耳光。病房裡所有的人都醒了，準備領飯吃。他們設計出了一套簡易的分配辦法，先把所有的食物扛到病房的最裡端，也就是醫生和太太以及戴墨鏡女孩和整天哭喊媽媽的男孩床位旁，然後從最靠近門的床位開始，左邊第一號和右邊第一號一起，然後左邊第二號和右邊第二號一起，兩兩輪流到病房尾端領飯。沒有暴躁的謾罵推擠，儘管要花較長的時間，但氣氛平和，因此等待也是值得的。離食物最近的人，也就是食物伸手可及的那些人，是最後享用餐點的人，但斜眼的小男孩當然除外，因為他總是在戴墨鏡的女孩領到自己的配額前，就把自己的一份先吃掉了，因此應該歸女孩所有的食物最後總是進了男孩的肚子。所有的盲人都把頭轉向門，期待聽到室友扛著某種東西、絕對錯不了的跌跌撞撞腳步聲，然而他們突然聽到的不是那樣的聲音，倘使看不見自己腳踏在何方的盲人也能快速奔跑，他們聽到的便是狂奔的腳步聲。然而若說不是快速奔跑，那麼這上氣不接下氣的情況又該如何形容。外頭發生了什麼事，讓他們這樣地奔跑進來。況且三個人同時想擠進房門，向屋裡的室友報告出人意表的消息。他們不讓我們領食物，其中一個說。另一個人則重複了第一個人說的話，他們不讓我們領。誰，士兵嗎，不知哪個人這麼問。不是，是盲人。什麼盲人，我們都是盲人。我們也不知道他們是誰，藥劑師助理說，但我想一定是那一大群當中的一些人，最後來的那一批。他們怎樣不讓你們領食物，醫生問，目前為止都沒出過問題。他們說好日子結束了，從現在開始，要吃飯的人就要付錢。抗議聲在病房裡此起彼落。怎麼可以這樣。他們搶了我們的食物。小偷。盲人欺負盲人，真不要臉。我作夢也沒想到會碰上這種事。我們去向中士抱怨。某個較果決的人建議大夥兒一起去爭取理當屬於他們的東西。那可不容易，藥劑師助理說，他們人很多，我很清楚地感覺到他們是很大的一批人，而且最糟的是他們有武器。什麼叫有武器。至少他們有棍子，我的手臂被打了一記，到現在還在痛，另一個人說。我們試試看這事情能不能和平解決，醫生說，我跟你一起去和他們談談，說不定有什麼誤會。沒問題，醫師，我支持你，藥劑師助理說，但從他們的行為來看，我覺得恐怕很難說服他們。就算是這樣，我們還是得去一趟，總不能就這樣任人欺負。我跟你一起去，醫生的太太說。小小的一群人於是出發了，手臂痛的人沒有一道去，他認為自己已經盡了責任，因此留在病房裡向其他人講述他的驚險遭遇，他們的食物就在咫尺之外，卻有座人牆擋著。用棍子擋，他堅稱。

一行人像一支軍隊似地，夾雜在其他病房的盲人間勉力前進。來到玄關時，醫生的太太明白了，外交辭令在這裡不可能管用，說不定永遠也沒可能派上用場。玄關中央放著一箱箱食物，周圍則圍了一圈盲人，手上拿著木棍及床上拆下的鐵條，像刺刀或長矛似地往外舉，阻擋著其餘圍在一旁的絕望盲人。他們笨拙地試圖突破防線，有些用高舉的手臂擋開襲擊，但願能在人牆中找到個缺口，找到某個沒仔細護緊的漏洞，另有些人四腳著地在地上爬行，一直爬到撞到敵人的腿為止，敵人則毆打他們的背部，或狠狠踢他們一記，好趕走他們。如諺語所說的，盲目地亂打。這一幕還伴隨著憤怒的抗議、激狂的哭喊。我們要我們的食物。我們有吃飯的權利。惡霸。這太過份了。雖然難以置信，但有個不知是足智多謀還是昏了頭的人說，叫警察來。這些人當中說不定有警察，我們都知道，失明這種毛病是不會挑職業的，但瞎了眼的警察不僅眼睛看不見，也無法執行勤務，至於我們所知的那兩個，則已經死去，且旁人費了好一番工夫才把他們埋葬。一個盲女人愚蠢地期待某種公權力能主持正義，帶來心靈和諧，使這座精神病院恢復原有的平靜，用盡全力朝大門走去，對著所有人大聲呼喊。救救我們，有流氓要搶我們的食物。士兵裝作沒聽到，某回有位上尉前來視察時，下給中士的命令再清楚不過了，如果他們自相殘殺，那就更好了，他們的人數就會變少。盲女人像昔日的瘋女人似鬼吼鬼叫，她自己也幾近瘋狂，但完全是因為絕望的緣故。最後她明白自己的懇求只是徒費力氣，閉上嘴回到屋內痛哭失聲，然而由於看不到路，頭上挨了一拳，倒地不起。醫生的太太想飛奔到她身邊扶她起來，情勢卻亂得連兩步都無法挪移，前來索取食物的盲人已經開始亂哄哄地退卻，他們完全失去了方向感，互相絆倒，摔在地上，爬起又摔倒，有些甚至放棄了努力，不嘗試爬起，聽天由命地躺在地上，疲累悲慘地承受痛苦，臉貼著磁磚地。接著醫生太太無限驚恐地看見其中一個盲流氓從口袋裡掏出一把槍，粗暴地舉向空中，子彈使天花板上一大塊灰泥摔落在他們毫無屏障的頭頂，更增加了群眾的恐慌。大家安靜，閉嘴，流氓咆哮，誰敢大聲說話，我就開槍，隨便打到誰都好，那樣就不會有人抱怨了。盲群眾動也不動，拿槍的人繼續說話。從今天開始，由我們負責掌管食物，就是這樣，不會更改了，我警告你們，我們會在大門口安置警衛，誰也不准到門外去找食物，有意違抗的人，後果自行負擔，從今以後食物要用賣的，要吃的人就要付錢。怎麼付，醫生太太問。

我說誰也不准講話，帶槍的流氓揮舞著槍咆哮。總得有個人說話，我們必須知道接下來怎麼做，到哪裡去領食物，大夥兒一起去，還是一個一個去。這女人有企圖，流氓當中的一個說，如果殺了她，就可以少張嘴巴吃飯。要是我看得到她在哪裡，她肚子上早就挨一槍了。接著他又對全體盲人說，馬上回去你們的病房，立刻回去，等我們把食物扛進屋裡，就會想出一套程序來。那要怎麼付錢呢，醫生太太又插嘴，一杯加牛奶的咖啡和一塊餅乾要付多少錢。這女人活得不耐煩了，同一個聲音說。別理她，另一個人說，然後變了口氣又說，每個病房選兩名代表，負責收集大家的貴重物品，不管是哪種貴重物品，錢、珠寶、戒指、手鐲、耳環、手錶，所有的財產都收集起來，然後帶到我們住的左側第三間病房，如果你們想聽善意的勸告，勸你們千萬別想欺騙我們，我知道有些人會把貴重物品藏起來，我警告你們最好三思，如果我們覺得你們貢獻得不夠多，你們就得不到食物，那麼你們就回去啃鈔票和鑽石吧。右側第二病房的一個男人發問，那我們該怎麼做，是該把財產一次付光呢，還是看吃些什麼東西來付錢。看來我解釋得不夠清楚，拿槍的人大笑著說，你們先付錢，然後才能吃飯，根據吃什麼來決定付多少錢的話，帳目會變得太複雜，最好是一次付清，我們再決定你們可以得到多少食物，但我再次警告你們，別想藏匿任何東西，否則我會要你們付出昂貴的代價，同時為了不要有人指控我們不公平，我們會在你們交出財產後，進行一次搜查，只要被我們發現一分錢，你們就完了，現在大家盡快給我滾。他舉起武器，再度對空鳴槍，於是又有更多的灰泥從天花板掉下來。至於你，帶槍的流氓說，我不會忘記你的聲音。我也不會忘記你的臉，醫生的太太回答。

誰也沒留意到一個盲人說她忘不了一張自己看不到的臉是多麼荒謬的話。大批盲人盡可能地摸索著門快速離去，第一個病房的盲人把情況轉告給室友知道。從我們所聽到的情況來判斷，我認為眼前除了聽話外，沒有別的辦法，醫生說，他們的人數相當多，最糟的是他們還有武器。我們也可以弄些武器，藥劑師助理說。對，如果樹上我們搆得到的地方還有樹枝的話，我們可以折幾段樹枝下來，還可以從床上拆些鐵條下來，但我們根本沒力氣揮動鐵條，而他們至少有一把槍。我拒絕把財產交給這些瞎眼的龜孫子，有個人這麼說。我也是，另一個人附和。就這麼決定了，要嘛就大家都交出全部的財產，要嘛就誰也別交出任何東西，醫生這麼說。他的太太說，我們別無選擇，何況他們在這裡訂定的制度必定和他們在外面時訂的制度相同，不想付錢的人請自便，那是他的特權，但他別想吃別人出錢買來的食物，我們不能分食物給他。大家都把全部財產交出來吧，醫生說。沒東西可交的人怎麼辦，藥劑師助理問。那就看其他人願意給他吃多少了，諺語說得好，付出看能力，回收看需要。談話中斷了一下，然後戴黑眼罩的老人說，好吧，那我們要派誰當代表。我推薦醫生，戴墨鏡的女孩說。沒有必要舉行投票，整個病房對此毫無異議。要有兩個人才行，醫生說，有沒有人自願。如果沒有別人自願，我就自願，第一個盲人說。很好，開始收集吧，我們需要一個麻袋或布袋，或小箱子，隨便什麼都好。我這個可以不要了，醫生的太太說，接著便開始清空一個裝化妝品和零碎雜物的袋子。當初打包這些東西時，她全沒料到自己會被迫生活在什麼樣的一種景況中。在這些屬於另一個世界的瓶瓶罐罐小管小盒間，有一把長而尖利的剪刀。她不記得自己在袋子裡放了剪刀，但它就是在眼前。醫生的太太抬起頭，盲室友都在等，她的丈夫已從床上起來，走到第一個盲人的床邊同他說話，戴墨鏡的女孩正在告訴斜眼男孩說，食物一會兒就會來了，床頭櫃後方的地板上塞著一片沾著血跡的衛生棉，彷彿戴墨鏡的女孩有著一種少女般清純卻又毫無意義的嬌羞，焦急地把它藏起來，以便躲開那些沒有視力的眼睛。醫生的太太注視著剪刀，她想弄清楚自己為什麼這樣注視著剪刀，怎樣注視，就是這樣注視，但她想不出原因，她究竟期待在這把躺在她掌心、有著兩把鍍鎳刀刃、尖端閃閃發亮的長剪刀中找到什麼理由。袋子好了沒，丈夫問她。好了，在這裡，她一面回答，一面伸出握著空袋子的手，另一隻手則藏在背後，藏住剪刀。怎麼回事，醫生問。沒事，妻子回答。她其實大可以回答，你看得到的部分都沒事，我的聲音聽起來一定很奇怪，但就是這樣了，沒別的事。第一個盲人陪同醫生向醫生太太走去，醫生遲疑地接過袋子。大家把自己的東西準備好，我們要開始收了。他的妻子解開手錶，也替他解開手錶，摘下自己的耳環、一枚小小的紅寶石戒指、戴在頸子上的金鍊子、結婚戒指、丈夫的結婚戒指，兩人的戒指都極易摘下。我們的手指都瘦了，她想。她開始把所有的東西裝進袋子裡，接著又把家裡帶來的錢裝進去，是相當大的一疊各種面額不等的鈔票，還有一些銅板。就這些了，她說。你確定嗎，醫生說，看仔細一點。我們所有的貴重物品都在這裡了。戴墨鏡的女孩已經把自己的東西都準備好了，和醫生太太的財物差別並不大，戴墨鏡的女孩有兩只手鐲，而不是一只，但沒有結婚戒指。醫生太太等她丈夫和第一個盲人轉了身，也等戴墨鏡的女孩彎下腰對斜眼男孩說，把我當成你媽咪，我幫你出錢。然後醫生太太退到病房最底端的牆邊。這面牆就和其他的每一面牆一樣，釘了許多大釘子，想必是供精神病患懸掛財物或其他雜七雜八小玩意兒用的。她挑了自己所能搆到的最高一根釘子，把剪刀掛在上面，然後坐在自己的床上。她的丈夫和第一個盲人正緩緩朝門走去，沿路停下來向兩側的人收財產，有些人抗議這是蠻不講理的搶劫，這話說得實實在在，沒有半點虛妄，另有一些人則蠻不在乎地交出所有財物，彷彿認為歸根究底，世上也沒有哪樣東西是絕對屬於我們的，這也是個赤裸裸的事實。兩人收集完財物，來到病房門口，醫生問，大家都交出所有財物了嗎。有幾個無可奈何的聲音回答，是的。有些人則選擇了不發一語，時機成熟的時候，我們會知道他們這麼做是不是為了迴避說謊。醫生的太太仰頭看剪刀，剪刀掛在其中一枚釘子上，掛得很高，令她感到驚奇，彷彿並不是她自己掛上去的，接著她思索帶剪刀來是個多麼棒的點子，如我們所知，生活在這樣的情況下，男人是無法正常刮鬍子的，這下她可以替丈夫修修鬍子，幫他打點得體面一點了。再往門邊望去時，兩個男人已經消失在走廊的陰影中，朝左側的第三間病房走去，流氓正是指示他們到那間病房去付錢換食物，今天的食物和明天的食物，可能還包括整個星期的食物。然後呢，這個問題沒有答案，我們所有的財產都已經付給他們了。

平日盲人只要一出病房，就無可避免地會絆倒、相撞、摔跤，被撞倒的人會惡狠狠地用髒話怒罵，撞倒人的則用更邪惡的話來反擊，然而誰也不在意，人總要發洩情緒的，盲人尤其需要。然而這天的走廊卻沒有平日的擁擠，相當令人訝異。前方有腳步聲和說話聲，想必是其他病房派遣的代表，前來依從相同的規範。我們是落入了什麼個狀況裡呀，醫師，第一個盲人說，瞎了眼還不夠，還落入瞎眼強盜的手中，我的命運大概就是這樣，先碰上偷車賊，現在又碰上拿槍搶食物的土匪。這就是其中的差別，他們有槍。但子彈有用完的一天。每樣東西都有用完的一天，但他們的子彈最好別用完。為什麼。如果子彈用完，就表示有人挨了子彈，這裡已經死太多人了。我們碰上了一個棘手的狀況。自從我們來到這裡，一切就是這麼棘手，但我們也都忍受下來了。你是個樂觀主義者，醫師。不，我不是樂觀主義者，但我想不出怎麼可能有比我們現在更糟的情況。嗯，我不太相信倒楣和罪惡有什麼極限。你可能說得對，醫生說，接著又彷彿自言自語似地說，一定得發生個什麼事，一個包含了某種矛盾的結論，要不就是有比現在更糟的情況，要不，就是從現在開始一切都好轉，雖然所有的跡象都顯示不太可能會這樣。兩人踩著穩健的步伐，轉了好幾個彎，終於接近了第三間病房。醫生和第一個盲人都沒到過這裡，但兩側廂房的結構很合邏輯地嚴格遵循對稱原則，任何人只要熟悉右側廂房，在左側廂房就不難認清方位，反之亦然，只不過在這一側必須左轉的地方，在另一側就必須右轉。他們聽到談話聲，想必是方才走在前方的人。我們得等一下，醫生低聲說。為什麼。裡面的人會想知道這些人交了些什麼東西來，這對他們來說不是太緊急的事，他們已經吃飽了，所以不急。現在一定已經快到午餐時間了。就算他們看得見，也仍無法知道是否快到午餐時間，因為他們現在連手錶也沒有了。一刻鐘左右之後，交易結束，有兩個男人從醫生和第一個盲人面前經過，從他們的談話聽來，他們顯然是扛著食物。小心，別弄掉任何東西，其中一個人說。另一個則喃喃地說，不知道夠不夠大家吃。我們得勒緊褲帶了。醫生用手摸牆，探索著向前走，直到手碰到門把為止，第一個盲人則跟在他身後。我們是右邊第一個病房的，醫生喊。他想往前一步，卻踢到障礙物。他理解到那是一張橫放的床，擺在那裡當交易櫃檯用。他們很有組織，他心想，這不是臨時組織起來的。他聽到說話聲和腳步聲。有多少人呢。他太太說十個，但若有更多也不是沒有可能的，他們強佔食物時當然沒有全體出動。帶槍的傢伙是他們的首領，耳邊聽到的正是他帶著嘲弄的聲音。好，我們來看看右邊第一間病房帶了些什麼來給我們。接著他又用低了許多的聲音向某個想必是站在他身旁的人說，記下來。醫生感到困惑，這是什麼意思，那人說，記下來，所以說這裡一定有個能寫字的人，一個看得見的人，也就是說這裡一共有兩個人看得見。我們得千萬小心，他想，說不定明天這個人會站在我們身旁，而我們渾然不覺。第一個盲人心裡想的和醫生想的幾乎完全相同。他們有槍，又有間諜，我們完了，永遠都會被欺壓得抬不起頭來。裡面的盲人，也就是強盜們的首領，已經把袋子打開了。他熟練地拿出各種物品和金錢，一一撫摸辨認，很顯然他能憑觸摸辨認出哪些是黃金而哪些不是，辨認出每張鈔票和每枚銅板的面額，這種事情只要熟練，當然很容易。好幾分鐘後，醫生才開始聽到點字機的聲音，他馬上就辨認出來，絕對錯不了，不遠處有個人在用點字法寫字，針尖敲在厚紙及紙下的金屬板上，聲音小卻清晰。所以說這一群瞎眼流氓當中有個正常的瞎子，也就是從前被大家稱為瞎子的那種瞎子，這可憐的傢伙顯然是被其他那些人硬拐了進來，然而現在實在不是窺探的時機，不能在這個時候問他，你是新近失明的，還是已經失明好些年了，告訴我們你是怎麼失明的。他們自然是幸運，不僅意外撿到個書記，還可以利用他做嚮導。有經驗的盲人是不一樣的，價值千金。財產目錄的編纂仍在繼續，帶槍的惡棍不時詢問會計的意見，你覺得這個怎麼樣，於是會計便停下簿記工作來提供意見。廉價的仿冒品，他說。這時帶槍的傢伙便會說，要是有很多這種東西，他們就什麼也沒得吃了。或者會計會說，好東西。這時首領的評論就會換成，跟老實人做生意真痛快。最後，對方搬了三箱食物到床上。這拿去，帶槍的首領說。醫生算了算。三箱不夠，以前我們自己領食物時，可以領到四箱。這時他感覺到冰冷的槍口抵著他的頸子，就盲人來說，他的瞄準技術相當不錯。你每抱怨一次，我就要扣掉一箱食物，快帶著這幾箱食物給我滾，你們還有得吃，應該要謝天謝地了。很好，醫生咕噥，然後拿了兩箱食物，第一個盲人負責拿第三箱，循原路走回去。因為搬著東西，回程時速度慢得多。來到玄關時，四周似乎一個人也沒有，醫生說，我再也不會有這樣的機會了。什麼意思，第一個盲人問。他用槍抵著我的脖子，我可以搶過來的。那太冒險了。沒有這麼冒險，我知道槍在哪裡，而他無從得知我的手在哪裡，何況當時我很確定他盲的程度比我嚴重，真可惜我當場沒想到，或者說，我當場想到了，卻沒勇氣這麼做。但是然後呢，第一個盲人問。什麼然後呢。假設你真的搶到他的武器吧，我相信你也不會用。如果我會用，事情就可以解決了，我一定會解決的。但你不確定你會不會。對，說真的，我不確定。那麼還是讓他們繼續保有他們的槍比較好，只要他們別用槍對付我們就行了。用槍威脅人和用槍攻擊人是相同的。如果你搶了他的槍，戰爭就會真的開打了，那樣的話，我們恐怕別想活著離開這裡。你說得對，醫生說，我會假裝我都想清楚了。醫師，你不能忘記你剛剛告訴我的話。我告訴你什麼。你說一定得發生個什麼事。已經發生了，我卻沒把握住。一定是別的事情，不是這個。

兩人走進病房，無可奈何地將稀少的食物呈現給室友們，有人責怪他們未曾表達抗議並要求更多配給，有辱他們身為病房代表的使命。醫生解釋了事情經過，把盲書記、帶槍盲人侮辱性的行為、以及槍口挨著他頸子的事，一五一十告訴大夥兒。憤怒的室友壓低了聲音，承認他們的確是把全病房室友的權益交到了適任的人手上。食物終於分配好時，有些人忍不住提醒缺乏耐性的人說，聊勝於無，何況現在已經接近午餐時分了。有個人說，萬一我們變得像那匹著名的馬，習慣了不吃東西，那就最糟了。其他人露出虛弱的微笑，其中一個人說，但馬兒死的時候並不知道自己將死，如果真是這樣，那也不見得多壞。

10

戴黑眼罩的老人早就明白，攜帶式收音機一方面由於體積小，另方面由於使用壽命有限，加上其有用與否完全仰賴其中是否裝有電池以及電池的壽命長短，因此並不能算是用來交換食物的貴重物品。從這小小盒子傳出的沙啞聲音來判斷，很顯然它的來日不多了。因此戴黑眼罩的老人決定不再用來收聽一般的廣播，何況左側第三病房的人說不定隨時會出現，會有另一番不同的看法，不是因為這東西實體上的價值——這方面的價值在短期內可說是微不足道——而是由於它立即的實用性，這立即的實用性自然是不可小覷，更何況既然他們至少有一把槍，便十分可能也有電池。因此戴黑眼罩的老人說，從現在開始，他將躲在毛毯裡收聽新聞，把頭完全蒙住，倘使聽到有趣的新聞，便將立即通知大家。戴墨鏡的女孩央求他偶爾讓她聽點音樂。這樣我才不會忘掉，女孩說。但老人很固執，堅稱瞭解外面的情況是比較重要的事，想聽音樂的人可以自己在腦袋裡播放音樂，畢竟我們也得給記憶找點事情做。戴黑眼罩的老人說得對，收音機裡的音樂已經像塵封的記憶一樣成了破鑼嗓，因此他把音量開到盡可能的低，等待新聞的播報。新聞來了，他便把音量稍稍調大一些，專心傾聽，以免漏聽任何一個字。接著他便用自己的話把新聞轉述給隔壁床的鄰居聽，消息就這樣一床一床地傳遍整個病房，每傳一個人，就發生一點點扭曲，細節根據傳話者本人的樂觀或悲觀而被遺漏或加油添醋。一直到最後，消息不再出現，戴黑眼罩的老人終於無話可添加。那並非是因為收音機壞了或電池用罄，生活的經驗告訴我們，誰也不能主掌時間，這小小的機器自然不可能永恆運作，然而在小收音機壽終正寢之前，某個人先失了聲。遭受盲流氓掌控的第一天，戴黑眼罩的老人整天在聽收音機並傳遞消息，否定正式發布的樂觀預測中明顯的虛偽，如今夜闌人靜，他終於把頭伸出毛毯，仔細傾聽播報員的嗓音在收音機微弱的電力下所轉變成的嘶嘶聲，突然之間，他聽到播報員高呼，我瞎了，接著便是某種東西撞擊麥克風的聲音以及一連串急匆匆的混亂噪音，然後突然寂靜無聲。收音機唯一接收得到的電臺沒了聲響，有一段時間，戴黑眼罩的老人依然把耳朵貼緊如今噤了聲的收音機，彷彿是等著播報員的聲音重新出現，繼續播送新聞。然而他猜想，或者說他心知肚明，播報員的聲音不會回來了。白病不僅侵襲了播報員的眼，這病猶如火藥沿引線燃燒，迅速蔓延了整個播音室。於是戴黑眼罩的老人把收音機扔在地上。盲流氓若是前來搜尋藏匿的珠寶，會明白攜帶式收音機沒有列入交換食物的貴重物品中是合乎道理的，當然這是假設道理果真存在於他們的心中。戴黑眼罩的老人拉起毛毯蒙住頭，以便自由自在地哭泣。

在昏黃黯淡的燈光照耀下，病房一點一點進入了沉沉的夢鄉。這一天難得吃了三餐，每一具軀體都獲得莫大的安慰。如果情況持續如此，我們便可以得到結論，即便在最悲慘的不幸之中，也能找到足夠的舒適，使我們能耐心地忍受前面所說的不幸。所謂耐心地忍受，就目前的狀況來說，就是與原先令人不安的預測恰恰相反，也就是說，縱然某些理想主義者會抗議說，他們情願用一己之力為生活奮鬥，即使因執著而挨餓也在所不惜，但食物由一個實體集中管理，負責分配發放，畢竟是有其正面效益的。所有病房裡，多數盲人都忘了先付出後享受的人最後往往得不到好待遇，他們對明天毫不憂慮，睡得香甜。其餘的人則是苦苦尋找擺脫煩惱的高尚方法，卻不得其門而入，疲乏而厭倦下，也終於一個個沉沉睡去，在夢裡過著較好的生活，儘管沒有較豐盛的物資，但有了較多的自由。右側的第一間病房裡，只有醫生的太太還醒著，她躺在床上想著丈夫告訴她的話，有一剎那，他以為那群盲強盜當中，有一個是明眼人，一個可以替他們當間諜的人。他們沒有再談起這話題，真是奇怪的事，彷彿醫生已經太習慣，壓根兒忘記了自己的妻子正是個明眼人。她想到了，但沒有作聲，她不想說出那些可想而知的話，他做不到的事我做得到。是什麼事，醫生會假裝不懂。如今她的眼睛注視著牆上的剪刀，醫生的太太問自己，我的眼睛能有什麼作用。這念頭忽然使她有了作夢也沒想過的恐懼，她深深情願自己瞎掉，除此之外別無其他想法。她小心翼翼從床上坐起，對面是沉睡中的戴墨鏡女孩和斜眼男孩，她發現兩張床異常靠近，女孩把自己的床推到了男孩床邊，可以肯定必定是為了男孩半夜可能會想找人安慰，或是媽媽不在身邊時，需要有人替他擦乾眼淚的緣故。我怎麼沒想到，我可以把我們的床併攏，我們可以睡在一起，不用擔心他會摔下床去。她注視著因為疲乏而睡得香甜的丈夫，她還沒找到機會告訴他她帶了剪刀來，可以找一天替他修修鬍子，只要刀子別太靠近皮膚，盲人也是可以自己修鬍子的。她找到了一個別提起剪刀的好藉口，以後所有的男人都會來煩我，我整天除了替人修鬍子外，將什麼也不能做。她把身子甩出床外，腳放在地上尋找鞋子，正待穿上，卻又縮回腳，怔怔地凝視鞋子，然後搖搖頭，輕手輕腳把鞋擺回去。她穿過兩排病床間的走道，緩緩向房門走去，赤裸的雙腳踏上地上黏糊糊的糞便，但她知道外面走廊的情況更糟。她不斷東張西望，看有沒有盲人醒著，然而縱使有人徹夜不眠，或甚至整個病房的人都醒著，只要她不出聲，便沒有問題，就算她出聲，也沒關係，我們都知道內急這種東西有多迫切，它是不會挑時間的，簡單地說，她唯一不希望的就是丈夫醒來，及時發現她不在身邊而開口問，你上哪兒去。丈夫最常問妻子的話可能就是這一句，另一句則是，你剛才去哪兒了。有個盲女人在床上坐著，肩膀倚著低矮的床頭，空洞的眼神盯著對面的牆壁，但她看不到。醫生的太太停頓了一會兒，彷彿不能決定是否要碰觸盤桓於空中的隱形界線，宛如只要輕輕一碰，這線就會永恆斷裂。盲女人舉起一隻手，想必是覺察了空氣中某種細微的振動，然而她隨即放下，失去興趣，被鄰床室友的鼾聲吵得不能入睡已經夠糟了。醫生的太太繼續以更快的步伐匆匆往房門接近。在走向玄關之前，她注視著通往同一側其他病房的走廊，經過另兩個病房後會到達廁所，最後則通到廚房和餐廳。有盲人在走廊上倚著牆睡覺，這些人來到時，或是在進擊中落後，或是體力單薄，沒能在搶奪床位的戰爭中獲勝，因此無床可睡。十公尺外，有個盲男人躺在一個盲女人身上，男人夾在女人的兩腿之間，兩人盡可能地小心，他們是謹慎型的人，然而即使聽力並非頂尖銳，也不難聽出他們在做什麼，尤其當其中一個人再也按捺不住，嘆息、呻吟，吐出一、兩個含糊的字眼，而另一個情不自禁地跟進——這些聲響意味著事情即將結束——旁人更是了然於胸。醫生的太太停下腳步注視他們，不是因為羨慕，她有丈夫在身邊，他也能滿足她，而是心中湧現一種從未有過的感覺，她找不到名稱來稱呼它，或許是同情，彷彿想對他們說，別介意我，我懂，你們繼續。也或者是一種憐憫，縱使這種至高無上的歡愉將剎那化為永恆，你們兩人依然不能合而為一。盲男人和盲女人分開了，並排躺著休息，手牽著手，他們十分年輕，說不定甚至是一同看電影卻在戲院中一同失明的情侶，也說不定是某種奇蹟似的巧合使他們在這裡重逢，倘使果真如此，他們是如何辨識出彼此的，老天，自然是憑聲音，人們不僅不需眼睛便能識得血親的聲音，人說愛情是盲目的，盲目的愛也有自己的聲音。不過很可能他們是一同進來的，那樣的話，他們並非現在才開始手牽手，應當是打從一開始便緊緊相攜了。

醫生的太太嘆息了，她用手遮住眼睛，因為她看不到了，但她並不著慌，她知道蒙蔽她視線的是淚水。接著她又繼續她的路程。到達玄關時，她走到通往庭院的門向外張望，大門背後有盞燈，燈光映照出一個士兵的剪影，對街的建築物一片漆黑。她走出門，走到階梯的頂層，這麼做並不危險，即使士兵發現她的影子，除非她走下階梯，他發出警告而她依然向這條象徵著安全警戒的隱形界線邁進時，他才會開槍。習慣了病房裡無時無刻不停歇的噪音，寂靜使醫生太太感覺怪，彷彿寂靜佔據了空無的空間，彷彿全人類都消失了，只剩下一盞燈和一個士兵在看守。她坐在地上，背靠著門柱，用和病房裡那盲女人相同的坐姿坐著，和她一樣注視前方。夜涼如水，風在建築物前方吹拂，這世界彷彿不可能再有風，夜也不可能再是黑暗的，醫生太太想的不是自己，她想著那些盲人，對他們來說，白晝永無止境。燈光上方出現了另一個剪影，可能是來和衛兵換班的人。沒有異狀，士兵在返回帳棚睡覺前可能會這麼說，兩名士兵對門裡面發生的事一無所知，說不定外面根本聽不到槍響，普通的槍聲音並不大。剪刀的聲音更小，醫生的太太心想。她沒有浪費時間問自己這思緒是打哪兒來的，只詫異這思緒怎麼來得這麼慢，第一個字眼怎會出現得如此之慢，其後的字眼又怎會出現得如此之慢，她詫異地發現這思緒老早就存在於某個地方了，只是沒有字眼把它表達出來，猶如躺下的概念早已在床上準備好凹洞，只等身體對號入座。士兵朝大門走來，儘管他逆光站立，仍可清楚知道他正往這方向注視，想必是注意到這個動也不動的身影，雖然一時之間，光線並不足以讓他看清這身影不過是個坐在地上的女子，雙手環抱雙腿，下巴頦擱在膝蓋上，士兵拿手電筒射向她，現在人影再清晰不過了，是個女人，正要起身，動作就和她先前的思緒一樣緩慢，但士兵並不知道這一點，他只知道他害怕這個彷彿花了一世紀才站起身的女子身形，有一剎那他自問是否該發出警報，但隨即決定不要，畢竟那只是個女人，何況她離他還有些距離，然而無論如何，為了安全起見，他朝她舉起槍，但一旦舉起槍，手電筒便必須拿開，而這一拿開，明亮的光線筆直射入自己的眼睛，宛如突然遭到燒灼，被強光刺痛的影像在視網膜盤桓不去。好不容易恢復視力時，女子消失了。這下他不能對前來交班的人報告說毫無異狀了。

醫生太太已經來到了左側廂房，站在通往第三病房的走廊上。這兒也同樣有盲人席地而睡，比右側廂房更多。她無聲無息地緩慢行走，感覺得到地上的糞便黏著她的腳，她往頭兩間病房裡望，看到的情景和想像中沒兩樣，一具具軀體覆蓋在毛毯下，有個盲人無法入睡，並且用絕望的聲音抱怨自己無法入睡，其餘所有人斷斷續續的鼾聲則清晰可聞。這一切所發出的氣味並未令她驚訝，這整棟建築物裡沒有一點其他的氣味，她自己的身體及身上穿的衣服所發出的也正是這種氣味。在轉向通往第三病房的走廊時，她停頓了下來。門口有個人，是另一個衛兵。這人手上拿著一根棍棒，他用慢動作緩緩把棍棒從一側揮向另一側，又揮回來，像是要阻斷通道，不讓任何人通行。這裡沒有人打地鋪，走廊上空無一人。門口的盲人依然一成不變地來回揮舞棍棒，彷彿永遠不會疲累似地。但事實並非如此，幾分鐘後，他換了一隻手重新開始。醫生的太太貼著另一側的牆前進，小心翼翼別從牆面擦過。走廊寬闊，棍棒揮舞的弧度連一半都不及，這個值班的衛兵幾乎可以說是帶了把沒有子彈的槍。醫生的太太現在與這盲人正面相對了，她看得到他背後的病房，裡面的病床並未全部佔滿。裡面有幾個人，她好奇，於是又前進了一些，幾乎到棍棒可以觸及的地方，她便又停頓下來，盲人把頭轉向她站立的那一側，彷彿是感覺到了某種異狀，感覺到空氣中的某種震顫、某種簌簌聲。他是個高個子，手掌粗大。他伸出了拿棍棒的手，快速在眼前的空無中揮了一記，接著又踏了短短的一步，有一秒鐘的時間，醫生的太太擔憂他說不定看得到她，以為他只是在尋找攻擊她的最佳方位。那雙眼睛不是瞎的，她驚慌地想。是的，那雙眼睛當然是瞎的，與住在這片屋簷下、這四面牆裡所有的人同樣地瞎，唯一的例外只有她自己。男人用接近於輕聲細語的低聲問，誰。不是像真正的衛兵那樣呼喊，你是誰，朋友還是敵人。對方會說，朋友。於是他會說，通過吧，但要保持距離。然而情況不是這樣發展，他僅是搖了搖頭，彷彿對自己說，真是胡鬧，怎麼可能有人在那兒呢，這個時候大家都睡了。他用沒拿東西的手摸索，退回到門邊，他自己說的話安撫了自己，於是手臂垂了下來。他很睏，等待同伴來和他換班等了一世紀之久，由於他們沒有鬧鐘，即使有也無法使用，因此若要有人來換班，得要這位仁兄受到內心責任感的驅使而自行清醒才行。醫生太太躡手躡腳走到門的另一側往裡看，病房沒有睡滿，她快速地算了算，大約有十九或二十個人，病房最裡端堆著幾個食物箱，空床上也堆著一些。果然不出所料，他們沒有把領到的全部食物分給大家，她想。站崗的盲人似乎又疑心了起來，但卻沒有做任何探查的動作。時間一分一秒過去，病房裡傳出某人響亮的咳嗽聲，想必是個老菸槍。盲人警覺地回過頭，他終於可以睡點覺了，然而躺在床上的人誰也沒爬起來。盲人彷彿是害怕被人發現他擅離崗位或一口氣觸犯了衛兵所應遵守的所有規則，極其緩慢地在用來擋住入口的床沿坐下。有一會兒的時間，他只是點著頭，接著便沒入睡眠之河中，可以確定的是在他陷入昏睡之際，心裡想的必定是，沒關係，反正沒人看得見。醫生的太太再一次計算了病房裡睡覺的人數，包括衛兵在內共有二十人，好歹查出了一些實際的資訊，這趟夜間探險總算不是白費。但我來這兒只是為了這個嗎，醫生太太自問，但她情願不要探索答案。盲衛兵睡著了，頭枕在門柱上，棍棒無聲無息地落在地上，他成了個毫無抵禦能力的盲人，沒有武器能擊打周遭的東西。醫生的太太想刻意把這人想作是偷了他們食物的人，他偷了應屬於他人的物資，剝奪了兒童的糧食，然而儘管她這麼想，卻不感覺鄙夷，甚至沒有一絲一毫的厭惡，只有一種奇怪的同情，同情這個低垂在她眼前的身子，他的頭向後仰，長長的脖子布滿青筋。自離開自己的病房後，她頭一次感到一股寒意傳遍全身，彷彿石板地把她的腳凍成了冰，彷彿什麼東西燒灼著她的腳。希望不是發燒，她想。不可能，比較可能是無止境的疲憊，一種但願蜷縮起身子的渴望，尤其是眼睛，蜷縮起眼睛，向內看，更進去一點，更進去，更進去，進到腦中，讓眼睛觀察腦的內部，觀察那個無法用肉眼看出盲與不盲之間差別的地方。她極其極其緩慢地拖著身子，循原路回到自己所歸屬的地方，從似乎在夢遊的盲人身邊經過，這些盲人想必也以為她在夢遊，她甚至不需要偽裝眼盲。瞎了眼的情侶不再手牽手，兩人依偎在一起沉睡，她蜷縮在他的身子所形成的曲線中取暖，仔細看看，他們的確是手牽著手，他的手臂擱在她身上，兩人的手指緊緊相扣。病房裡，不能入睡的盲女人依然坐在床上，等待身體疲累到終於打敗頭腦的頑強抵抗。其他的所有人似乎都仍沉睡，有些蒙著頭，彷彿仍在尋找不可能找到的黑暗。戴墨鏡女孩的床頭櫃上立著一瓶眼藥水。她的眼睛已經好多了，但她卻無法知道。

11

如果受託為壞蛋們登錄不義之財的盲人因為某種頓悟壓抑了疑心，而決定帶著寫字板、厚紙與點字機前來投奔這一側的病房，現在想必忙著為這些真真切切被騙得一塌糊塗的新室友們記下他們匱乏的飲食與其他的種種苦楚，製成可歌可泣又富教育意義的紀錄。他會從自己原本的病房說起，說那些強盜不僅把正派人士趕出病房，以便佔據整個空間，甚至還禁止左側廂房另兩間病房的人使用屬於他們那一側的衛生設施。他會說，這種無恥暴政的直接後果就是所有其他人都蜂擁到這一側的廁所，以致任何人只要還記得這地方先前的狀況，便能想見後果如何。他會指出，如今若是要穿過中庭，絕不可能不踢到正在瀉肚子或奮力使勁卻徒勞無功的盲人。這位盲會計是個觀察力敏銳的人，他必定也將兢兢業業地記下盲人們吃得少卻排得多的矛盾，這麼做可能是為了顯示人們時時掛在嘴邊的著名因果關係至少從量的角度來看並非永遠可靠。他還會說，此時此刻，那群土匪的房裡必定堆滿了食物箱，這些可憐人淪落到在骯髒地板上撿拾麵包屑的時日不遠了。同時身為整個過程的參與者與記錄者，盲會計也不會忘記譴責這些盲暴君的罪行，他們情願讓食物腐壞，也不願施捨給挨餓的人。儘管這些食物中，有些可以放好幾個星期不會壞，但也有一些食物，尤其是烹煮過的，若不馬上食用，便會發酸或長霉，不再適合人類食用——如果這群不幸的動物還能稱為人類的話。記錄者會換個話題，但維持相同的基調，滿懷悲愁地寫道，此處並非只出現因缺乏食物或消化不良而引起的消化道疾病。多數人來到這裡時，除了眼不能見外，不單沒有病痛，甚至可以說是壯得像條牛，如今卻和其他人一樣，受了不知如何流傳於此地的流行性感冒感染，無力從悲慘的病床上起身。而這五間病房裡，連一顆阿斯匹靈也找不到，因此無法降低他們的體溫或緩解他們的頭痛，在某個人甚至連女人皮包的襯裡都一一搜索過後，僅存的幾顆也迅速告罄。記錄者在自行斟酌下，將不會一一詳述關在這裡實施殘酷檢疫的近三百名盲人所罹患的種種其他病症，然而他絕不能不提到至少兩個情況相當嚴重的癌症病例，當局在召集所有盲人加以監禁時，絲毫沒有做任何人道上的考量，甚至宣稱法令一旦制定，即適用於所有人，民主社會不能容許特權的存在。命運向來是殘酷的，在這許多盲人中，只有一位醫生，況且還是我們最不需要的眼科醫生。寫到這裡時，盲會計將因描述如此多的不幸與悲哀而感到厭煩，於是決定任由他的點字機躺在桌上，用顫抖的手尋找他為了進行記錄工作而暫放一邊的發硬麵包，然而他將找不到，因為一個被迫切需求訓練出靈敏嗅覺的盲人把麵包偷走了。而後，盲會計將會放棄他充滿民胞物與襟懷的行動、放棄促使他投奔這一側廂房的利他衝動，認定假使還來得及的話，此刻最好的策略即是回到左側的第三間病房，無論流氓們的惡行多麼令他義憤填膺，起碼在那兒他不會挨餓。

這真是個難解的習題。每回負責領食物的人將分配到的少許糧食帶回病房時，病房裡總會掀起一陣憤怒與不滿。總會有人提議大家群起抗爭，這個意見有其強有力的立論基礎，即邏輯辯證一次又一次肯定，堅強的決心平時縱然僅能將不同的力量相加，但在某些特定情況下，也能將力量無限加倍。然而只要有個較謹慎的人願意單純而客觀地思索這麼做的利與弊，提醒狂熱分子手槍可能造成的致命效果，這番騷動通常不久便會平息。他們會說，前去抗議的人會得知是什麼樣的命運在等待他們，至於留在後方的人，最好別去想在那極可能會發生的事件中，會出現什麼樣的狀況，我們光是聽到第一聲槍響就會嚇得手足無措，屆時，被槍打死的人只怕不會有被擠死的人多。其中一個病房制定出折衷方案，消息也傳到其他人的耳裡，這個病房決定不再指派一向遭受嘲謔的幾個使者去領餐，而要差遣一大批人，確切地說是十個或十二個人，這些人將異口同聲地表達出大夥兒的不滿。他們呼籲大家自告奮勇挺身而出，然而可能受了先前提到的謹慎人士提出的警告影響，所有病房都沒有幾個人志願擔負這項使命。幸而這種明顯缺乏道德勇氣的表現很快就失去了重要性，甚至也無須令人汗顏，在大家得知想出這點子的病房所組織的探險行動獲致何種後果後，事實證明謹慎果然是正確的因應之道。八個英勇大膽的人迅速被流氓以棍棒驅逐，雖然強盜頭子僅發了一枚子彈，且瞄準的位置不若前幾次來得高，但抗議群眾宣稱聽到子彈自他們耳畔咻一聲飛過。這位神槍手是否有意取人性命我們暫且無從得知，目前我們只能在罪證不足的情況下，假定他是無罪的，也就是說，這發子彈要不就是一種警告——雖則是相當嚴重的警告——要不就是強盜頭子把抗議群眾的身高估計成太矮了，又或者，他其實是高估了他們的身高，那樣的話，他的殺人意圖則無可避免地必須列入考慮，而這想法不免令人不寒而慄。暫且撇開這些無足輕重的問題不談，回到大家關心的重要議題來，即使這些抗議人士宣稱自己來自某某病房僅是因緣湊巧，這仍然著實是上帝的旨意。因為如此一來，便只有他們那間病房需要被罰挨餓三天，這已經夠幸運了，因為他們膽敢對餵養他們的人進行報復，是有可能會永遠得不到食物的。因此在這三天中，這間鬧叛變病房裡的人別無他法，只有挨家挨戶乞求同情，希望能分得一小片麵包皮，可能的話還要一點點肉或起司，結果他們並沒有餓死，卻被罵得狗血淋頭。你們想出那種點子，還期待有什麼後果。我們要是聽了你們的，這下不知到哪兒去了。然而最痛苦的是聽到人說，耐心點，耐心點。再沒有比這更殘酷的話了，即使遭受侮辱也比聽這話好。待三天的禁食結束，人們以為黎明將至，然而顯然這間居住了四十名叛亂分子的病房所受的懲罰並未結束，過去以來他們所得的配額始終不夠二十個人吃，如今則減少到甚至無法解除十個人的飢餓。因此你可以想像他們的惱怒與憤慨，何況其他病房的人早已因身邊的餓鬼需索無度而不堪其擾——這話說來傷人，但事實就是事實——更是對他們深深恐懼。其他病房的人這下分裂成兩派，一派倡議扛起同舟共濟的傳統使命，另一派則主張自助而後人助，這也同樣是個歷史悠久的觀念。

事情已經到了這地步，流氓卻又下達新指令，聲稱他們當初本著寬宏大量的襟懷，以相當寬鬆的方式計算大夥兒最初繳交的財物價值，然而即便如此，那些財物目前已不敷換取配給的食物，因此大家必須繳交更多的金錢與貴重物品。各病房絕望地回答，他們的口袋裡如今連個小硬幣也不剩了，大夥兒所有的財物都已經規規矩矩地如數奉上，而倘使要忽略大家所貢獻出的種種財物間價值的差異，那麼無論何種決議都將無法面面俱到，簡單地說，由正直的人替有罪的人付錢是不公平的，因此就信用帳戶中還有餘額的人來說，他們的配額不應被刪除，這實在是個可恥的論點。很顯然沒有一個病房知道其他病房交出了多少財物，但每個病房都理直氣壯地相信，即使其他病房的信用額度已用盡，自己的病房必定仍有繼續配糧的權利。幸而這潛伏的衝突尚未成形就夭折了，流氓們相當堅定，下達的命令人人都要遵守，倘若財物的價值上有任何差異，也僅有那位盲會計一個人知道。各個病房裡，大夥兒討論得激昂憤慨，有時甚至有些暴力。有些人懷疑某些自私不老實的室友在第一次繳納糧食費時暗藏了自己的財物，其他人為集體利益奉獻了所有，這些人則坐享其成，靠他人的犧牲過活。另一些人則採用目前為止大家仍堅決相信的論點，即他們所交出的財物本身就應足夠讓他們繼續吃好幾天的飯，而不該被迫餵養寄生蟲。盲流氓原本威脅要到各病房突襲檢查，懲罰違反命令的人，結果各病房卻各自在內部清理門戶，老實人與不老實或甚至惡毒的人展開爭執。然而並沒有人搜出龐大的財產，僅有幾只手錶和戒指搬上枱面，暗藏財物的人以男性居多。病房內部法治系統所施行的懲罰不過是胡亂甩幾個巴掌，虛應故事地揍幾下連目標都沒對準的老拳，其中最多的是言語上的侮辱，從古修辭學裡精挑細選出一些譴責之詞，諸如，我看你連自己母親的財物都會偷，彷彿這類的無恥行徑以及更等而下之的罪行都唯有在所有人都失明後才會犯下，而失去眼裡的光亮，也就同時失去了對人的尊重。盲流氓一面收下財物，一面威脅將進行嚴厲的報復，幸而結果他們並未施行，大夥兒假定他們是忘了，然而事實是他們有了新的點子，內容不久就會揭曉。倘若他們果真實踐了他們所聲稱將採行的舉動，施行更進一步的威逼，就會加劇眼前的情況，可能還會瞬間引發驚人的後果，那是因為有兩個病房為了掩飾自己暗藏財物的罪行，謊報病房名稱，導致無辜病房背了黑鍋，其中有個被誣賴的病房甚且極端誠實，在第一天即已乖乖交出全部財物。幸而盲會計為了縮減自己的工作量，決定將新進貢的財物登錄在另一張單獨的紙上，這麼做對無論是無辜或有罪者都有利，因為假使他對照個別帳目來登錄，則這財務上的參差不齊想必會引起他的注意。

一個星期後，盲流氓捎來訊息，他們要女人。就這麼簡單，給我們女人。這意外的要求雖說並非極不尋常，仍一如所料地引起了齊聲的抗議，負責傳達命令的使者頭昏腦脹地立即回到流氓的病房溝通，表示右邊的三間病房和左邊的兩間病房，包括席地而睡的男男女女在內，一致決議將不理會這個無恥的要求，理由是人類的尊嚴，這裡指的是女性的尊嚴，不能貶低到這個程度，縱使左邊的第三間病房沒有女人，也不能把責任推給別人——假使這種事情也有責任的話。流氓的回覆唐突而毫無妥協餘地。不給我們女人，你們就沒飯吃。碰了一鼻子灰的使者帶著命令返回病房。你們不去的話，他就不給我們飯吃。沒有伴侶的女性，或者至少是沒有固定伴侶的女性，齊聲抗議起來，她們並不打算用自己兩腿之間的傢伙來替其他女人的男人掙飯吃，其中有個甚且絲毫不顧自己性別的尊嚴，厚著臉皮說，我想去的話我會去，但我賺到的食物只給我自己吃，高興的話，說不定我還搬去和他們住，那樣不但有床睡，還不愁吃喝。她把話說得清晰明確，但並沒有付諸實行，那二十個人如狼似虎，彷彿是被色慾蒙蔽了雙眼，她想起倘若自己必須獨力應付他們飢渴貪婪的胃口，不知有多恐怖。這番宣言儘管在右側第二間病房發表得如此漫不經心，卻也並未被等閒視之，使者當中的一個對把握機會順水推舟有獨到的天賦，當場支持她的論點，建議可以由幾位女性主動提供這類服務，畢竟比起受到脅迫，出於自願的行動困難度要小一些。他幾乎要以一句名言來總結他的話。靈魂樂意時，腳步便輕盈。幸而最後的一點點道德顧慮提醒他要謹言慎行，才沒脫口而出。然而即便如此，他一閉上嘴，抗議聲便哄然爆發，憤怒從四面八方毫不留情地排山倒海而來，男人在道德上完全站不住腳，女人憤慨得理直氣壯，依據自己的社會文化背景及個人的脾性，指控男性為混混、皮條客、寄生蟲、吸血鬼、剝削者、龜孫子。有幾個女人對自己純粹因著慷慨與同情而同意了患難夥伴的床笫邀約感到遺憾，這些患難夥伴如今忘恩負義，試圖把她們逼向更悲慘的命運。男人試圖辯駁，聲稱事實並非如此，聲稱女人們太小題大作，事情沒這麼嚴重，只要大家好好談談，便能瞭解彼此的立場，根據習俗，在困難而艱險的情況中，的確有必要呼籲大家自告奮勇挺身而出，而眼前的情況無疑正是個困難而艱險的情況。你我都有餓死的危險。有些女人在聽了這番大道理後平靜下來，但仍有一些女人怒火未消，其中一個突然福至心靈，用譏諷的口氣問，如果這些混蛋要的是男人而不是女人，你們會怎麼做，說說看，你們會怎麼做，說給大家聽聽。她這麼說儼然是火上加油，女人們激昂起來，歡天喜地看著男人被自己的一番大道理困得無路可逃，無言以對。女人齊聲嚷，告訴我們，告訴我們啊。她們想知道這一套甚受好評的男性邏輯能發揮到多遠。我們這兒沒有同志，某個男性大膽直言。也沒有婊子，提出煽動性問題的女人回嘴，就算有婊子，她們也未必樂意為你賣淫。男人悻悻然聳聳肩，他們知道只有一個答案能滿足這群充滿復仇心的女人。如果他們要的是男人，我們就會奉獻自己。然而誰也沒有勇氣說出這句簡短、清晰且毫無顧忌的話，他們很驚異自己竟忘了說這話對自己並無壞處，畢竟那些龜孫子們想抓來洩慾的是女人而不是男人。

然而男人沒想到的事顯然女人都想到了，否則沒有別的原因可以解釋這個方才發生激烈爭吵的地方何以逐漸復歸平靜，彷彿她們是明白了，對她們來說，言語上的獲勝與其後必將隨之而來的挫敗並無二致。在其他病房裡，這類的辯論情況可能也相去不遠，我們知道人類的理性與非理性是沒有地域之別的。此處做出最後決斷的是個五十多歲的女性，她的年邁母親也在這裡，女人別無辦法來奉養母親。我願意去，她說。她不知道右側的第一間病房裡，醫生的太太正說著和她一模一樣的話。我願意去。這間病房的女性較少，可能是由於這個原因，這個病房的抗議聲浪較小，也較不激烈。病房裡有戴墨鏡的少女、第一個盲人的妻子、診所女職員、旅館女清潔工、一個沒人認識的女性，還有那個睡不著覺的婦人，但她極度憂鬱悲慘，只有男人從女性的團結中受惠是說不過去的，因此頂好是別打擾她。第一個盲人率先發表意見，他說，將自己的肉體呈獻給陌生人以為交換，這種屈辱不能加諸於他的妻子身上，她不會有意願，他也不會同意，尊嚴是無價的，一旦開始做出小小讓步，生命便終將失去一切意義。醫生問他，處在目前的情境下，飢渴交迫，從頭到腳污穢不堪，虱子、跳蚤、臭蟲渾身肆虐，他在這樣的生活裡看到了什麼意義，我也但願我的妻子別去，但我的希望有什麼意義，她說了她要去，那是她的決定，我知道我的男性尊嚴會受傷害，如果在經歷了這許多屈辱後，我們還保有夠格稱為男性尊嚴的東西的話，它已經受盡煎熬了，我無法躲避，如果我們要活下去，這可能是唯一的辦法。每個人都有自己的道德觀，我已經表達了我的看法，我不打算改變，第一個盲人嚴厲地反駁。戴墨鏡的女孩說，外頭的人不知道這兒有多少女人，因此你的女人可以留著自己用，我們會換食物來餵飽你和你老婆，但我很想知道，那樣的話，你的尊嚴作何感受，我們換來的麵包你吃起來又會是什麼滋味。第一個盲人反駁，那不是重點，重點是……。然而他的話沒了下文，話尾消失在空中，事實上他也不知道重點是什麼，他先前所說的一切都不過是些空洞的意見，那些意見屬於另一個世界，不屬於這個世界，他現在所應該做的，絕絕對對應該做的，是把手伸向天空，感謝上蒼他仍有機會將自己的恥辱侷限於吃自己老婆的軟飯，而不是靠他人的妻子來過活，確切地說是靠醫生的妻子，因為我們除了確定戴墨鏡的女孩是自由自在的單身女子，且非常清楚她不檢點的生活外，其他的女子假使有丈夫，我們也看不到。句子中斷後一片沉寂，彷彿等著某人來一舉釐清眼前的狀況，正因如此，必須說話的人不久便開口了，開口的是第一個盲人的妻子，她的聲音裡沒有一絲絲的顫抖。我和其他人沒有不同，她們怎麼做，我就怎麼做。你要聽我的，她的丈夫插嘴。別再命令我了，命令在這種地方不管用，你和我一樣看不到。這成何體統。你要不想有失體統，從現在開始就別再吃飯。這是她殘酷的回話，在今天以前，她對丈夫始終溫順而敬重，這樣的話令人吃驚。有人爆出一陣短暫的笑聲，發笑的是旅館女侍。啊，吃吃，可憐的傢伙，他該如何是好。霎時間她的笑聲變成了哭泣，話也改了。我們該如何是好，她說。這幾乎是個疑問，一個沒有答案的、近乎無可奈何的疑問，像是沮喪地搖頭，以致診所女職員除了複誦她的話以外什麼也沒做。我們該如何是好。醫生太太抬頭看看掛在牆上的剪刀，從她的眼神看來，你會以為她也正問著自己相同的問題，除非她反問了他們一個問題，而她真正在尋找的是這個問題的答案。你們希望我怎麼做。

萬物榮枯皆由命，起得早並不意味死得早。左側第三間病房的盲人自有一套組織秩序，已決定要從最近的地方開始，首先享用同一側病房的女人。採用這種輪流的方式可說是有百利而無一害，第一，他們可以隨時知道自己哪個部分做了而哪個部分還沒做，就像是一面看著時鐘，一面談起正在度過的這一天，我已從這兒過到了這兒，還有這麼多或這麼少的時間要度過，第二，等到所有病房都輪完一圈後，回到最初會帶來一種無可否認的新鮮感，感官記憶短淺的人尤其如此。因此，讓右側病房的女人好好享受吧，鄰居遭逢不幸是可以忍受的，沒有一個女人說出這話，但她們全都這麼想，不自私的人類尚未誕生，而稱為自私的那層皮膚則存活得比另外那層動不動就流血的要久。不能不提的一點是，這些女人的享受有雙重意義。這便是人類靈魂奇妙的地方，無可逃避的羞辱迫在眉睫，反而使各間病房裡因熟稔而消褪的情慾蓬勃高漲，彷彿男人迫不及待地要趕在女人被搶走前，在她們身上留下自己的印記，又彷彿女人想在記憶中裝滿自願從事性交的經驗，以便在遭受假使能反抗她們便必定會反抗的感官攻擊時，能將自己保護得較好。我們無可避免地要問，男女之間人數差異的問題要如何解決，拿右側第一間病房來說吧，即便排除性無能的男性——比如那戴黑眼罩的老人以及其他因了種種原因而從未有任何事蹟或言語登上我們的敘述的不知名老老少少——人數差異的問題仍然存在。先前說過了，這個病房包括失眠婦人與無人認識的女子在內，共有七名女性，而所謂的正常夫妻只有兩對，這不免使男性方面的人數呈現出不平衡，何況斜眼的小男孩尚未計算在內。說不定其他病房裡女性的人數多於男性，但這兒有條不成文法，由於迅速獲得支持而成為公定法規，即所有問題都應在問題發生的病房裡自行解決，這作法是遵照古人的教誨，求人不如求己，而古人的智慧我們該永遠不厭其煩地讚美。如此一來，右側第一間病房的女人便該撫慰住在同一個屋簷下的男人，但醫生的太太除外，因為某種原因，沒有人膽敢出言或伸手來勾搭她。第一個盲人的妻子在開始了第一步，亦即給了丈夫那個唐突的回答後，果如她自己所宣告的，雖然說小心翼翼，但其他女人怎麼做，她便也怎麼做了。然而有一些阻力卻是無論用理性或感性都無法化解的，比如藥劑師的助理無論如何雄辯滔滔或低聲下氣，都無法打動戴墨鏡女孩的芳心，這便是他最初對人缺乏尊重的代價。這個女孩，這個此處儀表最秀麗、體態最窈窕、丰姿最迷人的女子，當她花容月貌宛若天仙的消息流傳開來後，沒有哪個男人不夢想與她共度春宵，然而女人心是永遠不得捉摸的，有這麼一夜，她完全出於自願地上了戴黑眼罩老人的床，老人迎接她一如迎接夏日甘霖，盡其所能地滿足她，以他的年歲來說，他的表現相當稱職，如此便再一次證明外表是會騙人的，心的力量有多強，絕不是從臉龐或身體的柔軟度來判斷。病房裡每個人都認為戴墨鏡的女孩把自己奉獻給戴黑眼罩的老人不過是一種慈悲的施捨，然而也有些已經蒙受過女孩恩寵的男人心思纖細且不切實際，禁不住任由想像飛馳，認為對一個男人來說，天下最美好的禮物莫過於當自己孤伶伶躺在床上，作著沒有希望的白日夢時，有個女人溫柔地掀開被單，悄然鑽入，緩緩用她的軀體揉搓男人的軀體，而後靜靜平躺，等候他們用澎湃的熱血平息受驚的肌膚上乍起的震顫。而這一切都別無其他理由，只因為她想這麼做。這個姣好女子是個不該浪擲的瑰寶，有時一個人非得要雞皮鶴髮、用一隻黑眼罩遮住肯定已經瞎掉的眼窩，才能有幸享有這種豔福。此外，有些事情最好別去解釋，只要說出事情的經過，而不要探究人們內在的思想與感覺，比如此時此刻，醫生太太起床去替斜眼男孩蓋好滑落的毛毯時所發生的事便是如此。她沒有即刻回到床上，只是站在兩排病床之間狹窄的走道上，倚著病房尾端的牆，絕望地望著位在病房另一端的房門。多少天前他們便是穿過這扇門走進來，那天如今顯得渺茫遙遠，而那扇門哪裡也通不了。丈夫起身時，她正是站在那兒。他彷彿夢遊般凝視著正前方，走到戴墨鏡女孩的床邊。醫生太太沒有用任何行動來阻止他，只是動也不動地站著，看著他掀開被單躺進去，女孩這時醒過來，毫無抗拒地迎接他，她望著兩張嘴彼此尋索，唇與唇相逢後，無可避免的事發生了，她注視著其中一個人的歡愉，另一個人的歡愉，兩個人的歡愉，壓低了聲音的呼喊。噢，醫師。這話聽來應當是荒謬的，但並不。他說，原諒我，我不知道我是怎麼了。事實上，我們先前說得對，我們這些眼不能見的人，怎能明白連他也不明白的事。他們躺在窄小的床上，壓根兒想像不到有人注視著他們，醫生是絕對沒想到的，他霎時間擔憂起來，他的妻子會在睡覺嗎，他自問，或者她像每天晚上那樣，在走廊上遊蕩。他想回到自己的床上，但有個聲音說，別起來。有隻手如鳥兒般輕盈地停在他的胸口，他想開口，可能是要重複說他不知自己是怎麼了，但那聲音說，你若什麼也不說，我會容易瞭解些。戴墨鏡的女孩開始哭泣。我們是多麼不快樂的一群人，她喃喃地說，接著又說，我也想要，我也想要，這不是你的錯。別說話，醫生太太溫柔地說，我們都別作聲，有時說話一點意義也沒有，如果我也能哭就好了，用眼淚來訴說一切，不需要靠言語來被懂得。她坐在床沿，伸出手臂擱在兩人的身體上，彷彿要用一個擁抱抱住兩個人，然後她屈起身子伏在戴墨鏡女孩的上方，對著她的耳朵輕聲說，我看得到。女孩動也不動，安詳寧靜，只困惑自己何以並不詫異，彷彿她從最初那天就知道了，只是不想說出來，因為那是個不屬於她的祕密。她微微轉動頭，向醫生太太的耳畔低聲說，我知道，我並不確定，但我想我知道。這是個祕密，你誰也不能說。您放心。我相信你。您可以相信我，我情願死也不會出賣您。別再說您了，稱我為你吧。不，我不能，我不能這樣做。兩人互相耳語，一來一往，用唇觸著對方的頭髮、耳垂，雖然矛盾，但這是段無足輕重的談話，同時也是段意義深遠的談話，這是個懷有陰謀的簡短談話，刻意忽視躺在他倆之間的男人，卻又以一種有別於尋常觀念與尋常現實的邏輯將他牽涉在內。接著醫生的太太對丈夫說，你喜歡的話，可以躺久一點。不，我要回到我們的床上。那我牽你。她坐起來，讓他活動更自如一點，有一剎那她凝視著並排躺在髒污枕頭上的兩顆失明頭顱，他們的臉龐污穢，髮絲交纏，唯有眼睛無緣無故地炯炯有神。他緩緩起身，尋找著支撐點，接著在床沿動也不動，猶疑不決，彷彿突然不知自己置身何處，而她一如往常，執起他的一條手臂，然而這個舉動如今有了不同的意義，他從未如此迫切地需要有人替他指引方向，然而他永遠不知自己的需要有多迫切，唯有那兩個女人真正知道。醫生的太太用另一隻手輕撫女孩的臉頰，女孩情不自禁握住那隻手，捧到了唇邊。醫生以為他聽到了啜泣聲，那樣微弱得幾乎聽不見的聲音，只可能是發自淚水，淚水緩緩滑落到嘴角，消失，然後重新展開人類無可解釋的永恆的悲喜循環。戴墨鏡的女孩即將繼續孤獨，她才是需要安慰的人，正因如此，醫生太太良久良久才移開手。

如果幾片少得可憐的不新鮮麵包和發霉肉塊也能稱為晚餐的話，第二天的晚餐時分，病房門口出現了三個來自另一側病房的人。你們這兒有幾個女人，其中一個問。六個，醫生太太好心地想把失眠的婦人排除在外，但隨即壓低了聲音改口，有七個。盲流氓大笑。太糟了，其中一個說，那你們今晚可得賣力點。另一個提議道，說不定我們該到下一間病房找些支援人手。不值得，第三個人說。此人精通算術。一個女人給三個男人用，撐得住的。這話說完後，幾個人又哄笑起來，方才詢問有多少女人的人發號施令。你們吃飽就過來。接著又補一句。我是說，假如你們明天還想吃飯，也還想餵你們的男人吃飯的話。他們對每個病房都這麼說，但依舊和第一次想出這笑話時一樣捧腹，笑得前仰後合、跺腳、用粗大的棍棒敲擊地板，最後其中一個突然提出警告。聽好，你們要是有人剛好碰到生理期，我們就不要，留著下次再用。沒有人碰到生理期，醫生太太平靜地告訴他。那你們準備準備，不要太久，我們在等。三個流氓轉個彎消失了，病房裡靜寂無聲，一分鐘後，第一個盲人的妻子說，我吃不下了。她手裡的食物少得可憐，但她無法下嚥。我也吃不下，失眠的婦人說。我也是，沒人認識的女子說。我吃飽了，旅館清潔婦說。我也是，診所女職員說。我會在第一個靠近我的男人臉上嘔吐，戴墨鏡的女孩說。大家都站了起來，渾身打顫，卻又意志堅決。醫生的太太說，我來打頭陣吧。第一個盲人把頭埋在毛毯裡，彷彿這麼做有什麼作用似地，然而他原本便是盲的。醫生把妻子拉到跟前，什麼話也沒說，只在她額頭匆匆吻了一下，除此之外他還能做什麼呢，至於其他男人，這事與他們毫不相干，對這些女人，他們既沒有丈夫的權利，也沒有丈夫的義務，因此誰也不能走上前來說，任由妻子紅杏出牆的人是雙倍的龜孫子。戴墨鏡的女孩排在醫生太太的後面，接著是旅館清潔婦、診所女職員、第一個盲人的妻子、沒人認識的女子，最後是失眠的婦人。這是個恐怖的行列，一整排散發著臭味的女人，衣衫髒污且襤褸，人的色慾似乎不可能強烈到掩蓋嗅覺，嗅覺是人類感官中最敏感的一個，某些神學家甚至堅定地認為，試圖在地獄中苟且偷生的最痛苦之處莫過於適應其中駭人的臭味。雖然他們使用的字眼可能稍有差異，但約略是八九不離十。女人們一個個把手臂搭在前一個人的肩上，在醫生太太的引導下緩緩上路。大夥兒都赤著腳，因為她們不願在即將承受的折磨中丟掉鞋子。來到大門玄關時，醫生太太朝外門走去，這麼做無疑是因為她急切地想知道世界是否仍存在。新鮮空氣撲面時，旅館清潔婦記起了，害怕起來。我們不能出去，外面有士兵。失眠的盲婦人說，那更好，再過不到一分鐘我們就都死了，我們就是該這樣，統統死光光。你是說我們這幾個，診所女職員問。不，我是說我們大家，這裡所有的女人，至少那時我們就會有失明的最好理由了。自從被送到這裡來後，她從未有過這麼多的話想說。醫生太太說，我們走吧，只有注定會死的人才會死，死神挑中你時，是不會事先警告的。一行人穿過通往左側廂房的門，在長長的走廊上邁步。頭兩間病房的女人如果願意的話，可以告訴她們橫在眼前的是什麼樣的命運，但她們像剛剛挨了一頓好打的動物般蜷縮在床上，男人不敢碰她們一根汗毛，也不敢靠近，因為只要一靠近，她們便開始尖叫。

醫生太太看到最後一條走廊的盡頭有個盲人一如往常地看守著。他想必是聽到了女人們沉重的腳步聲，通告著其他人。她們來了，她們來了。屋裡傳來怪叫、嘶吼和陣陣笑聲，四個盲人忙不迭地搬開擋在門口的床，其中一個說，小姐們，快進來，快進來，我們是一票發情的種馬，你們會吃得飽飽的。盲流氓把她們團團包圍，試圖上下其手，但他們的首領，也就是帶槍的那個，大吼，我第一個挑，你們知道的。大夥兒聽了又跌跌撞撞地退卻。一群男人的眼睛急切地搜尋女人，有些人迫不及待地伸出手來，有些在路過時碰巧挨到了其中一個女人，便終於得知眼睛該往哪兒望。女人在兩排床位間的狹窄走道上，如遊行的士兵排排站，等待校閱。盲強盜的首領手裡拿著槍，俐落輕快地走上前來，彷彿他看得見似地。排在第一個的是失眠的婦人，首領用空著的那隻手摸索她的正面和背面、臀部、胸部、胯下，婦人開始尖叫，首領把她一把推開。你這不中用的婊子。接下來輪到第二個，排第二個的是沒人認識的女子。首領把槍放進長褲口袋，用雙手摸索她。嗯，這個還不壞。接著他開始摸第一個盲人的妻子，然後是診所的女職員，然後是旅館清潔婦。接著他宣布，兄弟們，這一票馬子挺正呢。盲流氓們跺腳吼叫起來，有一個嚷道，我們動手吧，時間不早了。別急，帶槍的流氓說，我先檢查完剩下的幾個再說。他摸了摸戴墨鏡的女孩，吹了聲口哨。我們走運了，這馬子比先前的哪個都辣。他興奮地又摸了女孩一會兒，然後輪到醫生的太太，他又吹了一聲口哨。這個比較成熟，但幹起來一定很帶勁兒。他把兩個女人拖向自己，說話時幾乎垂涎三尺。這兩個歸我，我幹完再換你們。他把兩個女人拖到病房底端，底端堆著大大小小的食物箱和罐頭，糧食充裕得足夠餵養一軍團的士兵。所有的女人早已慘叫連連，拳腳聲、巴掌聲和命令聲不絕於耳。安靜，婊子，這些賤貨統統一樣，一開始總是要鬼吼鬼叫。給她好好幹上一頓，她就會安靜了。等輪到我你就知道了，她們巴不得多來幾次。快點，我等不及了。患失眠症的婦人在某個彪形大漢的身軀下絕望地嚎啕痛哭，其餘四個女人則被一群男人包圍，男人們個個都脫了褲子，像圍在屍體旁的獵犬般彼此推擠。醫生的太太被首領拖到一張床邊，她站著，顫抖的手握著床欄杆，眼睜睜看著帶槍的盲首領用力扯開戴墨鏡女孩的裙子，脫下自己的長褲，用手指摸索方向，然後將陰莖對準女孩的生殖器，用力挺進，她聽見他的咕噥、他的猥褻言詞，戴墨鏡的女孩不發一語，只張開嘴嘔吐，她的臉側向一邊，眼睛朝向另一個女人，盲首領全沒意識到發生了什麼事，唯有當周遭空氣與其他的一切氣味不同時，才會有人注意到嘔吐穢物的存在。最後盲首領從頭到腳興奮戰慄，彷彿釘大梁似地狠狠震盪三次，氣喘得有如窒息的狗，宣告完事。戴墨鏡的女孩默默哭泣。帶槍的盲人抽出仍然濕淋淋的陰莖，把手伸向醫生太太，用略帶遲疑的聲音說，你別嫉妒，馬上輪到你了。接著提高嗓門說，喂，兄弟們，這個可以讓給你們了，但對她好一點，我說不定還會需要她。半打盲人搖搖擺擺沿走道走來，抓住戴墨鏡的女孩，幾乎是用拖的把她拖開。我先，我先，每個盲人都這麼說。帶槍的盲人在床沿坐了下來，鬆垮垮的陰莖耷拉在床單邊緣，褲子堆在腳踝邊。在我的胯下跪下，他說。醫生太太跪了下來。吸我的老二，他說。不要，她回答。你要不吸，我就扁你，不給你飯吃，他說。你不怕我咬斷你的傢伙，她問他。你可以試試看，我的手在你頸子邊，你想作怪，我會先勒死你，他威脅道。接著他又說，我好像認得你的聲音。而我認得你的臉。你瞎了，看不到我。對，我看不到你。那你為什麼說認得我的臉。因為這種聲音只可能有一種臉。吸我的老二，廢話少說。不要。你要不吸，你們病房就一塊麵包屑也領不到，你回去跟他們說，他們沒飯吃是因為你拒絕吸我的老二，然後回來告訴我他們怎麼對你。醫生的太太身子彎向前方，用右手兩根手指的指尖拎起男人黏答答的陰莖，左手則在地上摸索他的褲子，碰觸到手槍冰冷堅硬的金屬殼，我可以殺他，她想。但她不能，他的褲子繞在他腳踝邊，她根本伸不進他放手槍的口袋，我不能殺他，她想。她把頭往前靠，張開嘴又闔上，閉上雙眼以遮蔽視線，然後開始吸。

盲流氓放女人們回去時天已破曉，患失眠症的盲婦人得靠夥伴攙著才能走，而夥伴們自己也都舉步維艱。連續幾個小時下來，她們經歷了一個又一個男人、一場又一場屈辱、一次又一次蹂躪，一個女人活著所能遭受的任何凌虐她們都遭受了。女人離開時，帶槍的男人嘲諷地說，我們用貨物來付款，這你們是知道的，回去叫你們那些蠢男人來領飯吧。接著又輕蔑地補上一句，再見囉，回去打點打點，準備下一回合吧。其他的盲惡棍幾乎是異口同聲地跟著說，再見囉，小姐們。有的稱她們為馬子，有的喊她們婊子，但從他們沒有把握的聲音裡，聽得出他們逐漸凋萎的性慾。女人們失去了聽覺和視覺，一語不發，步履蹣跚，幾乎沒有足夠的毅力教自己別放開前一個女人的手，是手，不是肩膀，不像來時那樣，倘使有人問，你們為什麼手牽手走路，她們將沒有一個回答得出，情況自然而然就是這樣，世上有些動作我們無法輕易解釋，有些甚至絞盡腦汁也說不出所以然。穿過玄關時，醫生的太太向外看了看，外面有士兵，還有輛卡車，想必是載運食物來給這些受檢疫人士吃的。就在這一剎那，害失眠症的婦人雙腿真真切切失去了力氣，彷彿是讓人一刀砍斷似地，心臟也不肯撐下去了，甚至沒能完成它自己開始的規律收縮。我們終於明白這女人何以不能入睡了，如今她將可以成眠，我們別吵她吧。她死了，醫生的太太說。她的聲音裡一點表情也沒有，一張活生生的嘴似乎沒有可能發出這樣的聲音，然而她的聲音就如同她所吐出的字眼一樣沒有生命。她扶起這具剎那間沒了魂魄的軀體，軀體的腿上滿是鮮血，腹部瘀青，胸脯裸露，遍體鱗傷，肩上遺留著被人啃咬的齒痕。這是我自己身體的形象，她想，這是這兒每一個女人身體的形象，在這種種凌辱與我們的悲傷之間，只有一個差別，便是我們此刻暫時還活著。我們要把她扛到哪兒去，戴墨鏡的女孩問。暫時帶回病房吧，待會兒再幫她埋葬，醫生的太太說。

男人都在門邊等，只有第一個盲人除外，得知女人們正回到病房時，他便又一次把頭埋在毛毯裡，還有斜眼的小男孩，他還在睡覺。醫生的太太一點也不遲疑，也不計算床位，直接就把害失眠症的婦人放在她平日睡的床上。她不在乎其他人是否會覺得奇怪，畢竟大家都知道她是對這地方上上下下最為熟悉的盲人。她死了，她又說一遍。怎麼回事，醫生問，但他的妻子毫無意願回答。這問題可能如表面上看來，意思是她是怎麼死的，但也可以是，他們對你們做了什麼。而現在，無論他問的是哪一個，都不可能有答案，她就是死了，怎麼死的不重要，無論誰詢問某人是怎麼死的都是個愚蠢的問題，遲早有一天原因會被遺忘，只剩下三個字仍然存在，她死了，而我們已不再是昨晚離開這兒的女人，她們本來會說的話我們已無法說出口，而對其他女人來說，那無以名之的事件真真切切發生過，無以名之，那便是它的名字，其餘什麼也沒有。去領食物吧，醫生的太太說。巧合、運氣、宿命、機會，無論你用什麼詞彙來稱呼這擁有眾多名稱的東西，它的本質都是一種不折不扣的反諷，否則我們還能用什麼方法來理解何以被推派來代表病房領取食物的兩個男人剛巧就是其中兩個女人的丈夫，而沒有人能想像食物的代價正是他們方才付出的代價。領食物的可以是其他任何的男人，單身的、自由的、沒有丈夫尊嚴需要捍衛的男人，然而卻偏偏是他們兩個，他們自然不想去向蹂躪了自己妻子的無恥之徒伸手討食物。第一個盲人斬釘截鐵地說，我不去，誰想去就去吧。我會去，醫生說。我跟你一起去，戴黑眼罩的老人說。食物雖然不多，但我警告你，還是頗重的。我還有力氣扛我自己吃的麵包。比較重的是別人吃的麵包。我沒資格抱怨，其他人所承擔的負荷將會換來我的食物。我們試著想像吧，不是想像那段對話，那段對話已然結束，而是想像參與對話的兩個男人，兩人面對面，彷彿看得見彼此，這在現下的情況是不可能的，然而單憑各自的記憶便足以從耀眼的渾白世界裡辨識出吐著這些字眼的嘴，而後宛如光亮緩緩自此中心向外輻射，兩張臉的其餘部分逐漸浮現，一個是張老邁的臉龐，另一張稍稍年輕一些，而任何能以此種方式看見的人都不能稱為真正的盲。正當兩人出發，前去領取用羞辱換來的報償，而第一個盲人正忙著用義憤填膺的誇張詞彙進行抗議時，醫生太太對其餘的女人說，待在這兒別走，我一會兒就回來。她知道她要什麼，只不知能不能找到她要的東西。她需要一只水桶，或是任何具有相同作用的東西，她但願用那只水桶盛滿水，便是骯髒污染的水也好，她想清洗害失眠症婦人的屍體，洗去她自己的鮮血以及他人的精液。儘管在我們居住的這座精神病院裡，談起身體的潔淨宛如痴人說夢，而如我們所知，靈魂的潔淨是誰也達到不了的，然而醫生的太太但願能讓失眠婦人乾乾淨淨地歸於塵土。

餐廳的長桌上有失明的男人躺臥，一個塞滿垃圾的水槽上方，水龍頭滴溜溜淌著細細的水流。醫生的太太舉目四望，想找只水桶或臉盆，卻沒見到任何用得上的東西。其中一個盲男人覺察到她的出現而感到不快，出聲問，誰。她沒有回答，她知道他們不會歡迎她，沒有人會對她說，你需要水，就儘管拿吧，如果是要清洗一個死去女人的屍體，那麼把所有的水都扛走吧。地上零星散布著曾經用來盛裝食物的塑膠袋，有些相當大。醫生太太想，那些袋子想必破了，但繼而想想，若是把兩、三個袋子套在一起，應當不會漏掉太多水。她手腳俐落，盲男人們已從長桌上爬下來問，誰。聽到水聲時他們更加驚慌，朝這方向走來，醫生太太閃開，推了張桌子阻擋他們的路，好讓他們不能靠近，然後拿回她的袋子，水龍頭滴得慢，醫生太太用力扭大水量，突然間水彷彿從禁錮的牢籠裡獲得釋放，嘩啦嘩啦奔湧而出，噴濺得到處都是，醫生太太從頭到腳都濕透了。盲男人們吃了一驚，慌張退卻，以為是水管破裂，漫到腳邊的水更使他們深信不疑，他們無法得知那水是被一個闖入的陌生人潑灑而出，正當此時，女人明白她扛不動太重的水，她在袋子上打了個結，把袋子甩上肩頭，使出渾身解數逃之夭夭。

醫生和戴黑眼罩老人扛著食物回到病房時，他們沒有看到也看不到，房裡有七個赤裸的女人，害失眠症婦人的屍體躺在自己的床上，比畢生的哪個時候都潔淨，有個女人正一一清洗她的夥伴，然後清洗自己。

12

第四天，流氓又出現了。他們是來向第二病房的女人收取食物費的，但他們在第一病房的門口停頓了一下，問問這兒的女人可曾從前夜的縱慾中恢復了。真是爽斃了的一夜，其中一個流氓色瞇瞇地說。另有個流氓附和，這七個女人抵得過十四個，雖然其中有一個不是什麼好貨色，但在一片混亂中誰會注意，她們的男人可真好命，就不知這些男人對她們來說夠不夠看。最好是不夠看，那樣她們才會比較飢渴。醫生的太太從病房的最裡端說，我們現在沒有七個人了。你們當中有人溜掉了嗎，其中一個流氓大笑著問。她沒溜掉，她死了。老天爺，那你們下回可得更賣力一點了。反正損失不大，她不是什麼好貨色，醫生的太太說。使者們愣住了，不知該如何反應，他們方才聽到的話十分粗俗無禮，有些甚至拐彎抹角地想到，原來歸根究底，女人全都是賤貨，竟然對另一個女人如此地缺乏尊重，只因為她乳頭的位置不好或臀部全無曲線可言，便用如此的話來形容另一個女人。流氓們在門口徘徊，無法決定該如何是好，身子的移動像機械娃娃。醫生的太太注視著他們，她認得他們，這三個人都強暴過她。最後其中一個流氓用手中的棍子敲了敲地板說，我們走吧。他們敲著地板，高聲警告，讓路，讓路，我們來了。他們沿著走廊走，聲音逐漸遠去，接著是寂靜，然後是微弱的聲音，第二間病房的女人正在聆聽要她們晚餐後奉獻身體的命令。接著木棍敲擊地板的聲音重新響起。讓路，讓路。三個盲人的身影從門口經過，然後消失。

醫生太太原本正在給斜眼男孩說故事，她悄悄舉起手臂，取下掛在釘子上的剪刀。她對男孩說，我待會兒再繼續講。病房裡沒有人問她為什麼要用如此輕蔑的口吻來談論那害失眠症的婦人。一會兒之後，她脫下鞋子，走到丈夫身邊勸他放心。我出去一下，不會太久，馬上就回來。接著她往門外走去。她停在門口等待，十分鐘後，第二病房的女人出現在走廊上。她們共有十五人，有的在哭泣。她們並沒有排成縱隊，而是三三兩兩聚成一堆，彼此用顯然是床單撕成的布條綁在一起。一群人走過去後，醫生太太跟著她們。誰也不知道她們多了個同伴，她們知道眼前橫著什麼樣的命運，她們將遭受何種折磨已不是祕密，但這類折磨也不是前所未聞，這世界百分之百就是這麼開始的。她們真正害怕的不是強暴，而是縱慾狂歡，是那種恥辱，是等待可怕暗夜降臨的心情，十五個女人將橫躺於床上或地上，男人將凌辱一個接一個的女人，像豬一樣鼾聲大作。最可怕的是我說不定會覺得愉快，其中一個女人暗自這麼想。走上通往她們前往中病房的走廊時，負責看門的盲人通知了大家。我聽到聲音了，她們隨時會到。用來擋門的床迅速被移開，女人們魚貫進入。哇，好多個，盲會計驚呼。他熱情地計算，十一個，十二個，十三個，十四個，十五個，有十五個。他跟在最後一個背後，一雙手迫不及待地摸索進她的裙子。這是個騷貨呢，她是我的，他說。一群人把女人檢查完畢，對她們的身材特徵做了一番初步的評價。事實上，如果每一個都注定要遭受相同的命運，浪費時間來根據各個的身高及胸部、臀部的尺寸來挑選女人，而且還因此冷卻了澎湃的肉慾，實在是沒有意義。強盜們迅速把已經被他們用蠻力剝光衣服的女人帶到床上，屢見不鮮的哭泣與懇求聲不久就開始聲聲入耳，然而回答永遠都相同。你要想吃飯，就把腿張開。於是她們張開了腿，有些奉命用嘴行事，比如蹲在強盜首領兩膝之間的這個就是，而她一句話也沒說。醫生太太走進病房，緩緩在病床與病床間挪移，其實她根本不需如此小心翼翼，就算她穿的是木屐，也不會有人聽到，而倘使在這番混亂中有哪個盲強盜碰到她，得知她是個女的，最壞的情況不過就是加入她們，也不會有人發現，這樣的情況裡，要分辨十五個和十六個之間的差別並不容易。

流氓首領的床仍然是在病房的最裡端，也就是堆著大量食物箱的那端。他的床附近的其他床都移開了，他喜歡自由自在地移動，不喜歡一天到晚撞上別人的床。殺他將易如反掌。醫生太太一面沿著狹窄的走道緩緩向前，一面觀察她所要刺殺的男人的動作，觀察著他如何在享樂時把頭向後甩，彷彿是向她奉上他的頸子。醫生太太緩緩靠近，繞過他的床，站在他背後。盲女人持續做著他要她做的事，醫生太太緩緩舉起剪刀，刀鋒微微張開，這樣才能像兩把匕首般地刺穿東西。就在這最後一分鐘，男人似乎察覺了有人在附近，但他的高潮使他失去了正常的知覺，失去了反射動作的能力。你來不及射精了，醫生太太在狠狠使勁揮下手臂時這樣想。剪刀深深刺入盲男人的喉嚨，自動轉向，與軟骨及膜組織纏鬥，然後在到達頸椎時猛烈往更深處刺去。他的呼喊幾乎聽不到，就像其他某些男人此刻正賣力挺進一樣，他的喊聲也可能是個動物在射精前的咕噥，事實上說不定的確就是如此，就在鮮血飛濺了盲女人滿臉的同時，她的嘴裡也噴入了滿滿的精液。驚動其他盲人的是她的尖叫。他們其實慣於聽聞尖叫，但這叫聲與其他的不同，這女人尖聲嚷，這些血是哪裡來的。說不定她把腦袋裡閃過的念頭付諸實行，咬下了他的陰莖，卻連自己也不知是怎麼做到的。男人們扔下女人，摸索著靠過來。怎麼回事，慘叫個什麼勁兒，他們問。但這會兒有人用手摀住盲女人的嘴，有人在她的耳畔輕聲說，別出聲，然後輕輕把她向後拉。別說話。這是個女人的聲音，儘管這樣慘痛的情況裡，冷靜幾乎是不可得，但這聲音使她冷靜了下來。盲會計比其他人搶先一步上前來，第一個觸到橫臥在床上的屍體，第一個用手把屍體摸了一遍。他死了，他幾乎是隨即這麼宣布。盲首領的頭垂掛在床的另一端，鮮血仍在噴湧而出。她們把他殺了，他說。其他的盲人當場愣住，不敢相信自己的耳朵。她們怎麼會殺他，誰殺的。她們在他喉嚨劃了很長的一刀，一定是跟他上床的那婊子幹的，我們要把她抓出來。盲男人又騷動起來，這次動作較慢，彷彿是害怕面對刺殺了首領的利刃。他們看不到盲會計正快速地在死去首領的口袋裡摸索，摸出他的槍以及一個裝有約十個彈匣的小塑膠袋。盲女人們的喧囂轉移了大夥兒的注意力，女人們個個都站了起來，驚惶失措，急著想逃離這地方，但有些人分不清門在哪兒，走錯方向，因而撞上男人，男人以為她們要發動攻擊，雜沓間分辨不清的軀體使混亂的程度達到新高。醫生太太在病房的最裡端伺機逃跑，她一手緊緊抓住盲女人，一手握好剪刀，隨時準備戳向任何朝她逼近的男人。眼前她身邊寬闊的空間有利於她，但她知道她不能在這兒耽擱。有幾個女人已經找到了門，另有一些仍在努力掙脫拖住她們的手，甚至還有一個正勒住敵人的頸子，試圖製造另一具屍體。盲會計以充滿權威的口吻向他的夥伴下令。冷靜，不要慌，我們會把這件事查個水落石出。為了讓他的命令更有說服力，他朝空中開了一槍，但結果與他所期望的恰恰相反。盲惡棍們驚愕地發現槍已易主，他們就要有個新的領袖，全都停止與女人纏鬥，不再試圖主宰她們，其中一個甚且徹底放棄了一切掙扎，因為他被勒死了。這時醫生太太決定開始行動。她拿著剪刀左右開弓，殺出一條血路。這會兒換成男人慘叫，他們一個個被擊倒，摔成一堆，任何眼睛看得到的人都會發現，和現在比起來，方才的騷動根本是個笑話。醫生的太太並不想殺人，她只想盡快脫身，而且最重要的是，把所有女人一個也不剩地帶出來。這傢伙恐怕活不成了，她在把剪刀戳入某個男人的胸膛時這麼想。又聽到一聲槍響。快走，快走，醫生太太一面說，一面把她碰到的每一個女人往她跟前推。她扶她們站起來，重複說著，快，快。這時換成盲會計在病房最裡端喊，把她們抓住，別讓她們跑了。但來不及了，女人們已經到了走廊上，衣冠不整，用盡全力護住身上僅存的破碎衣衫，跌跌撞撞地狂奔。醫生的太太在病房門口站定腳步，憤怒地大聲吼。記不記得上次我說過，我永遠不會忘記他的臉，現在開始好好記著我的話，因為我也不會忘記你們的臉。你會為這種暴行付出昂貴的代價，盲會計威脅道，你和你的同伴，還有你們那些所謂的男人。你不知道我是誰，也不知道我從哪兒來。你是另一側第一間病房的，負責到各病房傳令要女人過來的其中一個男人說。盲會計補了一句，你的聲音我不會認錯，你只要在我面前說一個字，你就死定了。另外那傢伙也這麼說，現在卻成了死屍一具。我和他或你都不一樣，你們這些人瞎掉時，我已經對瞎眼的世界瞭如指掌了。你對我的瞎眼一無所知。你沒瞎，你騙不了我。說不定我比誰都盲目，我已經開了殺戒，有必要的話，我還會再殺人。你會先餓死，從今天開始你們沒飯吃，即使你把你身上與生俱來的三個洞放在托盤裡獻給我，我也不給你飯吃。你們每剝奪我們的食物一天，這間病房就會有一個男人一走出房門就被殺。我不會放過你們。你拿我們沒辦法，從現在開始由我們負責領飯，你們就靠你們囤積的存糧過活吧。賤貨。賤貨既不是男人也不是女人，賤貨就是賤貨，你現在知道賤貨的價值了。盲會計憤怒地朝門的方向開槍，子彈咻咻從盲男人的頭顱間隙穿過，沒有打到任何人，嵌進了走廊的牆壁。你沒打到我，醫生的太太說，你小心點，等你的彈藥用完，會有別人也想當首領。

她轉身走開，堅定地走了幾步路，然後便沿著走廊的牆壁前進，她快昏厥了，兩條腿突然不聽使喚，一個踉蹌就撲倒在地。她的視線模糊，我要瞎了，她想，但隨即瞭解時候還沒到，遮蔽視線的只是淚水。她彷彿畢生沒流過這樣的淚水。我殺了人，她低聲說，我想殺他，我做到了。她轉頭望向病房門，假使強盜這時候出來，她將無力抵禦。走廊上空無一人，女人都走光了，男人則被槍聲以及自己夥伴的屍首——這個更重要——嚇得驚魂未定，不敢踏出房門一步。醫生太太一點一點恢復了力氣，淚水仍湧出，但現在較緩慢也較平靜，彷彿是面臨了某種無可補救的東西。她掙扎著站起身，手上衣服上都是血，突然間，疲憊的軀體告訴她她老了。老了，而且還是殺人兇手，她想，但她知道有必要的話，她還會再殺人。什麼時候會有必要殺人，她一面向玄關走去，一面自問，然後自己回答了自己的問題，當活著的東西猶如行屍走肉的時候。她搖搖頭，心想，那又是什麼意思呢，咬文嚼字，不過是咬文嚼字罷了。她繼續獨自行走，接近了通往前院的門，從大門的欄杆間，她可以看到站崗士兵的影子。外面仍有人，眼睛看得見的人。身後傳來的腳步聲使她哆嗦起來。是他們，她這麼想，於是握好剪刀迅速轉過身，準備攻擊。來的人是她丈夫。第二病房的女人在經過門外時，高聲說出了另一側廂房發生的事，說有個女人刺殺了流氓的首領，說有人開槍，醫生沒有問她們那女人是誰，那人只可能是他的妻子，她告訴斜眼的男孩說，她待會兒再繼續給他說故事，而她現在如何了，說不定也死了。我在這裡，她說，然後上前擁抱他。她沒注意到她把血跡沾染到他身上，或者她注意到了，卻不在乎，因為目前為止他們都是甘苦與共的。怎麼回事，醫生問，他們說有個人被殺了。對，我殺了他。為什麼。總得有人動手，沒有別人辦得到。現在呢。現在我們自由了，他們知道再欺負我們會有什麼後果。可能會發生戰爭。盲人的世界向來都在戰爭，一直都在戰爭。你還會再殺人嗎。如果我有必要再殺人，就永遠擺脫不了這個盲。食物怎麼辦。以後我們來領食物，我想他們不敢到這兒來，至少這幾天他們會怕同樣的事發生在他們身上，怕有一把剪刀會劃破他們的喉嚨。我們應該在他們一開始做無理要求時就奮力抵抗，但我們沒有。那當然，因為我們害怕，而恐懼不是個好顧問，我們回去吧，為了安全起見，我們最好和他們一樣，疊起幾張床擋住門，如果有人得睡在地板上，那真是很糟，但總比餓死要好。

接下來的幾天，他們自問餓死的命運是否即將降臨。起初他們並不吃驚，打從一開始他們就習慣了這種現象，送食物來的時間總是會拖延，瞎眼流氓說的沒錯，士兵們有時會遲到，但他們扭曲了邏輯，用開玩笑的口吻堅決地說，就是因為這樣，他們才不得不實施配給，這是執政者痛苦的義務。到了第三天，他們連一塊麵包屑或一片麵包皮都沒有了，醫生的太太和幾個同伴外出到前院問道，喂，怎麼這麼慢，我們的食物哪兒去了，我們兩天沒吃飯了。一個新的中士，不是原先的那個，走到欄杆前聲明這不是軍方的責任，沒有人要剝奪他們的食物，軍人的榮譽絕不容許這種事，如果沒有食物送來，那是因為根本沒有食物的緣故，你們都給我待在那兒別動，第一個走出來的人知道他會有什麼命運，這道命令還沒有改變。這個警告足夠讓他們死了心，回到屋裡聚在一塊兒商量對策。如果他們都不送食物來，我們怎麼辦。說不定明天會送一點來。或者後天。或者等我們一步也走不動的時候。我們得出去。我們連大門也走不到。要是我們看得見就好了。要是我們看得見，就不會困在這個地獄裡了。不曉得外頭的生活如何。我們若是去求那些流氓，說不定他們會分點吃的給我們，畢竟如果我們缺糧食，他們一定也缺。那樣的話他們更不會分東西給我們了。在他們的食物吃光之前我們就會餓死了。那我們要怎麼辦。他們坐在地上，坐在走廊上唯一的燈所散發出的昏黃燈光下，勉強圍成個圈，有醫生和醫生的太太、戴黑眼罩的老人，還有其他的男人女人，每個病房大約一、兩個，左側廂房和右側廂房都有，而這個盲人世界就是這樣，總是發生的事情又發生了，其中一個男人說，我只知道如果他們的首領沒被殺，我們就不會落入這種困境了，我問我自己，女人每個月去奉獻兩次她們與生俱來的財富，有什麼壞處呢。有些人覺得這話好玩，有些人勉力擠出微笑，有些人想反駁，但被唱空城計的五臟廟阻止。同一個人不肯放棄地繼續說，我想知道是誰下的手。當時在場的女人指天誓地說不是她們幹的。我們應該自己執行法律，把罪魁禍首揪出來處治。要是知道是誰就好了。我們可以說，這就是你要找的人，食物給我們吧。要是知道是誰就好了。醫生的太太垂下頭想，他說得對，如果這裡有誰餓死，那都是我的錯，然而，是該吐露胸臆中滿溢的怒氣，或是擔負起責任，兩個念頭僵持不下。讓那些男人先死吧，那麼我的罪就能彌補他們的罪。接著她抬起眼睛想，如果我現在告訴他們是我殺了他，他們即使知道這麼做會置我於死地，還是會把我交出去。無論是因為飢餓的緣故，或是這個念頭像個深淵似地吸引著她，她開始覺得頭昏，彷彿陷入恍惚，身子不由自主地移動，嘴巴張開就要說話，但這時忽然有人緊緊握住她的手臂，她看了看，是戴黑眼罩的老人，他說，如果有人想放棄自己，我會親手殺了他。為什麼，圍成圈的人問。因為在這個我們被迫居住且改造成地獄中之地獄的地獄裡，如果羞恥心還有一丁點兒意義，那都要感謝這位有勇氣入狼穴刺殺惡狼的人。話是沒錯，但羞恥心又不能吃。不管你是誰，你說的沒有錯，世上總是有些人因為沒有羞恥心，所以才吃得飽，但除了這殘存的一點點我們不配擁有的尊嚴外，我們一無所有，我們至少應該證明我們還有能力爭取應該屬於我們的東西。你的意思是什麼。我們既然已經拱手送出我們的婦女，像卑賤下流的皮條客一樣，靠著犧牲女人來填飽肚子，現在該是送男人過去的時候了，我是說假如這兒還有男子漢的話。你解釋解釋你的意思，不過先告訴我們你是哪間病房的。我是右邊第一間病房的。繼續說吧。很簡單，我們去用自己的手討回自己的食物吧。那些人有武器呢。就我們所知，他們只有一把槍，而且彈藥遲早會用光。他們的彈藥至少肯定還夠殺死一些人。已經有人為更微不足道的原因而死了。我並不打算犧牲自己的生命來讓其他人享受。那你是打算挨餓，等著別人犧牲生命來讓你得到食物嗎，戴黑眼罩的老人諷刺地問，另一人沒有答腔。

右側廂房的入口出現了一個女人，一直默默傾聽他們的談話。她就是那個被噴了一臉鮮血的人，那個被死去的人朝嘴裡射精的人，那個醫生太太在她耳畔低聲要她別作聲的人。此刻醫生太太心想，我現在坐在這群人當中，我無法要你別作聲，別向大家揭發我，但你肯定認得出我的聲音，你不可能會忘記，我的手摀著你的嘴，你的身子緊貼我的身子，我說，別作聲，現在時候到了，我可以知道我救了個什麼人，可以知道你是個什麼樣的人，所以我要開口說話，我要用清晰的聲音大聲說話，好讓你可以指控我，我現在要說了。不只男人要去，女人也要去，我們要回到那個他們羞辱我們的地方，好讓羞辱不再存在，好讓我們像吐出他們射在我們嘴裡的精液一樣地擺脫羞辱。她說了這些話後，便等待那女人開口。那女人說，你去哪兒我就去哪兒。她就說了這麼一句話。戴黑眼罩的老人微笑了，似乎是個愉快的微笑，說不定真的是，但現在不是問這種問題的時候，觀察其他盲人臉上驚詫的神情更有趣，彷彿是有某種東西從他們腦中掠過，一隻小鳥、一朵雲，或是第一道遲疑的光芒。醫生執起妻子的手，問道，還有沒有人想要找出兇手，還是大夥兒同意刺殺流氓的手就是我們大家的手，或者說得更明確，就是我們每一個人的手。沒有人回答。醫生的太太說，我們給他們長一點的時間吧，如果明天軍方還是不給我們食物，我們就進攻。大夥兒站起來，各分東西，有些向右走，有些向左走。他們很大意，沒有考慮到流氓病房說不定有人在一旁偷聽，幸好魔鬼並非隨時躲在門背後——這句諺語真是再貼切不過了。比較起來，擴音器裡傳出的聲音就不是那麼合乎時宜了。最近以來，擴音器在某些日子發聲而某些日子則否，然而只要有廣播，必定都如當初所承諾，在相同的時間播出，很顯然廣播發射器上裝了個定時器，每天在準確的時間啟動一卷事先錄好的卡帶，至於為什麼有些天會壞掉，我們則永遠也不得而知，這是外面世界的問題，但無論原因為何，這問題都具有相當的嚴重性，至少把所謂日期的計算，也就是日曆，給搞混了。某些天生具有強迫型性格或熱愛秩序的人——後者也是一種溫和的強迫型性格——不信賴自己的記憶，在繩子上綁出細小的結，像寫日記一樣，孜孜不倦地計算日期。現在則是廣播的時間不再一致，一定是機械故障了，可能是電路出錯或某個部位焊接不良，我們只希望這卷卡帶不會永恆地轉回開頭，除了瞎掉和瘋掉外，再加上這個，日子就真可謂無懈可擊了。走廊與各個病房裡迴盪著一個充滿權威的聲音，彷彿是某種最後的無謂的警告。政府方面很遺憾不得不採取緊急措施，我們認為在面臨眼前這個危機時，用一切可能的方法保護大眾是正確的措施。目前顯然爆發了一種傳染性的失明，我們暫且稱之為白症。假定這是一種傳染病而不是一連串無可解釋的巧合，則值此白症爆發時期，我們必須仰賴所有國民通力合作並發揮公德心，共同防止傳染病的蔓延。將所有受感染的人齊聚在一起，並將所有與這些人曾有任何形式接觸的人收容在鄰近但相隔的區域，是經過了審慎考慮所做的決定。政府方面非常清楚自己應負的責任，目前收聽此項訊息的國民想必是正直的國民，希望各位也能負起各位的責任，請切記各位目前所置身的隔離狀態是超越了個人考量，為全國的大局著想。有鑒於此，希望大家注意聽以下的指示：首先，醫院裡所有的燈光都會一直亮著，撥弄開關不會有用，因為開關沒有作用，第二，未經許可擅自走出醫院將立即遭到處決，第三，每間病房都有一具電話，僅可在以衛生與清潔為目的的情況下，向外界要求新的物品補給，第四，院內每個人都必須自己用手洗滌自己的衣物，第五，建議每個病房選出一個病房代表，這是建議，不是命令，如果大家遵守我們現在宣布的各項規則，那麼各位必須以各位認為合適的方式建立組織制度，第六，我們每天會在大門口放置食物箱，一天三次，置於大門的左側和右側，分別供給受感染的病患和疑似受感染的人士，第七，所有的殘渣都必須燒毀，不只是食物，盛裝食物的碗盤和刀叉餐具都將用可燃物製成，也必須一併銷毀，第八，燃燒必須在中庭或操場進行，第九，這類燃燒所造成的損失由院內人士自行負責，第十，若燃燒的火失控，無論是出於刻意或無意，消防人員都不會介入，第十一，同樣地，若院內爆發任何疾病、暴動或攻擊事件，也不能仰賴外界的介入，第十二，倘或有人死亡，無論原因為何，都需由院內人士自行在庭院中安葬，不得舉行任何儀式，第十三，病患和疑似受感染人士間的聯繫必須在進門處的中央穿堂進行，第十四，疑似受感染者若突然失明，必須立即轉移到另一廂房，第十五，為了照顧新入院的人士，這項宣告每天會播放一次。政府……，然而這一剎那燈光突然熄滅，擴音器的聲音也戛然而止。一個盲人不以為意地在手上握著的一條繩子上打了個結，然後試圖計算，計算結的數目，計算日子，但他放棄了，有些結互相重疊，可以稱之為盲目的結。醫生的太太對丈夫說，燈光熄滅了。有些燈泡燒掉了，一天到晚開著，也難怪會燒掉。全部熄滅了，一定是外面出了問題。現在你和我們其他人一樣看不見了。我會等太陽出來。她走出病房，穿過玄關向外看，城市的這一區完全陷於黑暗中，軍方的探照燈失去了作用，想必探照燈也是和一般電力網路連結的，而現在顯然電力中斷了。

對失明的人來說，太陽升起的時間各有不同，通常是依各人聽覺的敏銳程度而定，因此第二天，各病房的男男女女或早或晚地聚集在建築物外的階梯上，只有流氓住的那間病房除外，不用說，那些流氓此刻必定正大啖著早餐。大夥兒等著大門開啟的砰咚聲，等著需要上油的絞鍊發出響亮的嘎吱聲，等著宣告食物來到的種種聲音，接著值勤的士兵就會說，不准動，誰也不准上前。然後是士兵拖著腳走路的聲音，食物箱扔在地上的尋常砰咚聲，匆匆撤退的聲音，然後再一次出現大門的嘰嘎聲，最後是許可的發布，現在你們可以出來了。一群人等到中午，中午又等到下午。誰也不想開口問食物的事，就連醫生的太太也不想。只要不問，就不會聽到可怖的沒有，而只要沒人說出那兩個字，他們便可以繼續期待聽到另一些話，就來了，就來了，耐心點，再忍耐一會兒。有些人無論多麼願意忍耐，卻再也忍耐不住了，當場昏厥，彷彿是霎時間墜入夢鄉似地，幸而醫生太太在場，迅即趕上前提供協助，這個女人能隨時注意到所有的情況真是不簡單，她必定具有某種第六感的天賦異秉，某種不需眼睛便能視物的能力，多虧了她這份能力，那些不幸的倒楣鬼才沒有曝曬於陽光下，而是立即被人扛入室內，經過一段時間，潑了點水，加上臉上被輕柔地拍了個幾下，昏厥的人全都悠悠醒轉。然而一旦開戰，把這些人計算在內是沒有意義的，這些人連抓隻母貓尾巴的力氣都沒有。這是句老諺語，但諺語從沒解釋為什麼母貓會比公貓容易對付。最後戴黑眼罩的老人說，食物還沒來，也不會來了，我們去討我們的食物吧。他們站起來了，天知道是怎麼站起來的，大夥兒在離流氓大本營最遠的一間病房集合，不再重蹈前一天大意的覆轍。他們派遣住在另一側廂房、對那邊環境較為熟悉的人做間諜。一有可疑動靜，就來通知我們。醫生太太和他們一同前往，然後帶著令人灰心的消息回來。他們用四張床疊在一起，把出入口堵住。你怎麼知道是四張床，有人問。那不難，我用摸的。沒人發現你嗎。我想沒有。我們要怎麼辦。我們走吧，戴黑眼罩的老人再一次這麼說，就依原訂的計畫行事，不這樣的話，就是慢慢等死了。我們真過去的話，有些人就會死得快一點，第一個盲人說。會死的人早就死了，他們自己都不知道。我們會死是一出生就知道的事。所以某方面來說，我們一出生就死了。你們這些無聊話說夠了沒有，戴墨鏡的女孩說，我不能一個人去，但如果要放棄早先協議好的決定，我就要躺在床上等死。只有注定要死的人才會死，其他人不會死，醫生這麼說，然後又提高了聲音說，決定要去的人舉手。說話前沒有三思的人就會這樣，如果沒有人能計算舉手的人數，或者至少在大家以為沒人能計算的情況下，要求大家舉手，然後說，十三個，這樣有何意義。倘若真是十三個，幾乎可以肯定又會引發另一場討論，大夥兒會爭辯，從邏輯上來看，是要求多一個人自願加入以便避開這個不吉利的數字比較對，還是應該以棄權的方式來解決，抽籤決定誰該退出。有些人沒什麼信心地舉起手，無論是由於清楚自己將暴露於何種危險之中，或是由於明白這個命令的荒謬，他們心中的猶豫與懷疑在怯怯舉手的動作中表露無遺。醫生笑了，多可笑，居然叫你們舉手，我們換個方式進行吧，不想參加或不能參加的人退出，留在這裡就表示同意採取行動。人群中發出移動聲、腳步聲、喃喃低語聲、嘆息聲，虛弱與緊張的人逐漸散去。醫生的這個點子既高明又寬宏，這樣一來，就較不易得知哪些人離去而哪些人留下了。醫生的太太計算了一下留下來的人，包括自己和丈夫在內，共有十七個。來自右側第一間病房的有戴黑眼罩的老人、藥劑師助理、戴墨鏡女孩，來自其他病房的全是男性，只有那個說你去哪我就去哪的女人除外，她也在這裡。一群人在走廊上排成隊，醫生計算了一下，十七個，共十七個人。這麼少人，藥劑師助理說，我們一定不會成功。戴黑眼罩的老人說，容我用軍事術語來說，為了能通過病房門，我們的前鋒必須非常狹窄，我確信人多反而會誤事。人多的話，他們會開槍打我們大家，另一個人附和。於是大家似乎都很慶幸最後只剩了這麼些人。

他們的武器我們已經很熟悉了，就是床上拆下的鐵棍，這鐵棍既能當鐵撬，又能當長矛，全視工兵或進擊部隊在何處展開戰鬥而定。戴黑眼罩的老人很顯然年輕時學過一些軍事戰略，他主張大夥兒要始終面向同一方向聚攏，這是唯一避免自己人同室操戈的辦法，同時他主張進擊時要保持絕對的安靜，如此才能發揮出其不意的效果。我們把鞋子脫掉吧，他建議。但這樣我們就會找不到自己的鞋子了，有人這麼說。另有個人發表意見，沒人穿的鞋子就真會是死人的鞋子了，唯一的差別是，至少這個情況下，總是會有人繼承那些鞋子。你這麼拉拉雜雜談死人鞋子到底是在說什麼。那是句諺語，等待死人鞋子的意思就是什麼也等不到。為什麼。因為下葬的死人穿的鞋子是厚紙板做的，這樣它的目的就達到了，因為就我們所知，靈魂是沒有腳的。還有一點，戴黑眼罩的老人打斷他，我們到達的時候，六個人，六個自認為最勇敢的人要用盡全力把堵在門口的床推進屋裡，這樣大家才能進去。那樣的話，我們就得放下武器。我想應該沒有必要，把武器舉高的話，可能比徒手更好使力。他停頓了一下，然後用陰沉憂鬱的聲音說，最重要的是，我們絕不能分散，一旦分散，就無異於送死。那女人怎麼辦，戴墨鏡的女孩說，別把女人給忘了。你也要去嗎，戴黑眼罩的老人問，你還是別去的好。為什麼別去，告訴我。你太年輕。在這個地方，年齡沒有意義，性別也一樣，所以別把女人遺忘了。不，我不會忘。戴黑眼罩老人說這話的聲音聽來彷彿是移植自另外的一場對話，而接下來的話像是早已安排好的。不但不會忘，我還希望你們某個女人能看到我們看不到的東西，能帶我們走上正確的路，讓我們鐵棍的尖端抵住惡棍的喉嚨，和另外那個女人一樣準確。這個要求太高了，我們沒法兒重複我們已經做過的事，何況誰知道那女人是不是當場死亡了，我們都沒聽說她的消息，醫生的太太提醒大家。女人在彼此的身上重生，高尚的女人重生成為妓女，妓女重生成為高尚的女人，戴墨鏡的女孩說。之後是長長的一段靜默。女人已經說光了所有的話，輪到男人想話來說，但他們早已知道他們沒有能力這麼做。

一行人排成縱隊行進，六個最勇敢的人已經協調出來了，其中包括醫生和藥劑師助理，其他人跟在六個勇士身後，各自拿著從自己床上拆下的鐵條。這是一支身體污穢、衣衫襤褸的軍隊。穿過玄關時，有個人失手將武器摔在磁磚地上，發出轟然巨響，震耳欲聾，宛如槍聲。如果流氓們聽到這聲音，得知我們的計謀，我們就輸定了。醫生的太太不動聲色，連丈夫也沒告知，逕自跑到前頭，沿走廊望過去，然後緊挨著牆，極其緩慢地往流氓病房的入口趨近，然後停在那兒仔細聆聽。屋裡的聲音聽來並沒有警覺的跡象。她一刻也不拖延地把這消息帶回去，於是軍隊重新開始行進，動作緩慢而靜寂無聲，位在流氓大本營前方的兩個病房裡，盲人知道風雨欲來，紛紛聚集在門口，唯恐漏聽了精彩好戲，有些人被即將點燃的火藥味振奮得慷慨激昂，在最後一刻決定加入陣容，於是隊伍不再僅有十七人，人數至少成長成兩倍，這些援軍想必會引起戴黑眼罩老人的不悅，但他渾然不知自己指揮的是兩個軍團而非一個。朝向中庭的幾扇為數不多的窗戶中，射入灰色的行將消逝的最後一道黯淡天光，天光迅速退去，沒入即將來臨的夜的黑暗深淵中。除了這種他們不知何故持續害著的失明症導致了無可撫慰的哀傷外，這些盲人有幸躲過了由這類外在環境變化所導致的任何形式的低潮，在人們還有視力的遠古遠古的年代裡，這種環境變化證實是人們所表現的無數絕望行為的原因。來到這間可恨的病房門前時，天色已暗，因此醫生的太太沒能發現構成路障的是八張床而不是四張床，就和進擊兵的人數一樣加倍，然而造成的直接後果對進擊兵來說卻大得多，這點很快就能得到證實。戴黑眼罩的老人發出一聲呼喊，那是個命令，他忘了慣用的術語。進攻。也或者他記得，只是用軍事概念來對付幾張骯髒的床令他感到荒謬，這些床上長滿跳蚤和臭蟲，床墊因浸滿汗水和尿而腐爛，毛毯像破布，不再是灰色，而是任何可能存在的噁心顏色。這些情況醫生太太老早就知道了，並不是此刻看到的，因為此刻她連障礙物經過補強都看不出來。盲人們像環繞在自己光環之中的天使長般前進，按照先前的指示，舉高武器奮力搥打障礙物，但障礙物文風不動。這批英勇先鋒的體力無疑不比跟在後頭的柔弱小兵強到哪裡去，而那些小兵如今連自己的長矛都險些握持不住，宛如背上背了十字架，這會兒等著旁人把他釘上十字架。寂靜消失了，病房外的人吼叫，病房內的人也開始吼叫，恐怕直到這天為止，誰也沒發現盲人的吼叫如此徹底地令人戰慄。他們的吼叫似乎全無來由，我們想勸他們安靜，卻連自己也吼叫起來，唯一的缺憾是我們也該失明，不過這天是會來到的。情況便是這麼一回事，部分人一面吼叫一面攻擊，另一些人一面吼叫一面防衛，病房外的人由於沒能移動門口的床，絕望之餘，不顧一切扔下武器，所有人，或者至少是所有擠得進門廊的人，不約而同地向前推，擠不進門廊的人則推擠前方的人，大夥兒奮力一推再推，看來似乎要成功了，床有了些微的移動，然而剎那間，三聲槍響毫無預警地傳出，是盲會計向低處開火。兩名進擊兵受了傷，應聲倒地，其他人慌慌張張作鳥獸散，紛紛被鐵棍絆倒，彷彿發狂，走廊的牆壁把他們的喊叫聲放大了數倍，而其他病房也傳出喊叫聲。這時四下一片漆黑，根本看不出是誰吃了子彈，當然也可以從遠方問，你是誰，但這似乎並不恰當，我們應當尊重且體貼地對待傷患，應當溫柔地靠近他們，將手擱在他們的額上——除非倒楣的子彈打中的恰好就是那裡——然後我們應低聲問他們感覺如何，向他們保證傷勢並不嚴重，救護兵就要來了，最後我們應餵他們喝點水——不過只有在他們不是傷在胃部時才能這麼做——這是急救手冊裡清楚建議的作法。有兩個傷兵躺在地板上，我們現在該怎麼辦，醫生的太太問。沒有人問她如何知道地上躺著的是兩個人，畢竟方才聽到的是三聲槍響，而且這還沒把可能有的打水漂效應考慮在內。我們得去找他們，醫生說。風險太大了，戴黑眼罩的老人理解到自己的攻擊戰略成果悽慘，沮喪地說，如果他們懷疑有人在外面，就會再度開槍。他停頓了一下，又嘆著氣說，但我們非去不可，就我個人來說，我準備要去了。我也要去，醫生的太太說，如果我們用爬的，就比較不危險，最重要的是快些找到他們，別讓裡面的人有時間反應。我也要去，前幾天宣稱你去哪我就去哪的女人說。這一群人誰也沒想到要說，要找出受傷的人，更正，受傷或死去的人，是哪些人，是很容易的事，這個目前沒人知道，但只要大家紛紛開始說，我要去，我不去，那麼沒說話的人便是傷亡的人了。

於是四個志願軍開始匍匐爬行，兩個女人在中間，兩個男人分別在兩側，這純粹是碰巧，而不是基於某種男性的禮儀或紳士的直覺，認為女人需要被保護，事實上如果盲會計還會再開槍的話，一切都取決於槍彈的角度。畢竟說不定什麼事也不會發生，戴黑眼罩的老人在出發前想出了一個點子，很可能比先前的點子要好得多。他建議其他的同伴開始扯開嗓門兒大聲說話，甚至吼叫，反正他們也很有理由吼叫。這麼吼便可以掩蓋他們爬去爬回所無可避免製造出的聲響以及此時此刻可能發生的任何事——天知道會有什麼事——的聲響。幾分鐘後，救援軍來到目的地。他們在碰觸到屍體前就知道自己抵達了，他們所匍匐涉過的血水就像使者一樣向他們通風報信。我曾經有生命，如今我身後什麼也沒有。我的天，醫生的太太想，這麼多血。這是真的，濃濃的一攤血，他們的手與衣服黏在地板上，彷彿地板磁磚上覆著一層黏膠似地。醫生太太用手肘撐起身子，繼續前進，其他人也一樣。一行人伸長手臂，終於觸到了屍體。留在後方的夥伴依舊盡其所能地製造著噪音，如今聽來卻猶如神智恍惚的職業五子哭墓團。醫生太太和戴黑眼罩老人用手握緊其中一名傷兵的腳踝，醫生和另一個女人則分別捉住另一個傷兵的手臂和腿，現在他們要奮力將兩個傷兵拖離火線。這不是件容易的事，他們得把身子抬高一些，用四肢匍匐前進，只有這樣才能充分利用他們僅存的一點點氣力。槍聲又響了，但這回沒有射中任何人。恐懼排山倒海，但他們沒有落荒而逃，這份恐懼反而促使他們鼓起此刻需要的最後一絲絲力氣。一會兒之後他們便已遠離危險，一行人緊緊靠著與病房門同一側的牆，這麼一來便只有流彈能打到他們，但盲會計是否精於射擊倒很令人懷疑，很可能就連如此簡單的技術他都不會。他們試圖抬起屍體，但隨即放棄。屍體太重，他們只能用拖的。屍體後拖著一條早已流出的半凝固的血跡，就像是滾輪滾出的一樣，而殘存體內的血是新鮮的，仍持續從傷口汩汩湧出。這兩個是誰，等待的夥伴們問。我們看不到，怎麼知道，戴黑眼罩的老人說。我們不能留在這裡，有個人說。萬一他們決定發動攻擊，受傷的人就不止兩個了，另一個人說。可能該說是陣亡的人，醫生說，至少我摸不到他們的脈搏。一行人就像撤退的軍隊，扛著屍體沿走廊行進，來到玄關時大夥兒停頓下來，你幾乎可以說他們決定在此紮營了，但事實並非如此，實情是他們已經筋疲力竭，一點兒氣力也不剩了。我不走了，我再也走不動了。這時是該承認了，先前如此趾高氣昂、殘酷凶狠還沾沾自喜的盲流氓們，如今只落得困守一方，架起防禦工事，從屋裡向外胡亂開槍，彷彿不敢出來在公共領域和敵人短兵相接似地，這倒是挺令人吃驚的事。這個情況就和人生中其他所有的事情一樣，是可以解釋的，即在第一個首領慘死後，這個病房裡一切的服從精神與紀律觀念都蕩然無存。盲會計所犯的重大錯誤是以為只要擁有槍便足以篡奪權位，然而事實的結果卻恰恰相反，他每開一槍都會造成反效果，換句話說，他每開一槍，他的權威就減少一分，因此子彈用罄時情況會如何，我們便只有拭目以待了。正如同穿了僧袍未必就成為僧侶，有了權杖也不表示國王地位非你莫屬，這個事實我們永遠不可或忘，而縱使如今權杖是在盲會計的手裡，我們很可以說，國王雖然已死，雖然在病房裡就地掩埋，且掩埋的手法拙劣，只在地面約三尺之下，但他仍存在於大夥兒的心中，或者至少以惡臭的形式強有力地存在著。這時月亮出來了，玄關朝向前院的門射入淡淡的光芒，逐漸明亮起來，地上已死的兩人與其他仍活著的眾人軀體逐漸有了體積、形狀、特徵、五官，在在都是一種莫名恐懼的沉沉重量，這時醫生的太太明白再繼續偽裝失明已經沒有意義，而過去的偽裝也從來不曾有意義過，很明顯，這裡沒有人能夠得救，失明不僅是眼不能見，更相當於生活在一個所有希望都已不在的世界裡。她此刻可以分辨得出死去的人是誰，這個是藥劑師助理，這個是那個說盲流氓會胡亂開槍的人，他們兩個都勉強說對了，別費神問我怎麼知道他們是誰，答案很簡單，我看得到。在場的人有些早已知道了，只是不戳穿她，另有一些人已經懷疑了一陣子，如今他們的懷疑得到證實，其餘人士的吃驚是出乎意料的，然而細想起來，我們恐怕也不該吃驚，這事實若是在其他的時候揭露，便會引起驚恐，引起失控的興奮，你好幸運，你是如何逃過這個所向披靡的災難的，你點的眼藥是什麼牌子，把你的醫生的地址給我吧，幫忙我逃出這個監獄，但在這樣的時候，看不看得見都沒有差別了，死去了之後，誰都一樣是盲的。但他們絕不能待在那兒，他們手無寸鐵，床上拆下來的鐵棍遺留在戰場，拳頭則百無一用。大夥兒在醫生太太的指引下，把屍體拖到前院，就把屍體留在月光下，停放在月球牛乳般的渾白之下，外在渾白的月球，內裡終究還是黑的。我們回去病房吧，戴黑眼罩的老人說，我們待會兒再看看能如何組織起來。他是這麼說的，但他的話太瘋狂，誰也沒理會他。一群人並沒根據不同病房區分成不同隊伍，只在回房的路途中偶遇，辨識出彼此的身分，有些人走向左側廂房，有些走向右側。那個說你去哪我就去哪的女人目前為止一直陪著醫生太太，但此刻她腦中已不再有這個念頭，事實上，她此刻的念頭恰恰相反，但她不想討論這件事。人們並不是永遠都遵守誓言的，有時不遵守是由於性格懦弱，但有時則是出於某種我們看不出來的卓越力量。

一個小時過去了，月亮升到了高空，飢餓與恐懼使睡眠不敢趨近，病房裡所有的人都醒著。但餓與怕不是大家都醒著的唯一原因，方才的戰鬥儘管輸得慘烈，興奮的情緒依然不已。無論是由於這股興奮，或是由於病房空氣裡瀰漫的一種莫可名狀的氣氛，所有的盲人都坐立不安。沒有人膽敢到走廊上，但每個病房的內部都猶如住滿雄蜂的蜂窩，裡頭盡是嗡嗡叫的蟲子，大家都知道的，這種地方沒有人討論秩序或方法，沒有證據顯示他們這輩子曾做過類似的事，也沒有證據顯示他們曾絲毫考慮過未來要做這類的事，即使是盲人，即使是這些不快樂的動物，若指控他們為剝削者或寄生蟲也是不公平的，畢竟他們剝削了什麼麵包屑，又偷食了何種餐點飲料呢，因而我們在做比喻時必須謹慎小心，否則便要貽笑大方。然而沒有一條規則是沒有例外的，這個當然也不會缺乏，有個女人走進她的病房，右側的第二間病房，立刻翻遍她襤褸的衣衫，上上下下摸索搜尋，最後找到一個小小的物件，她緊緊握在掌心，彷彿亟欲藏起以免被人瞧見，積習難改，即使我們以為積習已永遠消失，它依然流連難改。在這個大家理當發揮人飢己飢人溺己溺襟懷的地方，我們見識到強壯的人如何搶奪弱小者口中的麵包，而這個女人記起她在手提行李裡放了一只香菸用打火機，只要沒在暴動中遺失便應該還在，她焦急地尋找這只打火機，現在則偷偷藏起，彷彿她能否生存就靠它了，她並沒有想到，說不定這些患難與共的夥伴當中，有人還有著最後一根香菸，卻因為缺乏那不可或缺的小小火焰而無法享用。現在也不會有時間向人借火了。女人一句話也沒說便走出病房，沒有道別，沒有再會，她沿著空無一人的走廊行走，經過第一病房的房門，病房裡誰也沒注意到她的經過，她穿過了玄關，下降中的月亮在磁磚地上潑灑了一大桶牛奶，這女人如今到了另一側的廂房，又一次走上一條走廊，她的目的地在走廊的底端，路徑是條直線，她絕不會走錯。何況她聽得到召喚她的聲音。那是比喻的說法，她真正聽到的是最後一個病房裡流氓鬧哄哄慶祝勝利、盡情大吃大喝所發出的擾攘喧嘩。且別理會刻意的誇張，我們別忘了人生中一切都是相關的，他們吃喝的不過是手邊儲有的食物，但願這些食物夠他們支撐很久，其他人多麼渴望能加入他們的歡宴，然而他們無法加入，他們與食物盤之間橫著八張床的路障及一把裝了子彈的手槍。女人在病房門口跪了下來，不偏不倚面對著塞住入口的床。她緩緩揭開床單，然後站起身，揭開上一張床的床單，然後是第三張床的床單，她的手搆不著第四張床，但是沒關係，引信已經完成了，現在只剩下點燃引信的問題。她仍記得如何調節打火機，好打出較長的火焰，也成功調好了，打火機冒出小小匕首般的光芒，如剪刀的尖端似閃閃發亮。她從高處的床開始動手，火焰吃力地舔舐污穢的床單，好不容易床單著火了，現在輪到中間的床，然後是最底下的床，女人聞到自己頭髮燒焦的味道，她得小心點，她是點燃柴火的人，可不是該被燒死的人，她聽到房間裡流氓的呼喊，這時她忽然想到，萬一他們有水，把火苗撲滅了，那可怎麼辦。情急之下，她鑽到第一張床床底，把打火機從床墊下掃過，火苗從這裡那裡竄出，突然間火苗增長了數倍，變成了一片火幕，有一股水從火中噴過，潑在女人身上，但沒有用，她的身體已經餵養了這一團營火。裡面是什麼樣子，誰也不敢冒險進去觀察，但我們的想像力可以發揮一點作用，火焰飛快從一張床蔓延到下一張床，彷彿是警告著要把所有的床點燃似地，而這些床也成功著火了，流氓們沒頭沒腦胡亂浪費掉了他們僅存的一點點水，結果徒勞無功，如今他們試圖逃往窗口，顫巍巍爬上火舌尚未到達的床頭，然而轉瞬間火舌已來到，他們失足滑倒，強熱使窗玻璃崩解碎裂，新鮮空氣呼嘯而入，替火焰搧了風，啊，對了，聲音並沒有被遺忘，憤怒與恐懼的呼喊，痛楚與悲憤的嚎叫，如此我們提及了它，但請注意，無論提及與否，它將逐漸消逝，比如那拿打火機的女子，便已有好些時候不出聲了。

這時其他的盲人也開始滿懷恐懼地逃離濃煙密布的走廊。失火了，失火了，他們高喊，如今我們活生生觀察到孤兒院、醫院、精神病院之類人類社區的規劃有多麼失敗，看看每張床尖銳鐵條的架構本身如何可以改造成為一種致命的陷阱，看看住了四十個人的病房——這還不包括睡在地上的人——只有一扇門的結果多麼糟糕，如果火先燒到了入口，則誰也逃不出去。幸而人類歷史中總不乏轉禍為福的例子，轉福為禍的情況則較少傳誦，這便是我們這個世界裡的矛盾，有些事情就是需要花比較多的心思去思索。在眼前這情況中，病房只有一扇門的缺點恰恰成了優勢，多虧了這個因素，燒死流氓們的火在那兒耽擱了好一些時候，如果這番混亂不演變成更嚴重的話，我們可能就無須悲嘆其他生命的死去。很顯然，許多盲人被踩踏、被推擠、被撞擊，這是恐慌的表現，是自然而然的反應，你可以說動物的本性即是如此，假使植物沒有被根固定在地上不能動彈，它們也會有完全相同的反應，若是看到森林裡的樹木在大火中奔逃，那將是多好的事。有些盲人想出點子，打開走廊裡朝向中庭的窗戶，充分利用了中庭的保護功能。人群跳躍、踉蹌、失足、悲泣、哭嚎，但他們暫時是安全的，但願當熊熊烈火導致屋頂坍塌，引發旋風似的火焰，將餘燼燒得一飛沖天且在風裡盤旋時，火焰會忘了要蔓延到樹梢。另一側的廂房裡，恐慌的情況也大致相同，任一盲人只要聞到煙味，便會立即想像烈焰就在他身旁，於是走廊上很快便擠滿了人，除非此刻有人發號施令，否則情況便會一發不可收拾。某一剎那突然有個人記起醫生的太太眼睛看得見。她在哪裡，大夥兒問，她可以告訴我們發生了什麼事，我們該到哪兒去，她在哪兒。我在這裡，我剛剛才逃出病房，都是斜眼小男孩害的，因為誰也不知他到哪兒去了，現在他在我身邊，我的手緊緊地抓住他，如果要我放開他，除非扯掉我的臂膀，我的另一隻手抓住了我丈夫的手，然後是戴墨鏡的女孩，再來是戴黑眼罩的老人，這兩個人是不分開的，找得到其中一個就找得到另一個，然後是第一個盲人，再來是他妻子，我們都在一塊兒，像松果一樣緊密，我深深希望即使在如此的高溫下，這緊密的結構也不會拆解。這時這一側的一些盲人也學著另一側盲人的作法，跳進中庭，他們看不到建築物另一側的大部分已經成為一座熊熊的營火，但他們能感覺到熱氣從那一方蒸騰而來，撲在臉上手上，屋頂目前還維持原位，樹上的葉子則緩緩捲起。有人喊著，我們在這兒做什麼，為什麼不出去。答覆從萬頭攢動的人海中傳出，答案只需要五個字，外面有士兵。然而戴黑眼罩的老人說，被槍打死也強過被火燒死。他的口氣聽來彷彿深具經驗，因此說這話的人說不定並不是他，說不定是那位拿打火機的女子透過了他的嘴發話，那女子並沒能有幸被盲會計所射出的最後一發子彈打中。於是醫生的太太說，讓我過，我去和士兵們談談，他們不能讓我們在這兒活活燒死，士兵也是有感情的。由於大家深深但願士兵果真有感情，人群中讓出了一條縫，醫生太太費了很大的勁兒，帶著她的夥伴們一同前進。濃煙瀰漫了她的視線，要不了多久她便會和其他人一樣什麼也看不見。要走進玄關簡直像天方夜譚。通往前院的大門已垮，躲在門側的盲人迅速發現這兒並不安全，想向外逃，於是用盡全力推擠，然而另一側的人不肯退讓，用盡全力抵擋，此刻他們更怕的是士兵可能隨時出現，然而當他們的力量用罄，而火焰蔓延到更近之處時，事實證明戴黑眼罩的老人說得對，被槍打死的確比較好。等待的時間並不長，醫生太太終於擺脫人群來到前廊，身子已幾近半裸，兩隻手因為都忙著，無法擺脫沿路想加入他們小團體——可以說是想跳上已開走的火車——的人，士兵們若看見她酥胸半露地出現，想必會吃驚地瞪大雙眼。從前院一直延伸到大門的偌大空地上，照亮一切的已不再是月光，而是耀眼的熊熊火光。醫生的太太高喊，拜託，摸摸你們的良心，讓我們出去吧，別開槍。外面沒有人回答，探照燈依然黑暗，一點動靜也沒有。醫生太太戰戰兢兢走下兩級階梯。怎麼回事，她的丈夫問。但她沒有回答，她無法相信自己的眼睛。她走完剩下的階梯，朝大門走去，身後仍然拖著斜眼的小男孩、她的丈夫及其他的夥伴。毫無疑問地，士兵們走了，或是被人帶走了，他們也瞎了，所有的人最後都瞎了。

為了別把事情搞成太複雜，一切都發生在轉瞬之間，醫生的太太高聲宣布他們自由了，這時右側廂房的屋頂突然坍塌，發出轟然巨響，火焰向四面八方擴散，盲人狂奔入庭院，扯開嗓門慘叫，有些人沒能逃出來，在屋裡緊靠牆壁，另有一些人被壓在屋頂之下，幻化成無形無體的血肉模糊，突然擴大的火勢將把這種種東西化為灰燼。大門大敞，瘋人逃跑了。

13

告訴一個盲人說，你自由了，敞開隔絕他與世界的門。走吧，你自由了。我們再一次這麼告訴他，但他不離去，留在道路的中央一動也不動，他與其他人都充滿恐懼，不知該往何處去，事實是，生活在一個地形配置合乎理性的迷宮——這指的當然就是個精神病院——這和在沒有人或導盲犬引導的情況下冒險走進瘋狂的都市迷宮中是不能相提並論的。在都市迷宮裡，記憶毫無用處，因為人們只會記起地方的風貌，而不會記得到達某地方的路徑。站在已完全陷入一片火海中的建築物面前，盲人感覺得到大火所產生的熱浪一陣一陣撲在臉上，他們把這熱浪視作是保護他們的東西，正如同原先精神病院的圍牆，既囚禁他們，又給他們棲身之所。大夥兒聚在一塊兒，緊挨著彼此，像批羊群，沒有人想當迷失的羊，因為他們知道沒有牧羊人會來尋找他們。火逐漸熄滅，月亮再一次灑下光芒，盲人不安起來，他們總不能永遠待在那兒，像有個人說的那樣，萬劫不復。有人問現在是白天還是夜晚，這種不恰當的好奇心原因為何很快就不言而喻。誰曉得呢，說不定他們會送吃的來，說不定出了點錯，時間耽擱了，這種事以前也發生過。軍方已經不在那裡了。那也不代表什麼，他們可能是沒有必要再把守什麼，所以撤離了。我不懂。比方說，說不定已經沒有傳染的危險了。或是有人找到治療我們的病的方法了。那樣的話就太好了，真的太好了。我們現在要怎麼辦。我要在這裡待到天亮。你怎麼知道何時天亮。太陽出來就知道了，太陽有熱度。萬一是陰天呢。夜晚只剩幾個小時，遲早會天亮的。許多盲人筋疲力竭地坐在地上，更虛弱的人乾脆倒成一堆，有些人昏了過去，夜晚的沁涼空氣可能會恢復他們的意識，但我們可以確定的是，等拔營時間來到時，有些不幸的人不會起來，他們一直撐到了現在，就像馬拉松選手在距離終點線三公尺之處暴斃倒地，畢竟所有的生命都在死期未到時結束，這是清楚的事實。仍然等待著軍方或其他機構——比方紅十字會就是一種可能性——送來食物或其他基本需求的盲人也在地上或坐或臥，這些人還要過些時候才會覺醒，這是他們與其他人唯一的不同。假使這兒有人相信治療這種失明症的方法已經找出來了，這信念顯然也並沒有給他帶來多少安慰。

醫生的太太也認為在這兒等待黎明比較好，也這麼告訴了夥伴，但她的理由不同。眼前最緊急的事是尋找食物，而在黑暗中尋找食物並不容易。你知道我們在哪裡嗎，她的丈夫問。多少知道一點。離家遠嗎。有段距離。其他人也想知道他們離家多遠，紛紛把自己的住址告訴醫生太太，醫生太太則盡力解釋。斜眼的小男孩記不起自己的住址，這倒也不足為奇，他已經有好些時候沒有吵著要找媽媽了。如果他們要依從近到遠的順序，輪流到每個人的家，首先該去的是戴墨鏡女孩的家，第二個是戴黑眼罩老人的家，然後是醫生太太，最後是第一個盲人的家。他們無疑將按照這個行程來行動，因為戴墨鏡的女孩已經要求盡快帶她回家。我想像不出我爸媽現在是怎麼個景況，她說。有人認為行為經常不檢點的人，尤其是公德不佳的人，不可能有什麼深刻的情感，也不可能有孝心，但她這份誠摯的憂慮證明這些人的觀點毫無根據。夜更涼了，建築物已燒得所剩無幾，餘燼冒出的熱氣不足以溫暖凍得全身麻痺的盲人，醫生太太和夥伴們距離精神病院大門最遠，更是無法從中受惠。幾個人蜷縮成一團，小男孩和三個女人在中間，三個男人圍在外面，任何人看到他們，都會說他們生來就是那個樣子的，而他們看來也的確像是單一的一副軀體，只有一個氣息，一種飢餓。幾個人終於一個接一個遁入夢鄉，睡得並不沉，數度被驚醒，那是因為其他盲人自麻木中醒來後，站起來昏昏沉沉地走動，便被這個由人體構成的障礙物絆倒，其中有個人索性就在他們身後睡下了，畢竟睡在這兒和睡在其他任何地方也沒有什麼差別。天破曉時，火災現場僅剩幾條細細的煙柱冉冉上升，但就連這幾條煙柱也維持不久，很快地天開始下雨，細細的毛毛雨，實在只是淡淡的霧氣，但卻流連不去。起初雨絲幾乎碰不著焦黑的地面，而是在瞬間化為蒸汽，然而隨著雨滴不斷落下，滴水穿石，這是大家都知道的，這話不押韻，但押韻的問題就留給別人去傷腦筋吧。有些盲人不僅眼盲了，連理解力也不清晰，否則沒有別的原因可以解釋他們如何能迂迴地推論那令他們望眼欲穿的食物不會在雨中來到。沒有任何辦法能讓他們相信他們的前提錯了，因此結論也必然是錯的，他們只是不願聽人說現在吃早餐太早了，於是他們在絕望中撲在地上哭成了淚人兒。下雨了，食物不會來了，不會來了。他們重複說著。倘使那燒成灰燼的悲慘廢墟仍可以作為最原始簡陋的居所，它便將重新成為過去曾扮演過的瘋人院。

絆倒後睡在醫生太太一行人身後的盲人無法站起來。他蜷縮著身子，彷彿亟欲保護體內的最後一絲絲熱度。雨愈下愈大，他依然動也不動。他死了，醫生的太太說，我們其他人最好也趁還有力氣時儘早離開這裡。大夥兒互相攙扶，搖搖晃晃、頭昏腦脹地掙扎著起身，然後排成了一條縱隊，最前面的是眼睛看得見的女人，其他雖也有眼睛但卻看不見的人跟在她身後，首先是戴墨鏡的女孩，然後是戴黑眼罩的老人、斜眼的男孩、第一個盲人的妻子、第一個盲人，最後是醫生。他們走的是通往市中心的路，但醫生太太的目的並不是要走到市中心，她只想盡快找到一個可以安全安置她身後這些人的地方，好讓她可以一個人去找食物。不知是因為時間還早，或是因為雨愈下愈大，街上冷冷清清。地上到處是垃圾，有些商店的店門敞開，但大部分都關著門，裡面既沒有燈光，也沒有任何生命的跡象。醫生太太覺得最好把同伴們留在其中一家商店裡，她自己則要記清楚街道名稱和門牌號碼，以免回來時找不到路。她停下腳步，對戴墨鏡的女孩說，在這兒等我，別亂跑。然後她到一家藥店的窗旁透過窗玻璃向內窺視，她似乎隱約看到躺在地上的人影，她敲敲玻璃，其中一個人影動了一下，她又敲了一下，其他的人影也開始緩緩移動，其中一個人站起來，頭轉向聲音的方向。他們全瞎了，醫生太太想，但她想不通這些人是如何來到這裡的，說不定他們是藥劑師的家人，但假使真是這樣，他們何不住在家裡，那總比睡在硬地板上舒服得多，除非他們是要守護這塊地產，但是誰要來搶，又為什麼要搶，這裡的商品是藥品，治病與致死的功效都同樣地好。醫生太太離開這家藥店，又往前面一點的另一間商店裡瞧了瞧，看到更多人躺在地上，有男人、女人、小孩，有些人看來似乎正要離開，其中一個人走到門邊，把手伸到門外說，下雨了。屋內傳來問話，雨大嗎。很大，我們得等雨小一點再走。那是個男人，與醫生太太只相隔兩步路的距離，但他並沒有察覺她的存在，因此突然聽到她說日安時，他嚇了一跳。他早已失去說日安的習慣，不僅是因為嚴格來說，失明的日子從來不可能安過，同時也因為誰也分辨不清現在是下午還是晚上，而假使這些人和我們方才說的相反，都在早晨差不多的時間醒來，那是因為其中有些人幾天前才剛剛失明，對於晝與夜、睡與醒的循環概念尚未完全喪失。那人說，下雨了，接著問，你是誰。我不是本地人。你是出來找吃的嗎。對，我們有四天沒吃東西了。你怎麼知道是四天。我想應該是四天。你一個人嗎。我和我先生還有幾個同伴在一起。你們那群有幾個人。總共七個。如果你想和我們一起待在這裡，勸你死了這條心，我們這邊人已經太多了。我們只是經過。你們從哪兒來的。我們從這傳染性失明一開始就被關起來了。喔，對，檢疫，一點效果也沒有。為什麼這樣說。他們放你們走了呀。那是因為失火了，我們那時才知道看守我們的軍隊不見了。然後你們就跑了。對。那些軍隊一定是最後一批失明的人，所有的人都失明了，整個城，整個國家的人都瞎了，如果有人還看得見，他們也不作聲，不告訴別人。你們為什麼不住在自己家裡。因為我不知道我家在哪裡。你不知道你家在哪裡。你呢，你知道你家在哪裡嗎。我，醫生太太正想說，她和丈夫及夥伴們現在正是要回家，只是需要先草草吃點東西，恢復一點元氣，然而就在此時她突然清楚瞭解了狀況，失明的人一旦離了家，除非奇蹟出現，才有可能重新找到家，現在和從前不一樣，從前盲人無論是過馬路，或是不小心走錯路、需要找尋正確路徑時，都可仰賴路人的協助。我只知道我家離這兒很遠，她說。但你永遠也回不去。對。那就對啦，我也是這樣，大家都是這樣，你們那些被檢疫的人有很多東西要學，你不知道我們多麼容易變成無家可歸的遊民。我不懂你的意思。像我們這樣一整群人一起行動，其實大家都是這樣，我們要找東西吃，非集體行動不可，只有這樣才不會失散，而既然大家集體出動，沒有人留下來看守房子，假設我們真有可能重新找到家在哪裡，很可能也是被其他找不到自己家的團體佔據了，我們就像旋轉木馬，一開始是有一些衝突，但很快我們就發現，某方面來說，我們盲人除了身上穿的以外，什麼也不能稱為我的。解決的辦法就是住在一間賣食物的店裡，至少在食物還夠吃的時候完全沒有外出的必要。不管是誰，只要這麼做，就算沒有可怕的後果，也至少會得不到片刻的安寧，我說至少，是因為我聽說有些人想鎖上門，把自己關起來，但他們無法去除食物的氣味，想吃東西的人就聚集在外，因為裡面的人不肯開門，外面的人就放火把店燒了，這真是個了不起的辦法，我沒親眼看到，是別人告訴我的，但無論如何，這真是個了不起的辦法，而且就我所知，再也沒有人敢做相同的事了。現在沒有人住在洋房或公寓裡了嗎。有，有人住，但結果還是一樣，我家一定有無數的人經過，誰知道我還能不能再找到我家在哪，何況在這個情況下，睡在一樓商店或倉庫的地板上比較實際，可以不用上下樓梯。雨停了，醫生太太說。雨停了，那男人向屋裡的人重複。躺在地上的人聽到這話，紛紛紛站起身來，收拾起包袱、行李、提袋、布袋或塑膠袋，彷彿是要展開某種探險似地，然而事實也的確如此，他們將出發尋找食物，一個接一個從店裡走出來，醫生太太發現這些人身上的衣服雖然色彩都不搭調，但絕對足以遮風避雨，有些人的長褲太短，短得露出小腿，有些人的則太長，得把下襬捲起來，但是寒風侵犯不了這些人，有些男人穿著工作袍或風衣，有兩個女人穿著毛皮大衣，沒有人帶傘，可能是因為傘帶起來很不方便，一不小心傘尖就會戳穿人的眼睛。這個大約有十五人左右的團體出動了。路上出現了其他團體，也出現了單獨行動的人，男人在牆邊滿足膀胱每天早晨的需求，女人則較喜歡廢棄車輛所提供的隱私。被雨水浸軟的糞便遍布於人行道上，無所不在。

醫生太太返回自己的團體身邊，受到本能的驅使，大夥兒瑟縮在一間蛋糕店的雨棚下，蛋糕店裡散發出酸掉的奶油及其他各類腐壞食物的氣味。我找到一個可以歇息的地方，醫生太太說，走吧。於是她領大夥兒來到方才那團體剛離開的商店。商店裡的東西完好無缺，這裡的商品沒一樣可以吃或穿，有冰箱、洗衣機、洗碗機、烤爐、微波爐、食物攪拌器、果汁機、吸塵器，不勝枚舉的種種家電產品，目的在使生活更舒適。空氣裡充滿難聞的氣味，這使一成不變的白顯得荒謬。在這兒休息吧，醫生太太說，我去找吃的，我不知道哪裡會找得到，不知道是近還是遠，你們耐心等，外頭有一群一群的人，如果有人想進來，就告訴他們這裡已經有人住了，這樣他們應該就會走了，現在的習俗就是這樣。我跟你一起去，她的丈夫說。不，我一個人去比較好，我們要弄清楚其他人是怎麼生活的，就我所聽說的，大家應該都瞎了。這樣的話，戴黑眼罩的老人譏諷道，那就和還住在精神病院裡差不多。不相同，我們現在可以自由走動，食物的問題一定有辦法解決，我們不會餓死的，我還要去找些衣服來，我們淪落到衣衫襤褸了。她自己是最需要衣服的，腰部以上幾近赤裸。她親吻丈夫，心裡突然感到一陣刺痛。求求你們，無論發生什麼事，即使有人強行進入，也別離開這地方，萬一你們被趕出去，雖然我想不可能會發生這種事，但我只是警告你們各種情況，萬一那樣，你們就聚在靠近門的地方，等我回來。她注視他們，眼裡噙滿淚水，他們倚賴著她，就像小小孩倚賴母親。萬一我令他們失望了，怎麼辦。她忘了四周的人全都瞎了，卻也都存活下來，她自己也非得瞎了眼，才能明白人類什麼都能適應，尤其當人已不再是人時，適應力更是出類拔萃，或者即使還沒到那地步，就拿那斜眼的小男孩來說吧，他再也不吵著要媽媽了。醫生太太向街上走去，特意注意了門牌號碼、商店店名，然後在街角記下街名，她一點也不知道這一番覓食之旅會把她帶領到什麼地方去，也許僅在三扇門外，也或者會是三百扇門外，她不能迷路，因為沒有人可以問路，曾經看得見的人現在都瞎了，她看得見，卻將不知自己身在何處。太陽出來了，陽光照在垃圾堆與垃圾堆間的一個個水窪上，這時較能清楚看到人行道石板間有雜草冒出頭來。現在有更多人出來了。他們是怎麼認路的，醫生太太納悶。事實上他們並不認路，只是緊靠著建築物行走，手臂伸向前方，人與人不時相撞，像走在同一條軌跡上的螞蟻。然而相撞時，沒有人發怒，也沒有人說話，其中一組家庭自動退離牆壁，沿對面另一方向的牆壁前進，直到碰上另一組人馬為止。他們不時停下來，在商店門口嗅嗅是否有食物氣味，隨便是什麼食物都好，然後繼續向前，轉個彎，消失蹤影，然後另一組看來似乎一無所獲的人馬出現。醫生太太可以以快得多的速度移動，她沒有浪費時間走進任何沒有販賣食物的商店，很快她就明白無論想蒐集多少食物都不容易，她所找到的少數幾家雜貨店都似乎被人從內部蠶食鯨吞了，只剩個空殼子。

她距離和丈夫及同伴們分別的地方已經很遠了，重複穿越一條條大街小巷，走過一個個廣場，最後發現自己來到一座超級市場門前。超級市場內與其他商店並無二致，貨架空空如也，展示品被推倒在地，屋子中央則有盲人遊蕩，多數是手腳並用地爬行，用手掃過滿地的污穢，希望能找到派得上用場的東西，比方一罐被其他人苦苦試圖開啟而猛鎚硬敲卻依然完好如初的醬菜，無論裝什麼都好的一包東西，踩扁的馬鈴薯，硬如石頭的麵包皮。儘管如此，醫生的太太心想，這地方如此寬敞，必定有點什麼可拿。一個盲人站起來，抱怨有塊玻璃插進他的膝蓋，鮮血已從一條腿淋漓滴落。同一團體的盲人圍在他身邊，怎麼了，怎麼回事。有塊玻璃刺進我的膝蓋。哪個膝蓋。左邊的。其中一個盲女人蹲下來。小心點，地上一定還有其他的碎玻璃。她摸索著分辨哪條腿是左腿。找到了，堅挺地插進腿肉裡了。其中一個男人笑起來，啊，堅挺地插進去，那可得好好享受囉。其他的男人女人一哄兒笑了起來。盲女人用大拇指和食指捏出了插在男人腿肉裡的碎玻璃，這是個不經訓練也能熟練的本能動作。接著她從肩袋裡掏出一塊破布，替男人包紮膝蓋，最後她也貢獻了一個小笑話。不堅挺了，收工了。大夥兒又笑起來。受傷的男人回嘴，你有需要的時候，我們可以來一下，看看什麼最堅挺。這團體裡誰也沒為這樣的笑話感到驚駭，可見其中並沒有已婚男女，這些人想必是道德觀念不嚴謹的人，男男女女胡亂談起玩票性質的戀愛，除非那兩人果真是夫妻，但看來卻又不像，真正的夫妻不會公開談論這種事。醫生太太四下張望了一番，所有能用的東西都有人拳打腳踢左推右擠地爭奪，然而揮出的拳往往對不準目標，推擠則分不清對象是敵是友，有時引起混戰的東西飛出爭奪的人手中，落在地上，等著把某個倒楣鬼絆倒。老天爺，我永遠也出不了這鳥地方，醫生太太想。她用了個平日不大使用的詞，這又再一次顯示，環境變遷的自然力量對人類語言的使用有相當重大的影響力，可記得那位在奉命投降時罵了句狗屎的士兵，因為他的緣故，此後凡在危險性較低的情況中，說髒話再也不被視作是無禮的罪惡了。老天爺，我永遠也出不了這個鳥地方，她又想了一遍，正打算離開，卻靈光一閃，有了新的點子。像這樣的大型賣場一定有倉庫，不見得很大，因為大倉庫會建在另一個地方，說不定有點遠，但屋裡一定儲藏有部分商品，以便貨品售罄時隨時補充。這想法使她興奮起來，她開始四處尋找可能會通往藏寶室的緊閉門扉，但所有的門都開著，門裡都是相同的一片狼藉，以及在垃圾堆裡滿地摸索的盲人。最後，在一個天光透不進來的陰暗走廊裡，她看到一座看來像是運貨電梯的東西，緊掩的金屬門旁有另一扇門，這是一扇光滑的推門。是地下室，她心想。盲人走到這兒，就發現無路可走。他們想必知道這兒有座電梯，但誰也沒想到，通常有電梯也就一定有樓梯，以供停電時使用，比方現在就沒有電。她推開推門，有兩種印象幾乎同時排山倒海而來，一是眼前伸手不見五指，她必須穿透這層黑暗，才能到達地下室，二是食物的氣味，這絕對不會錯，即使是裝在罐裡或密封的容器裡，飢餓卻一向嗅覺靈敏，像狗一樣能穿透一切的障礙物。她立刻轉頭到滿地的垃圾裡撿拾搬運食物必備的塑膠袋，一面撿，一面問自己，沒有燈光，怎麼知道要拿什麼東西，然而她聳聳肩，憂慮這種事真是愚蠢，此刻她的身子如此虛弱，真正該憂慮的是，等袋子裝滿了，她有沒有力氣把東西搬回去。醫生太太循原路回到方才的地方，卻突然感到一陣無比的恐懼，萬一她回不到丈夫身邊，該怎麼辦。她知道那街道的名稱，這部分她並沒忘，但前來此地的過程中，她轉過太多彎。她絕望得渾身無力，動彈不得。好一會兒，彷彿停頓的腦子終於緩緩地重新開始運轉似地，她看到自己伏在一張全市地圖上，用指尖尋索著最短的路線。她彷彿生著兩副眼睛，一副注視著看地圖的自己，一副則細細察看地圖，研究路線。走廊依然空無一人，這實在是運氣好，方才她因為有了新發現而過分緊張，忘了把門關上。這回她小心翼翼地掩上門，隨即發現自己陷入一片伸手不見五指的黑暗中，與外面那些盲人一樣什麼也看不到，如果黑與白嚴格來說也能算顏色的話，她與盲人間唯一的差別就是眼裡見到的顏色。她挨著牆壁，開始沿階梯向下走。假使這地方不是個祕密，而此刻有人從底下上來，他們便必須像醫生太太在街上看到的那些團體一樣，其中一個人必須放棄有牆壁可依靠的安全感，與另一人的隱約身形擦肩而過，然後有一剎那將愚蠢地擔憂另一側的牆壁會不會並不存在。我快瘋了，醫生太太想，但這是有原因的，在沒有燈光也沒希望看到任何燈光的情況下，走進一個暗無天日的深淵，會有多遠呢，這類地下儲藏室不可能做得太深，第一段階梯走完了。現在我明白瞎眼是怎麼一回事了，第二段階梯，我要尖叫了，我要尖叫了，第三段階梯，黑暗像一層厚厚的膠水，挨附在她的臉上，她的雙眼成了漆黑的球。我前方的這是什麼東西，接著又是另一股更令她恐懼的思緒。我待會兒要如何重新找到樓梯。一種不穩定的感覺促使她蹲下身子，以免摔跤，她幾乎昏厥，結結巴巴地說，乾淨的。她指的是地板，乾淨的地板似乎不大尋常。她的感覺一點一點恢復了，胃部隱隱作痛，這倒也不是第一次，然而此刻彷彿她全身就剩了這麼一個器官，一定還有其他器官的，但其他器官卻一點存在的跡象也沒有，喔，有，她的心臟，心臟噗通噗通跳躍，像只大鼓，永恆在黑暗裡盲目運作，從成形之時子宮裡最初的黑暗，到停止跳動時最後的黑暗。她的手裡仍握緊塑膠袋，始終沒放手，如今的任務就是要把塑膠袋裝滿，要冷靜，儲藏室並不是鬼怪或惡龍居住的地方，這裡除了黑暗外並沒有什麼可怕，而黑暗既不會咬人也不會傷害人，至於樓梯，我一定找得到的，大不了就是繞著這鬼地方走一大圈。她打定主意，決定站起來，但隨即記起自己此刻與其他人同樣什麼也看不見，學他們的作法比較好，手腳並用匍匐前進，直到找到東西、找到裝滿食物的貨架為止，只要是能馬上吃、不需要烹調或特殊處理的，什麼樣的食物都好。這樣的時候，沒有時間展現花稍的廚藝。

走了沒有幾公尺，恐懼又悄悄回來了，說不定她弄錯了，說不定她的正前方站著一頭張著血盆大口的隱形龍，也或者是個攤開手掌的鬼，正打算把她抓進可怕的地獄，地獄裡死去的魂魄一再被救活，又一再死去。最後，她懷著無盡無奈的悲哀，興起了一個不那麼天馬行空的想法，這裡不是食物的儲藏室，而是停車場，她真真確確聞到了汽油味，她的理智在自己所創造的鬼怪威嚇下，開始產生幻覺。但她的手碰觸到了某種東西，不是鬼怪黏膩的手指，不是惡龍冒火的舌頭和尖利的長牙，她摸到的是冰冷的金屬，一個光滑垂直的平面，她猜測可能是一排貨架的直立腳架，卻不知這東西應叫什麼。她估計一定還有其他的貨架依照習慣平行擺設，如今的任務是要找出食物放置在哪裡，絕對不是這裡，因為這裡的氣味很明顯，是清潔劑。她撇開能不能重新找到樓梯的擔憂，開始探尋、摸索、嗅聞、搖晃一排排的貨架，貨架上有厚紙箱、玻璃瓶、塑膠瓶、大大小小的罐子、可能是裝醬菜的罐頭、各式各樣的箱子、形形色色的包裝、袋裝或管裝的東西。醫生太太胡亂把其中一個袋子裝滿。這些都能吃嗎，她略為不安地想著。接著又到了下一排貨架，卻發生了意外，盲目的手不知自己身處何處，不小心撞倒了一些小小的盒子。小盒落在地上的聲音幾乎使她心跳停止。是火柴，她想。她彎下腰來，因為興奮而渾身戰慄，用手在地上胡亂摸索，然後找到了她要找的東西。這氣味是獨一無二的，絕不會和其他氣味搞混，搖晃盒子時細小火柴棒發出的聲音、一推就開的蓋子、含有燐光物質、用來摩擦火柴頭的沙紙粗糙的觸感，也都是獨一無二的。最後是火焰唰一聲亮起，照亮了周遭一個隱約的球狀空間，就像星光穿透霧氣一樣明亮。親愛的上帝，光線存在而我的眼睛看得到，讚美光線。自此開始，採擷就變得容易多了。她首先裝了許多火柴盒，幾乎裝滿了一個袋子，不需要全部帶走，常識這樣告訴她，接著火柴燃起的搖曳火光照亮了貨架，先是這裡，然後那裡，幾個袋子迅速裝滿了，最先裝的一袋得倒出來，因為裡面什麼有用的也沒有，其他幾個袋子的內容則豐盛得足夠買下整座城。我們也無須對事物價值的差異感到詫異，只需要記起曾經有個國王願意用整個王國去換一匹馬，倘使他瀕臨餓死而眼前有這些裝滿食物的塑膠袋誘惑著他，他還會吝惜什麼嗎。樓梯就在那裡，出口在右手邊。但首先，醫生太太在地板上坐下來，打開一包西班牙辣味香腸和一包黑麵包、一瓶水，絲毫不感歉疚地吃喝起來。若是此刻不吃，她將不會有力氣把這些補給品帶回去給她嗷嗷待哺的夥伴們。吃飽後，她俐落地把塑膠袋挽在手臂上，一隻手挽三個，然後把手伸向前方，繼續點燃火柴，一直到走到樓梯前，然後吃力地爬上樓梯。方才吃下的食物仍在消化，尚未從胃部轉移到肌肉與神經，而就她來說，製造最大阻力的是她的腦子。門悄悄地推開。萬一走廊上有人，我該怎麼辦，醫生太太想。走到出口時，她可以轉身朝裡面喊，走廊底端有樓梯，可以通往商店的地窖，裡面有食物，我沒關門，你們快去大快朵頤。她可以這麼做，但卻決定不要。她用肩膀把門帶上，告訴自己，還是什麼也別說比較好，試想萬一說了會引發何種狀況，盲人會像瘋子般四處亂竄，重演精神病院發生火災時的情景，他們會滾下樓梯，被後面源源不絕湧來的人潮踐踏、壓扁，腳踩在堅實的地板上和踩在滑溜的人體上大不相同，後來的人也會絆倒，摔得四腳朝天。等我們把食物吃完，我還可以回來這裡再拿一些，她這麼想。如今她用手抓緊袋子，深吸一口氣，開始沿走廊行走。盲人看不到她，但她吃的東西散發出了氣味。香腸，我真是笨蛋，這簡直就像留下活生生的痕跡供人追蹤。她咬咬牙，用盡渾身力氣抓緊袋子。我得快跑，她想。她想起膝蓋被碎玻璃戳傷的男人，萬一我也不小心踩上碎玻璃，那就糟了。我們別忘了這女人沒穿鞋子，她還沒有時間到鞋店去，像其他盲人那樣，即使不幸失去了視力，至少還能用觸覺來挑選鞋襪。她此刻非跑不可，也的確邁開大步奔跑。起初她得悄悄從一群群盲人間鑽過，小心別碰到他們，但這樣一來，她的速度就慢了下來，沿路幾度為了認路而停下腳步，這停下的時間足夠讓食物散發出氣味，而氣味可不只是無影無聲飄浮在空氣中的東西，沒多久一個盲人就喊出聲來。誰在吃香腸。這話一出口，醫生太太就開始沒命地奔跑，一路推擠、衝撞，和人群大打出手，這副天不怕地不怕的態度實在應受譴責，令盲人不快樂的原因已經夠多了，這實在不是對待盲人應有的態度。

來到大街上時，屋外大雨傾盆。這樣更好，醫生太太顫抖著雙腿，氣喘如牛地想。雨這麼大，食物的氣味便會小一點。有人把她上半身僅存的一點點破布扯去了，如今她的胸脯完全裸露，因為浸著從天而降的水而晶瑩閃亮，這是文雅的說法，她可不像自由女神般高擎火炬，袋子雖然有幸滿載而歸，但重量太重，無法像扛面旗子似地高高舉起，這造成了不大方便的效果，食物誘人的氣味在低處飄盪，恰好引來了許多沒有主人餵養照顧的流浪狗，尾隨著醫生太太的狗有一大群，但願沒有哪一隻會想用牙齒來測試塑膠袋的耐力。滂沱大雨就快演變成洪水，你以為這時所有人都會躲起來避雨，等待天氣放晴，然而事實並非如此，到處都是仰著頭張大嘴巴的盲人，他們忙著消除自己的渴，把水儲存在身體裡的每一個角落，另有一些盲人較有遠見，最重要的是較有理性，拿出了水桶和鍋碗瓢盆，舉向慷慨的天，很顯然上帝是為了他們的渴而送來了雲朵。醫生太太尚未想到寶貴的水並非全來自家裡的自來水龍頭，這便是文明的缺點，我們對於水自動流入家裡的方便性太過習慣，而忘了要有這種自來水，首先必須有人負責開關水閘，有電力來啟動水塔和幫浦，有電腦來調節蓄水池的儲量與不足，而這一切的操作都需要用到眼睛。要看到這一幕也需要用到眼睛，一個女人提著許多沉重的塑膠袋，沿著一條淹漫著雨水的街道踽踽獨行，街上滿是垃圾以及動物和人類的糞便，被丟棄的汽車和卡車東倒西歪阻塞了大道，有些輪胎旁已長出雜草。街上還有盲人，盲人張大嘴凝視白茫茫的天空，這樣的天空竟能落下雨來，似乎是不可思議的事。醫生太太一面走，一面注意路標，有些街名她記得，有些卻毫無印象，到了某一刻，她終於明白自己迷路了，真真確確迷路了。她轉了個彎，又轉個彎，眼前的街景與街名她一點兒也不記得，她悲傷地坐在覆滿厚重黑色污泥的地上，這時她一點力氣也沒有了，一點力氣也不剩，她放聲痛哭。野狗圍在她身旁，嗅著她的袋子，但似乎意興闌珊，彷彿牠們用餐時間已過。其中一隻狗舔了舔醫生太太的臉，說不定牠從小就是給人擦眼淚用的。女人摸摸狗的頭，一路撫摸過牠被雨浸濕的背，在擁抱狗時流乾了最後的眼淚。當她終於抬起眼睛時，感謝十字路口之神一千次吧，她看見正前方有一座大型地圖，那種市政府在市中心各地設立的地圖，設立的主要目的是為觀光客提供協助與安慰，觀光客一方面急切地想知道自己究竟去了哪裡，也同樣急切地想知道自己此刻究竟在哪裡。如今所有的人都瞎了，你禁不住會覺得花錢設置這地圖真是浪費了，然而只要有耐心等待時間慢慢過去，便能徹底明白命運在到達任何地方之前都必須經過千迴百折，而只有命運知道把這地圖設在這裡以便讓這女人得知自己身處何處要花費多少代價。她的位置並不如想像中遙遠，只不過從另一方向繞了遠路，只要沿著現在這條路往前走，走到廣場時，往左數兩條街，然後右邊第一條街就是你要找的街了，門牌號碼你記得的。狗群逐漸散去，可能是路上有其他東西吸引了狗的注意，也可能牠們熟悉這個區域，不想流浪太遠，只有替她舔乾淚水的狗始終伴著那個流淚的人。或許這場由命運安排的女人與地圖的邂逅中，也包括了這條狗。事實上，他們是一同走進商店的，拭淚狗看見地上躺著人並不驚訝，這些人動也不動，彷彿是沒了氣息，狗兒很習慣這種狀況，有時人類允許牠睡在他們之間，而當起床時間來到時，這些人都會活起來。如果你們在睡覺，醒醒吧，我帶食物回來了，醫生的太太說。但她得先把門關上，以免路上經過的人聽到她的話。斜眼的男孩第一個抬起頭，因為虛弱，除了抬頭外他什麼也做不到。其他人則花了較長的時間，他們正夢見自己是石頭，我們都知道石頭睡得多沉，只要到鄉間走一回你便會明白，石頭躺在路邊沉睡，半個身子掩埋在土中，沉沉等待誰也不知是什麼樣的覺醒。然而食物兩字具有神奇魔力，尤其在飢餓難耐時格外如此，就連不會說話的拭淚狗也開始搖起尾巴，而這個本能的動作使牠記起牠尚未做濕透的狗向來會做的動作，即狠狠甩動身軀，濺濕周遭所有的東西。對牠們來說這種事很容易，牠們的毛皮就穿在身上，像件外套。直接自天堂落下的水是最靈驗有效的聖水，這潑灑而出的水使石頭化身為人，醫生太太則打開一個個塑膠袋，協助石頭變形。並非所有的東西都散發出其中盛裝的食物氣味，但用興奮的語詞來說，即使是一塊硬掉的麵包，聞起來也就和生命的精華同樣美好。大夥兒終於都醒了，他們的雙手顫抖，臉龐焦躁不安，這時醫生就和拭淚狗先前一樣，記起了自己的職責。小心，一下子吃太多可能有害健康。飢餓才有害健康，第一個盲人說。聽醫生的話，他的妻子反駁他。於是第一個盲人乖乖閉嘴，含著隱隱的怨恨暗自心想，他連眼睛的問題都不懂。這話其實並不公平，何況醫生的眼睛和其他人一樣，什麼也看不見，比如他渾然不知自己的妻子腰部以上一絲不掛，就是證據。她開口向他要外套來遮身，其他盲人都朝她望，但太遲了，他們若是早些看看就好了。

大夥兒享用餐點時，醫生太太報告了她的歷險經過，一一敘述她所經歷的每個事件和做的每件事，但她沒說她關上了通往儲藏室的門，她不能確定自己這麼做是出於什麼樣的人道動機，而為了彌補這點，她提到了那被碎玻璃刺傷膝蓋的男人，大夥兒開懷大笑，嗯，也並非所有的人都開懷大笑，戴黑眼罩的老人只勉強露出疲憊的笑容，而斜眼男孩的耳裡只聽得到自己咀嚼食物的聲音。拭淚狗也得了一份食物，牠迅速朝奮力搖撼大門的路人狂吠，以為回報。無論搖撼大門的人是誰，都很快放棄了，有瘋狗四處亂竄的流言甚囂塵上，光是弄不清自己的腳踩在哪兒就已經快讓我發瘋了。於是店裡重新恢復平靜，大夥兒的飢餓都得到了初步的緩解，這時醫生太太才提起她與走出這店面察看是否下雨的男人間的對話，然後她下了結論，如果他說的是真的，我們的家現在恐怕和我們當初離開時不盡相同了，甚至還不一定進得去，我指的是離開時忘了帶鑰匙或是把鑰匙遺失的情況，比方說我們家的鑰匙就在火災時遺失了，現在也不可能去灰燼中把它找出來。她這麼說時，彷彿正親眼看著火焰吞噬她的剪刀，先是燃起剪刀上殘存的凝血，然後舔舐利刃的邊緣，燒鈍尖利的刀刃，緩緩地把刀刃燒彎、燒軟、燒得失去形體，誰也不會相信這東西曾經刺穿一個人的咽喉，當火焰完成任務時，我們將無法分辨融化後看來一模一樣的金屬糊中，哪部分是剪刀而哪部分是鑰匙。鑰匙在我這兒，醫生說。他笨拙地將三根手指伸入破爛長褲腰帶附近的一個小口袋裡，掏出一枚掛著三把鑰匙的小環。我放在我的皮包裡，皮包沒帶出來，你怎麼會有。我拿出來了，我怕弄丟，覺得放在身上比較安全，這樣我也比較能相信我們有朝一日還是可以回家。找到鑰匙真是讓我鬆了口氣，但我們的家門說不定被人打破闖入了。說不定根本沒人想闖入。有幾刻鐘的時間，他們幾乎忘了其他人的存在，然而現在他們必須知道其他人是否也都有鑰匙。首先是戴墨鏡的女孩。救護車來接我時我爸媽還在家，我不知道他們後來怎麼了。接著開口的是戴黑眼罩的老人。我失明的時候是在家裡，他們敲我的門，房東跑來跟我說外面有幾個男護士要找我，那種時候實在不會想到鑰匙的事。現在只剩下第一個盲人的妻子，但她說，我不知道，我忘了。事實上她知道，而且記得，但她不想承認當她突然看見自己失明時——這話矛盾，但這說法在語言裡根深柢固，我們無法避免——她尖叫著衝出家門，高聲向鄰居呼喊，待在屋裡的人躊躇思索，不知是否該伸出援手，而在丈夫蒙受厄運時表現得鎮定能幹的她這會兒驚惶哀傷手足無措，任由家門大敞，就這麼狂奔離去，壓根兒沒想到要要求他們讓她回去一下，一下下就好，只是要關個門，說聲我馬上回來。沒有人問斜眼的小男孩可曾把家中鑰匙帶在身上，因為他就連自己住在哪裡都記不清。接著醫生太太溫柔地碰碰戴墨鏡女孩的手，你家最近，我們就從你家開始吧，但我們要先找些衣服和鞋子來穿，我們不能穿著破破爛爛的衣服，又渾身髒兮兮地這樣走來走去。她正要起身，卻發現斜眼的小男孩在飢餓喜獲紓解而身心得到安慰後，已重新進入夢鄉。於是她說，我們休息一會兒，睡點覺，然後再出去探險。她脫下濕透的裙子，偎依在丈夫身邊取暖。第一個盲人和妻子也同樣緊緊依偎。是你嗎，他問。她想起他們的家，感到一陣心酸。她沒有說，安慰我，但她似乎是這麼想著。我們所不能明白的是，什麼樣的情感使戴墨鏡的女孩伸出手臂環繞住戴黑眼罩老人的肩膀，但她無疑是這麼做了，且保持著這個姿勢，她睡了，他則沒睡。狗在門邊躺下，堵住了入口，在不需替人拭淚時，牠是頭壞脾氣的粗暴動物。

14

大夥兒穿上了衣服和鞋子，洗澡的問題仍未解決，但看起來已與其他的盲人大有不同了。衣服的顏色雖然選擇不多，但如人們所常說，水果要靠手摘，每個人身上的衣著色彩都十分相配，這就是有個人在當場給我們提供建議的好處。你穿這件，這和長褲很配，這條紋配那點子不會突兀。對男人來說，這些細節對盲人一點重要性也沒有，但戴墨鏡的女孩和第一個盲人的妻子都堅持要知道他們所穿的衣服樣式和顏色，如此一來，再加上一點想像力，她們便能知道自己看起來如何。至於鞋子，大家都一致同意，舒適比美觀重要，不要花稍的鞋帶，也不要高跟鞋，不要小牛皮或漆皮，因為街上路況不好，穿太精緻的鞋顯得荒謬，他們要的是完全防水且長度一直到小腿肚、好穿好脫的橡膠靴，再沒有什麼比那種鞋更適宜在泥濘中走動了。但是很不湊巧，不是每個人都能找到合腳的這種靴子，比方說斜眼的小男孩就找不到，過大的靴子穿在他腳上像兩艘船，於是他只好將就著穿雙沒有指定特殊用途的運動鞋。無論他媽媽在哪裡，若是聽說了這件事，便會說，多巧啊，我兒子要是看得到的話，他就是會挑那樣的一雙鞋。戴黑眼罩老人的腳則屬於大尺寸的，他解決這問題的辦法是穿一雙專為身高六呎、體型異於常人的球員所特製的籃球鞋。他看來的確有些滑稽，彷彿是穿了白色的拖鞋，但這副滑稽的模樣只會維持短短一段時間，因為這雙鞋就和生命中所有的東西一樣，不到十分鐘就會污穢不堪。只要讓時間自然走過，問題便會迎刃而解。

雨停了，街上不再有張嘴向天的盲人。他們走來走去，不知該如何是好，他們在街上遊蕩，但走得不久，對他們來說，行走與站立並沒有不同，除了尋找食物外，他們沒有別的目標，音樂停頓了，世間從未如此沉靜過，如今光顧電影院與戲院的只有放棄了尋找食物的遊民，在政府——或者說少數倖存的人——仍相信當年用來對付黃熱病及其他傳染性瘟疫的並不有效的方法和策略能夠用來對付這種白症時，較大型的戲院曾被用來收容實施檢疫的盲人，但檢疫結束了，這兒甚至不需火災就自行結束了。至於博物館則著實令人心碎，所有的人——我指的的確是人——所有的畫作、所有的雕塑，面前都沒有人駐足觀賞。這個城裡的盲人在等待什麼，誰知道，如果他們相信這種病是治得好的，便可能是在等待一種療法，然而這流行性的失明誰也沒放過，如今沒有任何人有能力觀看顯微鏡，且實驗室已荒蕪，實驗室裡的細菌若是想存活，除了自相殘殺、以彼此為食外毫無辦法，當這種種的情況成為人盡皆知的事實時，盲人們也失去了希望。起初，有許多盲人在尚未喪失家族團結心的親戚陪同下，仍匆匆趕往醫院，然而醫院裡只有失明的醫生替看不見的病人把脈、聽診，這是因為他們的聽力並未喪失。然後在飢餓的驅迫下，仍能行走的病患開始逃離醫院，最後在無人保護下橫死街頭，至於他們的家人——如果他們還有家人的話——則不知去向。而屍體若是希望能引人注意以便得到掩埋，把人絆得摔跤還不夠，還得開始發臭，而且前提是他們必須死在人來人往的幹道上。也怪不得路上有如此多的狗，其中有些已類似土狼，毛皮上的斑點猶如腐壞的瘡疤，奔跑時縮著後腿，彷彿害怕被吞噬的死人會復活，前來要求牠們為啃齧毫無防禦力的人而付出代價。這世界變成什麼樣子了，戴黑眼罩的老人問。醫生的太太回答，現在室內與室外、這裡和那裡、多和少、過去與未來，都沒有分別了。那大家如何面對呢，戴墨鏡的女孩問。他們像鬼魂似地飄來飄去，變成鬼的感覺大概就是像這樣，你的四個感官告訴你世間仍有生命存在，所以你很確定生命的確存在，然而卻看不見。路上有沒有很多車，第一個盲人問。他無法忘記自己的車被偷了。路上看起來像墳場。醫生和第一個盲人的太太都沒有問問題。至於斜眼的小男孩，由於穿上了自己夢寐以求的鞋子，感到十分滿足，至於自己看不看得見自己的寶貝球鞋，他則一點也不介意。可能是由於這個原因，他看起來並不像鬼魂。而拭淚狗跟在醫生太太的後面，實在沒有資格稱為土狼，牠並不追蹤死屍的氣味，而是追隨一對牠知道是活生生且完好的眼睛。

戴墨鏡女孩的家並不遠，但在餓了一個星期之後，這個團體的成員直到現在才開始恢復一點氣力，因此他們走得緩慢，休息的時候，他們別無選擇，只能席地而坐，花那麼多時間挑選衣著的式樣和顏色真是不值得，因為只消這麼一點點時間，他們的衣服就髒了。戴墨鏡女孩住的街道不僅短，而且狹窄，因此這裡一輛車也看不到，這街道只能容許一輛車通過，且沒有地方可停車，這個地方是禁止停車的。這一帶連人也沒有，這倒並不令人意外，在這類的街道上，一天中有許多時間是看不見任何生物的。你的房子門牌幾號，醫生的太太問。七號，我住在一棟公寓左邊的二樓。其中一扇窗戶開著，在其他的任何時間，你幾乎可以由此判斷必定有人在家，但現在什麼都不能確定。醫生的太太說，沒有必要所有人都上去，我們兩個上去就好，你們其他人在樓下等。她看得出面向街道的前門被人硬推開了，榫眼鎖很明顯扭曲了，有一片長長的木片幾乎要從門框上脫落。醫生的太太對這些事隻字未提，女孩認得路，因此她讓女孩走在前面，樓梯覆在陰影中，但她並不介意。戴墨鏡的女孩因為急切和慌張，兩度踉蹌，但她一笑置之。想想看，這樓梯我從前閉著眼睛也能跑上跑下。陳腔濫調就是這樣，對於千百種細微的意義渾然不察，比方說這一句吧，它就分不清閉眼與瞎眼的不同。到了二樓的樓梯間，她們尋找的那扇門關著，戴墨鏡的女孩用手在牆板上摸索，直到找到電鈴。沒有電，醫生的太太提醒她。這三個字只是說出了大家都知道的事實，但聽在女孩耳裡卻宛如青天霹靂。她敲著門，一次，兩次，三次，第三次用拳頭敲，敲得大聲，嘴裡高喊著，媽咪，爹地。但沒有人來開門，這些親暱的稱呼並沒有改變現實，沒有人走上前來對她說，乖女兒，你終於回來了，我們已經不敢期望再見到你了，快進來，快進來，你的這位朋友也請一起進來，屋裡有點亂，請多多包涵。門依然緊掩。沒有人在，戴墨鏡的女孩說，然後倚在門上放聲痛哭，頭枕在交疊的手臂上，彷彿用整個身子絕望地乞求同情，如果我們對人類靈魂的複雜毫無經驗，便會對這個作風如此大膽開放的女孩竟會如此地深愛她的父母，甚且陷入如此痛切的悲哀中而感到詫異，然而不遠處已經有人證實了這兩者間從來沒有也從來不會有矛盾之處。醫生的太太想安慰她，卻沒有多少話可以說，大家都知道現在人們要長時間留在家裡是不可能的事。如果有鄰居的話，我們可以去問問鄰居，醫生的太太建議。你說得對，我們去問問，戴墨鏡的女孩說，但她的聲音裡不帶希望。於是她們從同一樓層的對面戶開始敲門，但這裡同樣沒人應門。樓上的兩戶門戶洞開，屋裡則被人翻箱倒櫃過，衣櫥空了，放食物的碗櫃裡找不到東西，跡象顯示這兒不久前有人來過，想必是一群浪跡天涯的人，現下所有的人都可以稱為浪跡天涯的人了，從一間房舍流浪到另一間房舍，從一個虛無流浪到另一個虛無。

她們走到一樓，醫生的太太輕輕敲了敲最近的一扇門，先是一陣意料中的寧靜，接著有個沙啞的聲音充滿狐疑地問道，誰呀。戴墨鏡的女孩向前走了一步，是我，你的樓上鄰居，我在找我爸媽，你知道他們在哪嗎，他們怎麼了，她問。屋裡傳來無精打采的腳步聲，門呀一聲打開，出現了一個骨瘦如柴的老太婆，瘦得只剩皮包骨，長長的白髮凌亂不堪。一股令人作嘔的霉味和不知名的腐爛氣味使兩個女人都退後了一步。老太婆大眼圓睜，眼球幾乎是渾白。我不知道你爸媽怎麼了，他們把你帶走的第二天就把他們也接走了，那時候我還看得見。這棟公寓裡還有沒有別人。偶爾我會聽到有人上下樓梯，但都是外面來的人，只是來這裡睡覺。那我爸媽呢。我已經告訴你了，我不知道他們怎麼了。那你的先生、兒子和媳婦呢。也被帶走了。但他們沒帶你走，為什麼。因為我躲起來了。躲在哪裡。你猜，躲在你家。你怎麼進得去我家。從後面防火梯上去，我打破一片窗玻璃，從裡面開門，鑰匙當時就在鎖上。你從那時到現在都一個人生活，怎麼活的，醫生的太太問。還有誰在這裡，老太婆吃了一驚，把頭轉過來。她是我的朋友，我們一群人一起行動的，戴墨鏡的女孩安撫她。不僅是一個人過活，還要自己找吃的，醫生的太太鍥而不捨。我不是笨蛋，我有能力照顧自己。你不想說沒關係，我只是好奇而已。那我就告訴你，我做的第一件事就是到這棟公寓的每一戶人家去搜尋可吃的東西，會壞的我馬上吃掉，其他的就留起來。你的食物還有剩嗎，戴墨鏡的女孩問。沒有，都吃完了，老太婆回答。她沒有視力的眼中突然閃過一抹狐疑，這是一種在類似情況中經常用到的說法，但卻沒有事實根據，因為嚴格來說，眼睛是沒有表情的，即使你把眼珠子挖出來，它們也只是兩顆呆滯的球狀物體，能在視覺上展現雄辯滔滔與花言巧語的是眼皮、睫毛與眉毛，然而這一點卻往往被人歸類為眼睛的能力。那你現在靠什麼過活，醫生的太太問。大街上死亡大搖大擺橫行，但後花園裡生命欣欣向榮，老太婆神祕地說。你這麼說是什麼意思。後花園裡有甘藍菜、兔子、雞，還有花，但花不能吃。你怎麼處理那些東西。不一定，我有時摘點甘藍菜，有時殺隻兔子或雞。生吃嗎。開始時我會生個火，後來我習慣了吃生肉，而且甘藍菜梗也很好吃，你們大可不用擔心，我媽的女兒餓不死的。她後退了兩步，幾乎要沒入屋裡的黑暗中，只剩下兩隻白眼睛在閃爍，然後她從屋裡說，你要是想進你家去，就進去吧，我不會阻攔你。戴墨鏡的女孩正想回答說，不用了，多謝你，不值得的，何必呢，我爸媽又不在。但她突然深深渴望見到自己的房間。見到自己的房間，多蠢，我看不到了，但至少摸摸我房間的牆，摸摸床罩，摸摸我從前用來枕我那瘋狂腦袋的枕頭，家具上、五斗櫃上她仍記得的花瓶，裡面說不定還有花，除非那老太婆因為花不能吃而氣憤，把花瓶摜在地上了。於是她說，如果你不介意，我願意接受你的提議，真謝謝你。進來吧，進來吧，但別指望找到食物，光是我自己吃都不太夠了。別擔心，我們自己有食物。啊，你們有食物，那你們可以留一點給我作為報答。我們會給你一些食物的，別擔心，醫生的太太說。她們走上走廊，臭味已變得不堪忍受。黃昏漸弱的天光射進來，微微照亮了廚房，地上有兔子皮、雞羽毛和骨頭，餐桌上一只沾滿乾燥血漬的骯髒盤子裡有分辨不出是何種肉的肉片，看來彷彿被人一再咀嚼過。那兔子和雞又吃什麼，醫生的太太問。甘藍菜、雜草，有什麼吃什麼，老太婆回答。別告訴我雞和兔子會吃肉。兔子還沒開始吃肉，但雞愛死肉了，動物和人一樣，什麼都能適應。老太婆走得很穩，毫不蹣跚，她移開擋在路上的椅子，彷彿看得見似地，然後指著通往緊急防火梯的門。從這裡走，小心別滑倒，樓梯扶手不太穩。門怎麼開，戴墨鏡的女孩問。門只要一推就能開，我有鑰匙，就放在附近。那是我的，女孩正想這麼說，但隨即想到，倘使她的父母或是其他人替她的父母把另外的鑰匙——也就是前門的鑰匙——拿走了，那麼擁有後門的鑰匙有什麼用，她總不能每次出入都拜託這位鄰居讓她通過。她感到心微微地收縮了一下，可能是由於她就要回到自己的家，而將會發現父母不在那裡，或是由於其他的什麼原因。

廚房乾淨整齊，家具上的灰塵並不算太多，這是除了讓甘藍菜與青草生長茂盛外，雨天的另一個好處。事實上，從上方俯視後花園，醫生太太驚覺那花園像個小型的叢林。那些兔子能自由自在地亂跑嗎，醫生太太納悶，不可能，牠們必定仍豢養在兔籠裡，等待一隻失明的手替牠們帶來甘藍菜葉，然後一把抓起牠們的耳朵，將四條腿漫空亂踢的牠們抓出籠外，另一隻手則準備盲目地一揮，打斷靠近頭顱的脊骨。戴墨鏡的女孩憑著記憶，摸索進自己的家，正如同樓下的老太婆一樣，不會絆跤，也不會步履蹣跚。她父母的床仍凌亂，衛生署派的人想必是一大清早前來捉他們去監禁。女孩坐在床上哭泣，醫生的太太走上前去坐在她身旁，對她說，別哭了。她還能說什麼呢，當世界已全然失去意義，眼淚又有何意義。女孩的房間裡，五斗櫃上仍立著那只玻璃花瓶，瓶裡插著凋萎的花，水早已蒸發。她盲目的雙手自己給自己指引方向，手指拂過死去的花瓣，生命在被遺棄時是多麼地脆弱。醫生太太打開了窗，向下眺望街道，他們坐在地上耐心等候，只有拭淚狗聽覺敏銳，警醒地揚起頭來。天空再度陰暗，夜將降臨。她想，這一夜他們將無須尋找棲身之所，他們可以在這裡度過一宿。那老太婆必定不會喜歡這麼一群人穿過她的屋子，她喃喃自語。正在此時，女孩碰了碰她的肩說，鑰匙在門鎖上，他們沒拿走。如果原先果真有個問題，現在問題解決了，他們將無須忍受樓下老婦的壞脾氣。我下去叫他們，天快黑了，至少今晚我們可以住在一個像樣的家裡，有屋頂遮風避雨，真好，醫生的太太說。你和你先生可以睡在我爸媽的房裡。這個待會兒再說。這是我家，由我發號施令。你說得對，都聽你的，醫生的太太擁抱了女孩，便下樓去呼喚大家。一群人爬著樓梯，雖然他們的嚮導先警告他們了，每一段階梯共有十級，但他們還是不時踉蹌，因為興奮而唧唧喳喳說個不停，彷彿是前來參觀旅遊。拭淚狗靜靜地跟隨他們，彷彿這種事是家常便飯。戴墨鏡的女孩站在樓梯間向下望。有人來訪時，站在樓梯間向下望向來是個習慣，倘若來訪的是陌生人，這麼望便是為了得知來者是何人，而倘若來人是朋友，這便是為了迎接，說幾句歡迎的話。而這一次，她不需眼睛也知道是誰來了。請進，請進，請不要拘束。一樓的老太婆走到門邊偷聽，以為這群人是前來找地方睡覺的街頭流浪漢，就這點來說，她也沒猜錯。她問，外面是誰。戴墨鏡的女孩從樓上回答，是和我一起流浪的夥伴。老太婆十分困惑，她是如何走到樓梯間的，而後她隨即明白，便不禁厭恨自己竟忘了把鑰匙從前門取下，這許多個月來她始終是整棟大樓唯一的居住者，如今她彷彿是失去了大樓的所有權。這突然湧現的挫折感她別無其他方法可平衡，於是她打開門說，別忘了你說過要分我一些食物的，可不能食言。由於醫生的太太和戴墨鏡的女孩一個忙著指揮大夥兒的腳步，一個忙著歡迎大家，兩個都不作反應，老太婆於是歇斯底里地大吼。聽到了沒有。這是個錯誤，因為拭淚狗這時剛巧從她跟前經過，便撲上前來沒命地狂吠，整條樓梯都迴盪著牠的吼聲。這一招無懈可擊，老太婆嚇得尖叫，頭也不回地逃進自己屋裡，砰一聲關上門。那老巫婆是誰，戴黑眼罩的老人問。這便是我們不知如何反躬自省時所說的話，倘使他過著和她一樣的生活，我們倒要看看他的文明舉止能維持多久。

除了他們裝在袋子裡帶來的以外，這兒一點食物也沒有，他們得小心儉省，一滴水也不能浪費。至於照明，他們非常幸運，在廚房碗櫃裡找到了兩根蠟燭，這是為預防突然停電而準備的，醫生太太於是為自己點起蠟燭，因為其他人壓根兒用不著，他們在腦中已自有一盞過分明亮的燈，明亮得使他們瞎了眼。雖然這小小的團體僅有一點點拮据的配額，但這也成了一頓家族大餐，是那種極罕見的有福同享的大餐。在大夥兒圍桌入座之前，戴墨鏡的女孩和醫生的太太先到樓下去履行她們的承諾，更確切地說是滿足某人的要求，用食物來支付買路錢。老太婆粗聲粗氣地收下食物，邊收邊抱怨，那隻該死的狗沒把她吞了真是奇蹟，你們一定有很多食物，才能餵養這麼個畜生。她意有所指地這麼說，彷彿是期待這樣的指控能在兩位使者心中激起某種懺悔之意，她真正要說的是，讓隻愚蠢的動物大啖殘渣，卻讓個可憐的老太婆餓死，是極不人道的事。兩個女人並沒有回頭去拿更多的食物，以她們自己眼前困苦的生活狀況來說，她倆帶來的已經不算少了。奇怪的是，這位樓下的老太太對情勢的評估也是這樣，原來歸根究底，她並沒有表面上看來的那樣壞，她轉身回到屋內，拿出了後門的鑰匙，對戴墨鏡的女孩說，拿去吧，這是你的鑰匙。彷彿這還不夠似地，在她關上門時，嘴裡仍喃喃地說道，多謝了。兩個女人相當驚異地返回樓上，原來那老巫婆也是有感情的。她不是壞人，一個人生活這麼久，一定讓她情緒很壞，戴墨鏡的女孩這麼說，但她看來似乎言不由衷。醫生的太太沒有回答，她決定把一切的交談留到稍後再說。而等大夥兒都上了床，且其中一些已然呼呼大睡後，兩個女人像一對母女般坐在廚房，想鼓起點力氣做些屋裡屋外的其他雜事。醫生的太太問，你打算怎麼樣呢。不怎麼樣，我要等我爸媽回來。一個人，而且看不見。我已經習慣看不見了。那孤獨呢。我得習慣，樓下的老太太也一個人過活。你不想像她一樣，吃甘藍菜和生肉吧，那些東西也總有吃完的一天，這一帶的建築物裡看來是沒有別人居住了，你們會變成兩個因為唯恐彈盡糧絕而互相憎恨的女人，你們每吃一根菜梗都會像是從另一人口中搶了食物，你沒看到那可憐的婦人，只聞到她屋子裡發出的可怕惡臭，我可以向你保證，就連我們先前住的地方也沒有像她那兒那麼令人作嘔。我們遲早都會和她一樣的，到那時，一切就會結束了，生命再也不會存在了。起碼我們現在還活著。聽我說，你懂得比我多，和你比起來，我不過是個無知的小女孩，但就我看來，我們已經死了，我們會瞎是因為我們死了，或者也許你喜歡我換個方式說，我們之所以死掉是因為我們瞎了，結果都是一樣的。我還看得到。你運氣好，你先生運氣好，我運氣好，我們大家都運氣好，但你不知道你還會看得見多久，萬一你也瞎了，你就會和我們一樣，我們最後都會和樓下的鄰居一樣。今天是今天，明天會有明天的命運，今天我有責任，明天如果我瞎了，就不是我的責任了。你說的責任是什麼意思。在其他人失去視力時擁有視力的責任。你不能期待為全世界的盲人指引方向提供食物。那是我該做的。但你做不到。我會盡我所能地幫忙。我知道你會，要不是你，我可能早就死了。我不要你現在死。我必須留下來，那是我的責任，萬一我爸媽回來，我希望我在這裡。就算如你所說，他們真回來了，我們也無法得知他們是否還是你的父母。我不懂你的意思。你說樓下那女人本來是個好心人。可憐的女人。你可憐的父母和可憐的你重逢時，你們的眼瞎了，感情也瞎了，我們過去以來所擁有且賴以維生的感情是靠著我們與生俱來的眼睛而存在的，沒有了眼睛後，感情就變了，我們不懂它如何變的，不懂它變成什麼，你說我們因為瞎了，所以死了，那就是了。你愛你先生嗎。愛，就像愛我自己一樣地愛，但如果我瞎了，如果瞎了之後我變了，我將如何繼續愛他，那又將會是什麼愛。在我們還看得到的時候，世界上也有盲人。比較起來很少，當時大家使用的是明眼人的感情，因此盲人也是用那種感情在世上摸索，生活中所仰賴的不是盲人的感情，而現在所出現的才是真正的盲人感情，我們才剛剛開始而已，目前我們還靠記憶來感知事物，你不需要眼睛也知道現在的生活是什麼景況，如果有人告訴我有一天我會殺人，我會覺得他侮辱了我，但我的確殺了人。那你要我怎麼做。跟我走，到我們家去。那其他人呢。他們也一樣，但我最關心你。為什麼。我也問過自己為什麼，可能是因為你已經變得像個妹妹了，也可能是因為你和我丈夫上過床。原諒我。那不是個罪，不需要請求原諒。我們會像寄生蟲一樣吸乾你的血。即使在大家都看得到的時候，世上也有很多寄生蟲，至於血，除了用來支撐身體外，總該要有點其他的作用，我們去睡吧，明天又是新的一天。

新的一天，或者也是同一天。斜眼的男孩醒來時想上廁所，他正鬧肚子，不知哪樣食物使他虛弱的身子有所不適，但很快大家就發現廁所無法使用，樓下的老太婆顯然徹徹底底利用了這棟樓裡所有的廁所，每一套衛浴設備如今都不堪使用，在昨晚睡覺前，這七個人沒一個有如廁的需求，這真是幸運非凡，否則他們早就會發現那些廁所有多麼污穢可怖。但如今他們每個都急著想解放自己，尤其是那可憐的小男孩，他完全忍不住，事實上，無論我們多麼不願承認，當我們的直腸運作正常時，任何人都可以就眼睛與情感間是否有直接關連或責任感是否是視線清楚的自然產物來表達看法或進行辯論，但當我們心情極度煩悶，身體又受到痛楚所纏擾時，我們本性中的獸性便會顯現出來。花園，醫生太太大喊。她說得對，如果時間不是這麼早，樓下的那位鄰居就會在那兒了，現在我們不該再稱她為老太婆了，目前為止我們一直這麼沒禮貌地稱呼她。如我們方才所說，她會已經蹲在那兒了，母雞圍在她身邊，因為可能會問這問題的人幾乎可以肯定並不知道母雞長什麼樣子。斜眼的男孩在醫生太太的陪同下，抱著肚子痛苦地走下樓梯，更糟的是，還沒走到最後一級階梯時，他的括約肌已放棄了抵禦內部壓力的努力，於是你能想像結果如何。這時其他五個人也正以他們所能做到的最好方法走下緊急梯。緊急梯這名稱真是再合適不過。假使他們在從檢疫釋出後還有什麼矜持，這便是解放的時候了。一群人零星散布在後花園裡，因為使勁而發出呻吟，受著無意義的羞恥心煎熬，做著不得不做的事，就連對著他們流淚的醫生太太也一樣。她為所有的人流淚，他們似乎已失去了流淚的能力。她自己的丈夫、第一個盲人和他的妻子、戴墨鏡的女孩、戴黑眼罩的老人、小男孩，她看見他們一個個蹲在草叢裡，蹲在節蒂嶙峋的甘藍菜間，母雞在一旁觀看，拭淚狗也下樓來，成了另一個蹲在草叢中的動物。他們伸手胡亂抓取雜草或破碎磚塊，盡最大的努力把自己弄乾淨。有時試圖把自己弄乾淨只會把事情弄得更糟。大夥兒靜靜地從緊急梯爬上去，一樓的鄰居並沒有跑出來問他們是誰、打哪兒來、要上哪兒去，她想必昨晚吃了頓飽餐，還在呼呼大睡。回到屋裡後，起初大家不知該說什麼，接著戴墨鏡的女孩開口說，他們不能繼續這樣下去，的確現在並沒有水可以洗澡，可惜沒有和昨天一樣的傾盆大雨，否則他們將再次來到花園，這回將赤裸且毫無羞怯，用頭與肩去領受上天慷慨降下的水，感覺水沿前胸後背與腿向下流淌，他們可以用終於潔淨的雙手捧水，將盛在這杯裡的水捧給某個人，無論是誰都好，供他解渴，或許在尋到水在何方之前，他們的唇會先輕觸他們的皮膚，而如他們這般乾渴難耐時，會迫切地從握成杯狀的雙手裡榨取最後一滴水，因而在心底引發另一種渴慾。就和其他時刻我們曾看到的一樣，引導戴墨鏡女孩想入非非的是她的想像力，在這樣悲傷、可怖、絕望的情境裡，她能夠記得些什麼呢。然而撇開一切旁的不說，她仍是有腳踏實地的一面，這點從她的行動可以證明。她走進自己的房間打開衣櫥，又去打開父母的衣櫥，收集來床單和毛巾。我們用這些東西來清清身子吧，她說，這總比什麼都沒有要好。這無疑是個好點子，大夥兒坐下來吃早餐時，感覺一切都不同了。

醫生的太太就在早餐桌上說出了她的想法。我們現在該決定下一步該怎麼做了，我相信所有的人都瞎了，至少從我目前為止觀察到的人的行為來看，我得到的印象是這樣，現在沒有自來水，沒有電，沒有任何的補給品，所謂的混亂大概就是這個樣子，這就是所謂的混亂。一定有個政府吧，第一個盲人說。我不確定，但即使有，也是個由盲人統治盲人的政府，也就是說，虛無試圖為虛無運籌擘劃。那樣的話，就沒有未來了，戴黑眼罩的老人說。我無法告訴你有沒有未來，眼前最重要的事是，現在要怎麼活下去。沒有未來的話，現在也就沒有意義了，就像它不曾存在一樣。說不定人類會學會沒有眼睛的生活，但屆時人類將不再是人類，結果很明顯，我們當中有誰和以前一樣確信自己是人類，比方說我自己，我殺了人。你殺了人，第一個盲人吃了一驚。是的，那個在另一側廂房發號施令的人，我用剪刀刺穿他的喉嚨。你殺他是為了替我們報仇，只有女人能為女人報仇，戴墨鏡的女孩說，而報仇與尋求正義是人類才做的事，如果受害者沒有權利向傷害他們的人討回公道，天下就沒有正義了。也沒有人性了，第一個盲人的妻子補充。我們回到原先的話題吧，醫生的太太說，如果我們待在一塊兒，就有存活的希望，如果我們分開，便會被群眾吞噬消滅。你上次說有些盲人團體是有組織的，醫生說，這就表示現在形成了一種新的生活方式，我們沒有理由要像你說的那樣被人吞噬毀滅。我不知道他們是組織成什麼程度，我只看到他們到處找食物和找地方睡覺，如此而已。我們快變回原始人了，戴黑眼罩的老人說，唯一的差別是，我們並不是幾千個生活在廣袤的未開發大自然中的人，而是數億個生活在被人類開發殆盡的世界的人。而且是瞎子，醫生的太太補充。一旦食物和飲水變得難以取得後，這些團體肯定會解體，每個人都會認為自己一個人過活比和團體聚在一起更容易活下去，因為一個人的話，無論找到什麼便都是自己的，無須與其他人分享。那些滿街亂走的團體一定有領導人，負責發號施令和安排各種事，第一個盲人提醒大家。或許吧，但在這種情況下，發號施令的人和接受命令的人一樣眼睛看不到。你看得到，戴墨鏡的女孩說，所以很顯然應該由你發號施令，負責組織我們其他人。我不發號施令，我能安排的事我會盡力安排，我只是代替了你們失去的眼睛。這就是天生的領袖，盲人世界裡的明眼國王，戴黑眼罩的老人說。如果真是這樣，那麼請你們在我的視力還存在時，容我的眼睛帶領你們，因此我的建議是，大家不要分散，不要各自住在各自的家，我們還是都住在一起吧。我們可以住在這裡，戴墨鏡的女孩說。我們家比較大。但前提是那兒沒被人佔據，第一個盲人的妻子指出。等我們到那兒就會知道了，如果被人佔了，我們可以回來這裡，或是去你家，或你家，醫生的太太對戴黑眼罩的老人說。他回答，我沒有自己的家，我一個人住一個房間。你沒有家人嗎，戴墨鏡的女孩問。一個家人也沒有。連妻子也沒有嗎，還是小孩或兄弟姊妹。什麼家人也沒有。除非我爸媽出現，否則我也和你一樣孤苦無依。我會跟你在一起，斜眼的小男孩說。他並沒有補充說，除非我媽出現。沒有添加這個條件是奇怪的行為，但或許也並不那麼奇怪，小孩子適應得快，他們還有整個人生要過。你的看法如何，醫生的太太問。我跟你走，戴墨鏡的女孩說，我唯一的要求是拜託你每個星期帶我來這兒一次，看看我爸媽有沒有回來。你是不是要把鑰匙交給樓下的鄰居。沒有別的選擇，反正屋裡已經沒有東西能讓她偷了。她說不定會把東西弄壞。我既然回來過，她大概不敢了。我們也跟你走，第一個盲人說，但如果可能的話，我們希望能經過我們的家，看看家裡的情況。那沒問題。不需要經過我家了，我說過我家只是個小房間。但你會跟我們走吧。會，不過有個條件。接受別人的恩惠還要提條件，這舉止乍聽之下十分可恥，但有些老年人就是這樣，他們要用驕矜來彌補生命的遲暮。什麼條件，醫生問。如果我開始變成一個無法承受的負擔，你們一定要告訴我，如果你們因為友情或憐憫而不肯開口，我希望我還能有足夠的判斷力，做出該做的事。該做什麼事，我很想知道，戴墨鏡的女孩問。隱退，離開，消失，就像大象從前那樣，我聽說現在情況變了，這些動物都沒能活到老年。你並不是大象。我也不是人類。你說些孩子氣的話時更不是人，戴墨鏡的女孩反駁。這段談話就此終止。

現在塑膠袋比他們提來這裡時輕了許多，這並不令人意外，一樓的鄰居也吃了裡面的東西，而且吃了兩次，第一次是昨晚，今天他們要離去前，把鑰匙託給她保管，請她在屋主人出現時才拿出來，於是他們又留了更多食物給她。這是為了讓老小姐別發火，她的脾氣我們是都知道的。而拭淚狗也得餵餵，唯有鐵石心腸的人才有辦法對牠那雙充滿哀求的眼睛佯作無動於衷。說到這裡，那隻狗兒跑到哪裡去了，牠不在屋裡，也沒見牠出門，唯一的可能是在後花園，醫生的太太下樓去看個清楚，牠果然在那兒，正在吞食一隻雞，牠攻擊的速度之快，遇害的雞完全來不及發出驚吼，倘使一樓的老太婆眼睛看得到，且天天計算雞的數量，誰也不知道她在盛怒之餘將會如何對待那幾支鑰匙。拭淚狗一方面明白自己犯了罪，一方面發現牠所保護的女人就要離開，只遲疑了一剎那，便開始扒翻鬆軟的泥土，在一樓老太婆因為聽到聲響而走到防火梯平臺嗅聞察看之前，雞的屍首已然入土，過失已掩藏，懺悔留待下次再用。拭淚狗躡手躡腳爬上樓梯，如呼吸般輕巧拂過老太婆的裙邊，她渾然不知自己方才面臨了什麼樣的危險。狗兒回到醫生太太的腳邊，向上天宣告自己方才的壯舉。一樓的老太婆聽到狗兒狂吠，害怕不已，但同時關心起自己食物的安危——如我們所知這已太遲——伸長脖子向上喊道，你們把狗看緊點，別讓牠偷吃我的雞。你放心，醫生的太太回答，這狗並不餓，牠已經吃過了，我們馬上就要離開了。馬上，老太婆重複她的話，嗓音有些沙啞，彷彿是感覺著某種痛楚，彷彿她但願人們能從另一個角度來理解她，比方說，你們要丟下我一個人就這麼走掉。但她除了不期待得到回答的「馬上」兩個字外，什麼也沒說。鐵石的心腸也有悲哀，這個女人的心腸正是如此，因此當這些得了她的允許而能自由進出的人離去時，她並沒有打開門與這些忘恩負義的傢伙話別。她聽見他們下樓，彼此交談。小心別摔跤。手搭在我肩上。抓緊欄杆。這些平凡無奇的話在這個盲人世界裡比從前更司空見慣，然而有個女人的話卻使她吃了一驚。這兒好黑，我什麼也看不見。這女人的盲不是白色的，這已經夠教人詫異了，但她看不見是因為這裡太黑，這是什麼意思。她很想想清楚，也努力去想，但她虛弱的頭腦在這方面毫無幫助，她很快便對自己說，無論她說的是什麼，我一定是聽錯了。到了街上後，醫生太太想起自己說的話。往後說話可得小心點，她盡可以像明眼人一樣行動。但我說的話必須像盲人說的話，她想。

大夥兒在人行道上集合，醫生太太把夥伴們三個三個排成橫排，第一排是她的丈夫和戴墨鏡的女孩，斜眼的男孩夾在中間，第二排是戴黑眼罩的老人和第一個盲人，兩人分別站在另一個女人的兩側。醫生太太希望所有人都盡可能地靠近她，不要排成鬆散的縱隊，縱隊只要碰上人數較多或攻擊性較強的其他團體，便隨時可能會散開，就好比輪船與小帆船在海上狹路相逢，小帆船被硬生生切成兩段，我們都知道這類意外的結果，船難，災禍，乘客溺斃，在一望無垠的廣袤大海中徒勞無功地呼救，輪船早已揚長而去，渾然不知自己闖了禍，這個團體的命運將會是這樣，這兒一個盲人，那兒一個，迷失在其他盲人所形成的毫無秩序的滾滾洪流中，像海中永不歇止卻也不知將行向何處的浪濤，而醫生太太將不知自己在緊急中應當先搭救誰，一隻手握住丈夫的手臂，或是斜眼男孩的手臂，卻失去了戴墨鏡的女孩和另兩個人，而戴黑眼罩的老人則在遠方，朝著大象的墳場行去。醫生太太趁其他人睡覺時，將破布條綁成一條繩索，眼前她做的事，便是將這條繩索纏繞在自己和夥伴們身旁。不要抓住我，她說，用你全部的力氣抓住這條繩子，無論在什麼情況下，無論發生什麼事，都不要放手。大夥兒小心翼翼地走，不能走得太近，以免相互絆跤，但同時又必須感覺著同伴就在附近，能夠有直接接觸更好。只有一個人一點也不為這新的行進方式憂心，那便是斜眼的小男孩，他走在中央，四面八方都有人保護。這些盲朋友沒有一個想到要問其他團體是如何找尋方向的，是否也像這樣，或是用其他方式，把大夥兒綁在一塊兒行進，但從目前為止我們所觀察到的來看，答案十分簡單，除了少數因為不明原因而向心力較強的團體外，多數團體在一天之間，向心力會逐漸升高或降低，路上經常有走錯路或迷失的盲人踽踽獨行，有些則受到其他團體的吸引而尾隨在後，他可能被接納也可能被驅逐，端視他身上帶了什麼而定。一樓的老婦人緩緩打開了窗戶，她不想讓人知道她也有善感脆弱的一面，然而街上什麼聲音也沒有，他們已經走了，離開了這個幾乎從不會有人經過的地方。老婦人應當要歡喜的，沒有旁人，她就無須與人分享她的雞和兔子，她應當要歡喜，但她並不，她沒有視力的雙眼裡滲出了兩滴淚，平生第一次，她問自己到底有什麼好理由值得她繼續活下去。她得不到答案，人需要答案時，答案不見得都會出現，極常見的情況是，唯一的答案就是等待答案。

依目前的路線來看，他們在路途中將與戴黑眼罩老人的單身套房僅相距兩條街，但他們早已決定要繼續前進，那裡沒有食物，有衣服，但他們不需要，有書，但他們無法閱讀。街上滿是尋找食物的盲人，在商店裡進進出出，空手進去，通常也空手出來，然後團體成員針對到其他地區覓食的好處或必要性展開激辯，然而有個大問題是，以目前的狀況，沒有自來水，瓦斯鋼瓶是空的，何況在屋裡點火也太危險，因此完全不能烹煮食物。如果要做幾道含有舊日記憶中風味的菜，還得假定我們找得到鹽、油和各種調味料。倘若有青菜，只要水煮一下我們也就心滿意足，肉也相同，除了一般的雞肉和兔肉外，貓和狗如果抓得到，也能煮來吃，但經驗果真是生命的主宰，就連這些原本已被人類馴養的動物也學會了別去信任人的愛撫，如今牠們成群覓食，也成群保護自己別成為他人的食物，而由於牠們仍有眼睛——感謝上帝——因此牠們在躲避危險上較能勝任，有必要的時候，牠們的攻擊也較人類出色。這一切的狀況與原因都引導到一個結論，即對人類來說，最好的食物是儲存在瓶罐裡的食物，不僅因為裝在瓶罐裡的食物已然經過烹調，打開即可食用，同時也因為這類食物較易攜帶，隨時需要便隨時取用。的確這些裝在瓶裡罐裡或其他各類包裝裡販售的食物有它的期限，過了期限再吃便覺提心吊膽，有些情況下甚至有點危險，然而大眾的智慧很快便帶動了一句諺語的流傳，這句話某方面來說是無可駁斥的，與另一句人們已不再琅琅上口的諺語相互輝映。眼睛看不見的事，心就不會為之傷悲。現今人們總說，眼睛看不見的人，腸胃是銅牆鐵壁。這便是為什麼他們吃進了如此多的垃圾。醫生太太一面領導著她的團體，一面在心裡計算了她的食物藏量，假使不把狗計算在內的話，他們還夠吃一餐，狗就讓牠自己想辦法運用牠手邊的工具來解決，早上牠便用了自己的工具咬住雞的脖子，同時扭斷牠的聲音與生命。如你所記得的，倘若沒有人闖入她家，她家裡還有為數不少的罐頭食品，夠一對夫婦享用，然而眼下有七個人要餵養，即使實施嚴格的配給，手邊的食物也吃不了多久。明天或這一、兩天內，她將必須重回那間超級市場的地下儲藏室，她將決定是一個人前往，還是請丈夫陪同，又或者拜託第一個盲人一塊兒去，他較年輕，身手較矯健，兩者間的選擇在於是要搬取較多的食物，還是要一面記著那隱蔽處的狀況，一面快速行動。街上的垃圾看來彷彿是前一天的兩倍，人類的糞便有些被昨日的傾盆大雨沖刷成半液體狀，軟綿綿黏稠稠，還有些是正當我們經過時，男人女人當街排泄出的，空氣中於是瀰漫著一股可怕的惡臭，宛如一層厚厚的迷霧，必須費很大的勁兒才能在其中前進。有個廣場的四周環繞著樹木，中央立著一座雕像，廣場上有一群狗在吞食一個人的屍體。他一定才剛死不久，手腳都還沒僵硬，之所以知道這點，是因為狗群搖晃著死人的四肢，以便把咬在齒間的肉從骨頭上撕下來。有隻烏鴉在附近蹦跳，想找個缺口擠進去分一杯羹。醫生的太太把眼睛轉開，但太遲了，腸胃中湧出的噁心無可抑制，她吐了兩次，三次，彷彿自己活生生的軀體也正被狗群搖撼，徹底絕望的狗群，我只能走到這裡了，我想在這兒死去。她的丈夫問，怎麼回事。其他用繩子綁在一塊兒的人也都靠上前來，陡然吃驚。怎麼回事。吃壞了肚子嗎。一定有哪樣東西餿掉了。但我沒有不舒服啊。我也沒有。他們比較幸運，只聽到狗群的喧嘩以及烏鴉突然冒出的啼叫聲，那是因為混亂中有隻狗不小心咬下了烏鴉的一隻翅膀。醫生的太太說，我克制不了，對不起，這兒有狗群在吃別的狗。是吃我們的狗嗎，斜眼的小男孩問。不，你說的我們的狗還活著，牠在這些狗的四周徘徊，但保持著距離。牠吃了那隻雞後應該就不會餓了，第一個盲人說。感覺好些了嗎，醫生問。好些了，我們上路吧。那隻狗不是我們的狗，牠只是跟著我們，牠現在可能會加入那群狗，說不定牠本來就和牠們在一起的，現在牠重新找到了夥伴。我想大大，我肚子痛，好痛，斜眼的男孩說。他當場拉了個痛快，醫生太太又吐了一次，但不是為了這個原因。他們穿越寬闊的廣場，來到樹蔭下時，醫生太太回頭望去，那兒又出現了更多的狗，正在爭奪屍體上殘存的少許肉。拭淚狗鼻子貼地走上前來，彷彿是追蹤著某種氣味，但那只是個習慣，因為這次牠只消輕輕一瞥，就知道牠要找的女人在哪裡。

一行人繼續前進，戴黑眼罩老人的家已被他們遠遠拋在後方，如今他們沿一條寬闊的大道行走，大道兩旁都是氣勢宏偉的大樓，汽車則都是昂貴、寬敞、舒適的車，怪不得我們可以看見許多盲人在車裡睡覺，顯然大禮車已轉變成為一種永久的居所了，這可能是因為回到一輛車要比回到一棟房子來得容易，這些住在車裡的人想必和當初他們在精神病院裡接受檢疫時一樣，從角落開始，一面計算車數，一面摸索前進，二十七，右手邊，我到家了。大禮車停在一棟建築物門前，那是間銀行，這輛車當初載著銀行董事長來參加每週舉行的全體大會，這次是政府宣布白症爆發以來的第一次全體大會，但司機沒有來得及把車停到地下停車場去等待會議結束。正當董事長一如往常從正門走進大樓時，司機瞎了，他發出一聲哭喊，這裡說的是司機，但是他，這裡說的是董事長，並沒有聽見。更何況，出席這場大會的人並沒有如大會名稱所涵蓋的那麼完全，因為在這幾天之間，有一些董事前仆後繼地瞎了。這次的會議將討論，萬一所有的董事及副手都失明了，該採取何種措施，但董事長沒能主持會議，甚至沒能走進會議室，因為當電梯載著他往十五樓上升的當中，確切地說是在九樓和十樓之間時，電力突然中斷，再也沒有恢復。況且災禍向來是不單行的，就在此時，負責維修大樓內部電力供應系統的電工也失明了，而大樓的發電機是舊式機種，不是自動的，那發電機早該換了，而由於負責維修的電工瞎了，導致電梯在九樓與十樓之間停滯不前。董事長眼睜睜看著陪同他上樓的電梯服務生瞎掉，他自己則在一個小時後失去視力，由於電力始終沒有恢復，而銀行裡失明的人數激增，因此那兩人非常可能仍在電梯裡，不用說自然是死了，關在鋼製的棺材裡，因此幸運地逃過被狗群吞噬的命運。

由於現場並沒有目擊證人，即便有，也沒有證據顯示他們在事過境遷後曾奉召前來告訴我們事發經過，因此如果有人要問，我們怎知事情是這麼回事而不是另外一回事，這是很可以理解的，答案是，所有的故事都和宇宙誕生的故事一樣，沒有人在場，沒有人目睹事發經過，但大家都知道是怎麼回事。醫生的太太問，銀行不知怎樣了。儘管她把存款交給了其中一家銀行，但她並不是非常關心這個問題，她提出疑問純粹只是因為好奇，因為她突然想到了這個問題，如此而已，她並不期待有人會給她比方說這樣的回答，起初，上帝創造了天與地，地混沌無形且空無一物，黑暗籠罩海洋，上帝的精神在水面漂移。沒有人提出這種答案，實際發生的事是，他們在大道上前進時，戴黑眼罩的老人說，就我的判斷，在我還有一隻眼睛看得見時，銀行起初是一片混亂，人們因為害怕自己將失明且一無所有，覺得應該未雨綢繆，因此紛紛趕至銀行提領存款，這是情有可原的，如果某人知道自己將再也不能工作，唯一的辦法便是仰賴自己在經濟繁榮、能賺取長期糧食時所儲存的積蓄，這是假定這些人當初夠小心，一點一點累積了自己的積蓄。而這種擠兌的現象導致幾家大銀行在二十四小時內便瀕臨倒閉，政府於是介入，懇請大眾冷靜，呼籲大家拿出公德心，最後則鄭重宣告政府在面臨這項公共災禍時，會負起應負的責任，然而這一番試圖安撫民眾的喊話並沒能成功緩解危機，這不僅是因為社會上持續有人失明，也因為仍看得見的人除了積極挽救自己珍貴的存款外，對一切都漠不關心。最後，無可避免地，銀行紛紛破產，或是關上大門申請警方保護，然而這麼做毫無助益，聚集在銀行前方叫囂的群眾中也夾雜著穿便服的警察，要求取得他們花了許多力量來保護的東西。而有些警察為了能自由自在地抗議，甚至對他們的司令官說，他們瞎了，因此也就退職了，其餘仍穿著制服且鎮守崗位的員警將武器瞄準了心懷不滿的群眾，然而他們剎那間看不見了自己瞄準的目標，而被瞄準的人假使在銀行中存有錢，也失去了所有的希望，而彷彿這樣還不夠糟似地，群眾指控這些人與當局締結了某種約定，但還有更糟的事，銀行發現他們正遭受憤怒的群眾攻擊，群眾中有些已瞎而有些未瞎，但全都抱著孤注一擲的心情，現在的情況已經不是冷靜地把支票交到櫃檯，對行員說，我要提領我的存款，而是搶走伸手可及的任何東西，錢櫃裡的現金，任何遺留在抽屜裡、或某個不小心忘了關上門的保險箱裡、或是老祖母輩的老祖母輩所使用的那種舊式錢包裡的東西，你無法想像那種情況，總行寬闊豪華的大廳與各地區較小的分行都目睹了極其駭人的景象，我們也不能遺漏自動提款機，這些機器被人硬生生撬開，把裡面的鈔票搶奪一空，其中有些提款機的螢幕上還出現感謝您光顧本行之類謎樣的訊息。機器實在是非常笨，若說這些機器背叛了它的主人可能更確切些，總而言之，整個銀行體系崩潰了，像紙牌製的房子般被風吹散了，這並不是因為大家對金錢的擁有已不再重視，證據是任何擁有金錢的人都死也不肯放手，宣稱誰也不知明天會發生什麼事，搬到銀行金庫中居住的盲人無疑也是這麼想的，金庫裡存放著厚重堅固的箱子，這些盲人等待著這層將他們與財富分隔的金屬門能在某種奇蹟中開啟，他們唯有在尋找食物、飲水、或滿足身體的其他需求時才離開金庫，一旦事情辦完便重回崗位，他們設有暗語和祕密手勢，以防陌生人滲入他們的根據地，不用說，他們是生活在徹底的黑暗中，但這也不打緊，罹患這種特殊的盲症時，一切都是白的。大夥兒一面緩緩往城市另一端挪移，戴黑眼罩的老人一面敘述這些銀行業與金融界發生的可怕事件，當中還停頓了一次，好讓斜眼的小男孩安撫安撫腸胃中無可承受的動亂。然而儘管戴黑眼罩老人用一種充滿說服力的口吻做了這一番慷慨激昂的描述，我們若懷疑他在某些部分有些誇張也是很合理的，比如盲人居住在銀行金庫裡的片段便十分可疑，他若是不知暗語或祕密手勢，又如何能得知其中的情況，但無論如何這番敘述使我們起碼有了大略的概念。

終於到達醫生與醫生太太居住的街道上時，天色已漸趨黑暗。這條街與其他街道並無不同，滿地垃圾，成群的盲人漫無目標地游移，還有兩隻巨大的老鼠。這些人早先沒遇到任何老鼠純屬機緣湊巧，這兩隻老鼠體積似貓，顯然百分之百比貓要凶猛，因此連四處覓食的貓看見都避之唯恐不及。拭淚狗以一種彷彿生活於另一境界的漠然態度注視貓和老鼠，假使牠不是仍然保持著狗的形體樣態，我們幾乎可說牠是一種類似於人的動物。熟悉的地區風貌映入眼簾，醫生的太太並沒有興起景物依舊人事已非的尋常慨嘆，那種時光飛逝，我們不久前還過著快樂生活的慨嘆，令她驚駭的是那份失望，她總下意識地相信屬於她的街道將會是整齊清潔、纖塵不染的，她以為她的鄰人雖然眼瞎了，心卻不會盲。我真是笨，她大聲地說。為什麼，怎麼回事，她的丈夫問。沒什麼，我在作白日夢。時光飛逝，我們的家不知怎麼樣了，他心想，我們很快就會知道了。他們體力虛弱，爬梯的速度極慢，每到一個轉彎處的平臺便停下來喘息。在五樓，醫生太太先前就說過了。大夥兒各憑本事，用盡全力向上爬，拭淚狗一忽兒竄前，一忽兒竄後，彷彿生來就是該指引羊群的，奉命不可遺失任何一隻羊。他們經過幾扇敞開的門，屋裡有說話聲，飄散出各地皆有的惡臭，有兩次，屋裡的盲人走到門檻前，瞪大空洞的眼問，誰。醫生的太太認得其中一人的聲音，另一個則不是原先住這棟公寓的人。我們從前住這兒，她僅僅答了這麼一句。她的鄰居臉上也突然閃過一抹彷彿識得這聲音的神色，但她沒有問，你是醫生太太嗎，或許等她回到室內後便會說，五樓的人回來了。走著最後一道階梯時，大夥兒連五樓樓板都尚未踏上，醫生太太便宣布，門是鎖著的。看得出來有人曾試圖撬開門，但這道門抵死不從。醫生把手伸進新夾克的內袋，掏出鑰匙。他把鑰匙舉在半空中等待，但妻子溫柔地把他的手推到了鑰匙孔旁。

15

塵埃趁家人不在時，在家具表面留下了一層細緻薄膜，我們可以說，塵埃僅僅在這樣的時刻才得以歇息，無須受到雞毛撢或吸塵器的騷擾，也不會有小孩來回奔跑，掀起小小的旋風。撇開這些塵埃不談，這房子是乾淨的，唯一稍嫌紊亂的地方是匆匆離去時必然留下的些許狼藉。更何況，在夫妻倆等待衛生署及醫院前來把他們接走的那天，醫生太太充滿遠見地洗了碗盤，鋪了床，整理了浴室。頭腦清晰的人在生前將種種事宜安排妥當，以免後人在他死後奔走忙碌焦頭爛額，憑的也正是這種遠見。醫生太太臨行前的努力未見得至善至美，但當時她雙手顫抖而淚水盈眶，若再要求更多便是過於殘酷了。然而這地方對這七位朝聖者來說是個天堂，給他們的印象深刻至極，我們無意污衊這個詞彙的嚴格意義，但這印象幾可說是超凡入聖，一行人停在門口，彷彿屋裡傳出的氣味使他們麻痺無力，那不過是種室內通風不良的氣味，在其他任何情況下，我們必定會急忙打開所有窗戶，我們會說，讓屋裡通通風。然而此時此刻最好是別開窗，別讓戶外腐臭的氣味乘虛而入。第一個盲人的妻子說，我們會把這地方弄髒。她說得對，他們若穿著這些沾滿泥巴與糞便的鞋子走進去，天堂將瞬間成為地獄，卓越的權威人士告訴我們，地獄裡受責罰的靈魂最不堪忍受的不是油鍋刀山火鉗或其他應存在於鑄造廠或廚房的種種器物，而是那腐壞酸敗、飽含著病菌而令人作嘔的惡臭。從許久許久以前開始，家庭主婦依照慣例都會說，請進請進，沒關係，真的，我待會兒再打掃就好。但這位家庭主婦和客人一樣清楚他們是從哪兒來的，她知道在她生活的這個世界裡，髒的東西只可能變得更髒，於是她拜託大家把鞋子脫在樓梯間，雖然他們的腳也未見得乾淨，但和鞋子絕對有天壤之別，戴墨鏡女孩的床單和毛巾還是發揮了功效，身上大部分的污垢都除去了。於是大夥兒赤著腳進屋，醫生太太到處搜尋，找出一個大塑膠袋，把所有的鞋子裝進去，打算找個時間把這些鞋好好地刷一刷，她不知道要什麼時候刷，也不知道該如何刷，只是把一整袋鞋拎到陽臺上，反正外頭的空氣不會因此而更加惡劣。天色開始轉暗，天上有厚厚的雲層。如果下雨就好了，醫生太太心想。她很清楚接下來該做什麼，於是回到了同伴身邊。大家站在客廳裡，一語不發，雖然累得一絲力氣也不剩，卻也不敢找張椅子坐下，只有醫生心不在焉地用手摸了摸家具，於是在家具表面留下了手印，去除灰塵的第一步已經開始，有些塵埃早已附著在他的指尖。醫生的太太說，衣服脫下來，我們不能繼續這樣，我們的衣服幾乎和鞋子一樣髒。衣服脫下，第一個盲人問，就在這裡當著大家的面嗎，不好吧。你要的話，我可以把每個人各自帶到一個角落，就不用覺得窘了，醫生太太諷刺地說。我就在這兒脫，第一個盲人的妻子說，只有你看得到我，但即使那樣也沒有關係，我沒忘記你看過我比赤裸更糟的樣子，是我先生記性不好。我看不出記起早已遺忘的不愉快往事有什麼好處，第一個盲人囁嚅著說。如果你是個女人，而且經歷過我們經歷的事，你的看法就會不同了，戴墨鏡的女孩一面說，一面開始替斜眼男孩脫衣服。醫生和戴黑眼罩的老人腰部以上已是赤裸，現在正在脫褲子，戴黑眼罩的老人對身旁的醫生說，讓我靠在你身上脫褲子。這些蹦跳著脫褲子的可憐傢伙看來如此可笑，幾乎讓人覺得泫然欲泣。醫生失去平衡，拖著戴黑眼罩的老人一同跌倒，幸好雙方都覺得這情景十分有趣，他們的樣貌讓人望之心碎，身上布滿你所能想像的各種污垢，私處骯髒不堪，白毛與黑毛參差錯落，身為上了歲數的長輩與從事德高望重的職業終究也不過如此。醫生的太太扶他倆站起來，再過不久四周便將完全黑暗，再也沒有人需要感覺困窘了。家裡有沒有蠟燭，醫生太太自問。答案是她想起自己曾見過兩盞古老的燈，一盞是有三個燈嘴的老油燈，另一盞是有個玻璃漏斗的老煤油燈，目前的情況油燈便足夠了，我有油，燈芯可以臨時製作，明天我去商店裡找找有沒有煤油，找煤油一定比找罐頭食品容易得多。別去雜貨店找就尤其容易，她想，然後吃驚自己在這樣的情況下竟還能說笑。戴墨鏡的女孩以極慢的速度脫衣服，看上去彷彿無論褪去多少衣衫，裡面都還有件什麼遮蔽著她的胴體，她無法解釋自己何以驀地羞怯起來，倘使醫生太太走近一些，便會發現女孩的臉龐縱然污穢，卻漲得滿臉通紅，能夠懂得的人試著來瞭解女人吧，其中一個在任意與眾多相識不深的男子發生關係後，突然羞怯得不能自已，另一個則有辦法在她耳畔以極冷靜的聲調低聲說，別不好意思，他看不到你。她指的想當然耳是她自己的丈夫，我們別忘了這無恥的女孩如何把醫生誘騙上床，如我們大家所知，與女人交往猶如購物，碰上敗絮其內的，只能怪自己眼睛不夠雪亮。又或者她有另外的原因，此時此地還有另外兩個赤條條的男人，其中一個尚且與她有過親密關係。

醫生太太把散落一地的衣物撿起來，長褲、襯衫、襯裙、上衣，幾件污穢不堪的內衣，恐怕至少要浸泡一個月才有辦法弄乾淨。她把衣服塞成一堆用手抱起。待在這兒別走，我一會兒就回來，她對同伴們說，接著便和處理鞋子一樣，把衣服抱到陽臺去，她在陽臺上一面注視陰沉天空下的黑暗城市，一面寬衣解帶。千門萬戶裡，連一點點黯淡的燈光也沒有透出來，屋子的正面也沒有一絲絲微弱的光影，眼前橫躺著的不是城市，而是巨大的一團瀝青，在冷卻時凝結成了建築物、屋頂、煙囪的形狀，沒有生命，沒有色彩。拭淚狗出現在陽臺上，浮躁不安，但此刻沒有眼淚需要舔舐，所有的絕望都藏在她心裡，眼眶是乾的。醫生的太太覺得冷，她想起站在客廳中央盲目等待的夥伴，她走進屋內，同伴們已化作沒有性別的簡單形體，模糊的輪廓，在微光中迷失了自我的陰影。但這對他們沒有影響，她想，他們已沒入周圍的光亮中，就是這片光亮使他們什麼也看不到。我要點一盞燈，她說，此刻我幾乎和你們一樣什麼也看不到。電來了嗎，斜眼的男孩問。沒有，我要點一盞油燈。什麼叫油燈，男孩又問。我待會兒再告訴你。她在塑膠袋裡摸索著尋找火柴，然後走進廚房，她知道她的油放在哪裡，此刻需要的並不多。她撕下一截抹布做燈芯，然後回到放置油燈的房間。這盞油燈是手工製的，這是頭一次派上用場，起初誰也看不出這盞油燈會走上這樣的命運，然而話又說回來，無論是油燈、狗或人類，最初也都不明白自己何以來到這世界。油燈的小燈嘴一個個亮起了小杏仁般的火焰，偶爾火光搖曳，彷彿火焰的上端已消失在半空中，但隨後又重新穩定，彷彿是變得堅固密實，成了發光的小石子。醫生的太太說，我現在看得到了，我去找些乾淨衣服出來。但我們的身體很髒，戴墨鏡的女孩說。她和第一個盲人的妻子都用手遮掩著胸部和私處。醫生的太太想，這不是因為我，而是因為油燈注視著她們。她說，髒的身體穿乾淨衣服總比乾淨的身體穿骯髒衣服要好。她帶著油燈，開始在衣櫥與五斗櫃抽屜中翻找，幾分鐘後，她帶著睡衣、睡袍、裙子、上衣、洋裝、長褲、內衣，以及把七個人規規矩矩包起來所需的所有衣物回來。人的體型的確有胖瘦不同，但這些人全瘦成皮包骨，看來像一對對雙胞胎。醫生太太幫著大夥兒穿衣，斜眼男孩穿上一條醫生的短褲，那種一般人穿去海灘或鄉間、使人看來像孩子的短褲。現在我們可以坐下了，第一個盲人的太太嘆了口氣，請幫我們指引方向，我們不知該把自己往哪兒放。

這客廳的擺設就和所有的客廳一樣，中央有張矮桌子，周圍則擺滿沙發，於是每個人都有了地方可以歇息。這張沙發上坐著醫生、醫生太太，和戴黑眼罩的老人，那邊那張則坐著第一個盲人和他的妻子。大家都累壞了，小男孩頭枕在戴墨鏡女孩的膝上墜入夢鄉，完全忘了油燈的事。一個鐘頭過去了，這情景接近於幸福，柔光之下每張污穢的臉都彷彿清洗過，沒有入睡的人雙眼炯炯有神，第一個盲人把手伸向妻子的手，捏了捏，從這動作我們看得出人的身體在經過歇息後，對心靈的和諧有多大貢獻。接著醫生的太太便說，我們待會兒可以吃點東西，但我們首先要決定住在這裡的生活方式，別擔心，我不會重複擴音器裡的演說，這兒很寬敞，每個人都有地方睡，我們有兩間臥房，夫妻可以睡臥房，其他的人就睡這裡，每個人都有一張沙發可睡，明天我要再去找食物，我們的存糧快吃光了，如果你們當中有哪個人能和我一起去，幫忙提東西，那會很有幫助，同時你們也可以開始學著認路，認識各個街角，有一天我可能會生病，或失明，我一直在等這一天，到那時我得向你們學習，還有另一件事，我在陽臺上放了個桶子，供大家如廁用，我知道室外又冷又會下雨，大家都不喜歡出去，但那到底還是比屋子裡臭氣沖天要好，我們別忘了當初被監禁時的生活就是那樣，生活愈來愈屈辱，終於徹徹底底失去尊嚴，那種情況也可能會發生在這裡，只不過方式或許不一樣，在監禁期間我們還有藉口，可以推說這種屈辱是其他人造成的，但在這裡大家在善惡方面都是平等的，請不要問我什麼叫善而什麼叫惡，在盲人還是少數時，我們每做一件事都知道善與惡是什麼，對與錯只是對人我關係的瞭解不同罷了，是人我關係而不是自己與自己的關係，人不能信賴自己，請原諒我這樣說教，你們不瞭解也不會瞭解，當全世界的人都瞎了而我還看得見是什麼感覺，我不是女王，我不是，我只是個生來就要目睹這些恐怖事件的人，你們只能感覺這種恐怖，我不但能感覺，還能看見，我說得夠多了。我們吃飯吧。沒有人問問題。醫生只說，如果哪天我能恢復視力，我會仔仔細細觀察他人的眼睛，彷彿是望進他們的靈魂深處似地。靈魂，戴黑眼罩的老人問。應該說是心靈，叫什麼名稱不重要。就在這時，戴墨鏡的女孩說，我們的內在有樣東西是沒有名字的，那就是真正的自己。就一個沒有受過多少教育的人來說，她的話著實教人吃驚。

醫生太太已從僅存的一點點食物中挑了一些擺在桌上，然後引領大家來到桌旁坐下。她說，慢慢嚼，這樣比較可以欺騙胃。拭淚狗沒有上前來討食物，牠已習慣挨餓，何況牠心裡必定想著，早上吃了那麼一頓大餐後，牠沒有權利再向那曾經落淚的女子討東西吃了，至於其他人，牠則一點興趣也沒有。燃著三道火焰的油燈在桌子的正中央，等待醫生太太實踐她先前給小男孩的承諾。承諾終於在吃過飯後實踐，她對斜眼的男孩說，手給我。她握著男孩的手指，緩緩帶著他撫摸油燈。她說，這是底座，你看，是圓的，這根柱子支撐油燈的上半部，上半部有裝油的地方，這裡，小心別燙到手，這是燈嘴，一，二，三，有三個，燈嘴裡有扭成麻花狀的布條伸出來，它會把油從裡面吸上來，用火柴把它點燃，它就會一直燃燒，燒到油燒光為止，油燈的光線很弱，但足夠讓我們看到彼此了。我看不到。有一天你會看得到，到那天，我就把這油燈送給你當禮物。是什麼顏色。你有沒有看過銅做的東西。我不知道，我不記得了，什麼叫銅。銅是黃色的。啊。斜眼的男孩思索了一會兒。他馬上就要開始吵著找媽媽了，醫生的太太想。但她錯了，男孩只說他口很渴，想喝水。屋裡沒有水，要等到明天才行。這時她忽然記起他們是有水的，有五公升左右寶貴的水，抽水馬桶水箱裡有整箱的水，這水絕不會比我們在檢疫時喝的水更髒。黑暗中她看不見，用手摸索著到浴室去，掀開馬桶水箱蓋，她看不見裡面是否有水，但她的手指告訴她，有水，她找了個杯子，小心翼翼伸進水箱裡，把杯子裝滿，文明已倒退到了天地伊始的太初。她回到客廳時，每個人都還坐在原來的位置，油燈點亮了每一張轉向她的臉龐，彷彿她在說，我回來了，你們看得出來，這燈不會永久地亮，所以要好好利用。醫生的太太把杯子湊進斜眼男孩的嘴唇，說，你的水來了，喝慢點，慢慢喝，仔細品嚐，一杯水是神奇的東西。她並不是在對他說話，並不是對任何人說話，只是在向世界宣告一杯水有多麼神奇。哪裡來的水，是雨水嗎，她的丈夫問。不，是馬桶水箱裡的水。我們離開時不是還有一大瓶水嗎，他又問。他的妻子回答，對了，我怎麼沒想到，我們有半瓶水和一瓶還沒開過的水，真幸運，別喝了，別再喝了，她對小男孩說，大家都有新鮮的水可以喝。這回她帶著油燈走到廚房，回來時她帶著水瓶，光線穿透了水瓶，瓶裡珍貴的東西閃閃發亮。她把水瓶放在桌上，然後去拿杯子，拿他們家最好的杯子，最精緻的水晶杯，接著她彷彿是進行某種儀式似地，緩緩把一個個杯子注滿水。最後她說，我們喝吧。盲目的手在桌上摸索，找到杯子後，顫巍巍地舉起。我們喝吧，醫生太太又說一次。油燈立在桌子的正中央，像群星圍繞的太陽。杯子重新放回桌上時，戴墨鏡的女孩和戴黑眼罩的老人在哭泣。

這是個不安的夜。起初隱約而模糊，夢從一個沉睡的人挪移到另一個沉睡的人身上，在這裡那裡流連，帶來新的記憶，新的祕密，新的慾望，因而沉睡中的人低吟嘆息。這不是我的夢，他們說。但夢回答道，你尚未懂得你的夢。戴墨鏡的女孩便這麼明白了躺在兩步路之外沉沉入夢的戴黑眼罩老人是誰，戴黑眼罩的老人也就這麼認為他明白了她是誰，他只是認為他明白了，相互入夢的夢未必是相同的。破曉時分，天開始下雨，風猛烈吹襲窗戶，彷彿是一千支皮鞭劈啪打落，醫生的太太醒來，睜開眼喃喃自語，你聽聽那雨聲，接著又闔上眼，屋裡仍是黑夜，她現在可以睡了，但睡不到一分鐘，又陡然醒轉，心中惦記著有件什麼事要做，卻想不起是什麼事。雨在對她說話，起床。雨要做什麼。她唯恐吵醒丈夫，動作極慢，離開臥房，穿過客廳，在客廳停頓一下，確定三個人都睡在沙發上，接著她沿走廊走，走到廚房，這裡是整棟屋裡風雨打得最兇的地方。她用睡袍的袖子擦去門上玻璃的霧氣向外看，整個天空像一片巨大的雲，雨水滂沱傾瀉，陽臺地上堆著他們脫下的髒衣服，塑膠袋裡裝滿等著清洗的鞋子。清洗。最後一絲睡意煙消雲散，她要做的就是這個。她打開門，向外踏一步，從頭到腳立即被雨打個濕透，彷彿是站到了瀑布底下。我一定要利用這水，她想。她回到廚房，盡可能不發出太大聲響，收集了所有的鍋碗瓢盆及所有能盛水的容器，這些水大批大批從天而降，在風的肆虐下橫掃著城市的屋頂，像支巨大而呼呼作響的掃帚。她走出門，把鍋碗瓢盆沿陽臺欄杆排列，現在有水可以洗髒衣服和污穢的鞋子了。千萬別停，醫生太太一面喃喃自語，一面在廚房裡搜尋肥皂、清潔劑、刷子，任何可以用來清洗一點點這靈魂上不堪忍受的污垢，一點點就好。是身體上的污垢，她這麼說，彷彿是為了糾正自己抽象的思想，接著她又補一句，其實都一樣。然後，彷彿這是無可避免的結論，是她所想與她所說的之間和諧的妥協，她迅速褪下濕透的睡袍，於是軀體時而承接愛撫，時而落下雨的鞭笞，她開始一面洗衣，一面洗澡。嘩嘩的水聲使她沒能立即注意到自己並非獨自一人。陽臺門口站著戴墨鏡的女孩和第一個盲人的妻子，我們無法分辨是什麼樣的預感、什麼樣的直覺、什麼樣的內在聲音把她們喚醒，也不知道她們如何能找到方向來到這裡，此刻尋索答案沒有意義，儘可以隨意猜測。幫忙我，醫生太太看到她們後這麼說。我們看不見，怎麼幫，第一個盲人的妻子問。衣服脫下來，待會兒要曬乾的東西越少越好。但我們看不見，第一個盲人的太太又說一遍。沒關係，戴墨鏡的女孩說，我們能做多少就做多少。剩下的我待會兒會做完，醫生的太太說，所有沒洗乾淨的東西我待會兒都會洗乾淨，現在我們動手工作吧，我們是世界上唯一擁有一雙眼睛六隻手的女人。說不定在對面的大樓裡，緊閉的窗戶背後，有失明的男男女女被乒乒乓乓的雨聲吵醒，把頭貼在冰冷的窗玻璃上，氣息噴在窗上，窗外是單調的夜，他們想起最後一次看見雨這麼從天上落下的情景。他們無法想像除了雨之外，外面還有三個裸體女人，赤條條一如當年呱呱墜地的模樣，瘋了也似，肯定是瘋了，頭腦正常的人不會在左右鄰居一覽無遺的陽臺上洗衣，更不會這樣一絲不掛地洗衣，大家都失明又有什麼差別，這種事是不該做的，我的天，那雨這麼傾瀉在她們身上，雨水蜿蜒穿過她們的兩乳之間，滴溜溜淌入並消失在胯下，濕透了陰部，又淌過大腿，或許我們評斷錯了，或許我們沒能看出這是這個城市有史以來最美最光榮的事蹟，一大片泡沫自陽臺地板流洩，我但願我能隨之而去，洗淨一切污濁，裸身而潔淨無瑕，無止境地墜落。唯有上帝看得見我們，第一個盲人的妻子說。儘管生活中充滿著失望與挫折，她仍堅決相信上帝並沒有瞎。醫生的太太答道，天上都是烏雲，連上帝也看不見，只有我看得見你。我醜不醜，戴墨鏡的女孩問。你很瘦，很髒，但永遠不會醜。那我呢，第一個盲人的妻子問。你和她一樣又瘦又髒，沒有她漂亮，但比我漂亮。你很美，戴墨鏡的女孩說。你從沒見過我，怎知我美不美。我夢見過你兩次。什麼時候。第二次是昨天晚上。你覺得安全且平靜，所以夢到了和這房子有關的事，經歷過我們經歷的那些事後，會做這樣的夢是很自然的，在你的夢裡我就是這個家，為了看見我，我必須有張臉，於是你自己創造了我的臉。我從沒夢見過你，但我也認為你很美，第一個盲人的妻子說。這只證明對醜的人來說，失明是幸運的事。你不醜。不，老實說，我並不醜，但老了。你幾歲，戴墨鏡的女孩說。快五十了。和我媽一樣。那她現在呢。她，她怎樣。她還美嗎。她從前比較美，我們都一樣，大家從前都比較美。你現在比從前更美，第一個盲人的妻子說。文字便是像這樣，欺瞞，堆砌，彷彿不知將朝哪兒去，它們本身是簡單的，一個代名詞，一個副詞，一個動詞，一個形容詞，然而剎那之間，由於兩個或三個或四個字眼乍然出現，我們便興奮地看著它們勢如破竹，穿透皮膚與眼睛浮現，擾亂我們平靜的感情，有時神經再也無法承受，它們承受了許多事，承受著一切，就彷彿是披著盔甲，我們可以說，醫生的太太有著鋼鐵般的神經，然而醫生的太太也因為一個代名詞，一個副詞，一個動詞，一個形容詞而落淚，那些詞不過是文法上的分類，不過是標籤，就像那兩個女人，另外的那兩個，不定代名詞，她們也在哭泣，她們擁抱這個女人，這個完整的句子，她們是雨中的三個女神。美好的時光總有結束的時候，這幾個女人在這兒超過一個小時，該感覺冷了。我好冷，戴墨鏡的女孩說。衣服已經乾淨得不能再乾淨了，鞋子嶄新亮麗，現在是這幾個女人洗澡的時候了，她們把頭髮打濕，互相擦洗彼此的背，發出像尚未失明前在花園裡假扮盲人時的小女孩才會發出的朗朗笑聲。天已破曉，第一道曙光悄悄落在世界的肩膀上，隨即又躲入雲間。

雨仍在下，但雨勢漸緩。洗衣婦回到廚房，醫生太太從浴室櫥櫃拿來了毛巾，大夥兒在廚房擦乾身子，皮膚洋溢著強烈的清潔劑氣味，然而儘管這屋裡似乎萬事俱備，肥皂終究在轉瞬間消失了，又或者，屋裡並非萬事俱備，只是她們懂得善加利用手邊的東西，人生就是這樣，如果沒有狗，就用貓來打獵吧，最後她們終於穿上衣裳，天堂就在那裡，醫生太太的睡袍已濕透，於是她穿上一件多年沒穿的花洋裝，成為三人中最美的一個。

幾個人走進客廳時，醫生太太看見戴黑眼罩的老人坐在他睡的那張沙發上，雙手抱頭，手指插入他仍然從前額一直長到頸背的滿頭華髮，冷靜而嚴肅，彷彿想留住思緒，又彷彿想停止一切思想。他聽見女人們進來的腳步聲，他知道她們從哪兒進來，知道她們方才在做什麼，知道她們方才一絲不掛，而知道這一切並不是因為他突然恢復了視力，從而和另一些老人一樣，悄悄上前去偷窺蘇撒納洗澡，不是一個蘇撒納，而是三個蘇撒納[5]。他看不見，依然看不見，他只是聽見了女人們在陽臺上的談話，聽見了她們的笑聲，聽見雨聲與水的拍打聲，於是他走到廚房門口，聞到肥皂的氣味，又走回沙發，想著這世界畢竟還存在著生命，他問自己身上可曾還留著生命。醫生的太太說，女生都洗好澡，換男生洗了。戴黑眼罩的老人問，還在下雨嗎。對，還在下，陽臺上的臉盆裡也有水。那我喜歡在浴室的浴缸裡洗澡。他說這話的語氣彷彿是在出示出生證明，彷彿是在解釋，我們那個年代的人都是用浴缸洗澡的。然後他補充說道，當然，要你不介意才行，我不想弄髒你的房子，我保證不會把水潑在地上，至少我會盡量別潑在地上。那樣的話，我幫你提些水到浴室。我幫你。我自己就行。

我不是廢人，我要有點用處。那就來吧。醫生的太太從陽臺上拖了一個幾乎裝滿的臉盆到屋裡。你抓這裡，醫生的太太一面告訴戴黑眼罩的老人，一面指引他的手。好，抬。於是兩人一同抬起臉盆。幸好有你幫忙，我一個人絕對抬不動。你知道一句諺語嗎。什麼諺語。老人能做的事不多，但你不能瞧不起他們做的事。不是那樣說的。好吧，應該不是老人，而是小孩，應該不是瞧不起，而是小看，但如果諺語要繼續有意義，繼續有用，就必須適應時代。你是個哲學家。你真有創意，我只是個老人。兩人把臉盆裡的水倒進浴缸，醫生太太打開一個抽屜，她記起她還有一塊新肥皂，她把肥皂放在戴黑眼罩老人的手中。你會變很香，比我們更香，把肥皂用光吧，別擔心，超級市場裡或許沒有食物，但一定有肥皂。謝謝你。小心別滑倒，你要的話，我可以叫我丈夫來幫忙你。謝謝，我喜歡自己洗。都依你的，等等，來，手給我，你要刮鬍子的話，這裡有剃刀和刷子。醫生的太太離開了，戴黑眼罩的老人脫下分配給他的睡衣，然後小心翼翼地跨進浴缸。水很冷，且很少，不到一尺深，這個悲哀的小水塘與三個女人所承接從天而降大桶大桶的水怎堪比較。他在浴缸底跪下，深吸一口氣，然後忽然用雙手把水潑在胸前，這一潑險些教他停止了呼吸。他迅速把水潑在全身，好讓自己沒有時間顫抖，然後開始按部就班，非常有系統地抹肥皂，從肩膀開始用力搓揉，然後是手臂，胸膛，腹部，腹股溝，陰莖，胯下。我比動物還糟，他想。然後是細瘦的大腿，一直到腳上一層厚厚的污垢。他打出了泡沫，好延長清洗的過程。我得洗洗頭，他說，接著便把手放到後方，解開眼罩。你也需要洗洗澡。他脫下眼罩，扔進水裡，現在他感到暖和起來，他弄濕頭髮，抹上肥皂，這下他成了個泡沫人，滿身渾白地置身於一片白茫茫的盲目之中，誰也找不到他。但倘使他是這麼想的，便是在欺騙自己，他在這時感覺到有雙手在碰觸他的背，從他的手臂與胸膛掬起泡沫，動作極緩慢，彷彿由於看不見自己在做什麼，便必須更加專注地工作。他想問，你是誰，但他在顫抖，說不出話，顫抖卻不是因為冷，那雙手依然溫柔地替他清洗，女人並沒有說，我是醫生的太太，我是第一個盲人的妻子，我是戴墨鏡的女孩，手完成了工作，退去，寂靜中聽得到浴室門輕輕關上的聲音，戴黑眼罩的老人獨自一人，跪在浴缸裡，猶如向上天祈求恩典，不住顫抖。那會是誰，他問自己。理性告訴他，唯一的可能是醫生的太太，只有她看得見，她保護我們，關心我們，為我們張羅吃的，這樣無微不至地照顧我並不會太教人詫異。他的理性這麼告訴他，但他不相信理性。他依然顫抖，分不清是因為興奮還是因為冷。他從浴缸底撈出眼罩，狠狠地搓揉，然後絞乾，戴回臉上，這樣較不覺得自己是赤裸的。他擦乾了身子，滿身香噴噴地走回客廳時，醫生的太太說，已經有個男人洗乾淨且刮好鬍子了。接著她又用一種記起了某件事該做卻沒做的口氣說，可惜沒有人替你擦背。戴黑眼罩的老人沒有回話，他只想著，沒有相信理性是對的。

僅存的一點點食物他們全給了斜眼的小男孩，其他人得等待新的補給。食物櫃裡有幾瓶醬菜、一些水果乾和糖、一些吃剩的餅乾和乾掉的吐司，但他們要把這些存貨留待極端需要的時候再使用，日常的食物要出力去換取，但為防這次的探險會不幸空手而回，目前每個人可以吃兩片餅乾和一調羹的果醬。有草莓果醬和桃子果醬，你要哪種。三個半片核桃、一杯水，趁食物還沒吃光前奢侈一下。第一個盲人的妻子說她也想去尋找食物，即使看不見，三個人也不會出錯，他們兩個可以幫忙扛食物，更何況，這兒離他們家不算遠，可能的話，她想看看家裡的情況，看看是否住了別人，住的人她是否認識，比方說，會不會是同棟大樓的鄰居，或許鄰居的家庭因有鄉下親戚前來投奔而人口膨脹，這些親戚為躲避橫掃家園的流行性失明而逃往都市，以為都市總是有較多的資源。於是三個人穿上屋裡所能找到的少數幾件乾衣服出發了，其他洗好的衣物只得等待好天氣才能乾。天空依然陰暗，但看來已不會再下雨了。街道上，尤其是斜坡較陡的街道上，垃圾被雨沖刷成一小堆一小堆，於是大片大片的人行道都乾淨了。假使雨繼續下就好了，這種情況下，陽光是最恐怖的東西，我們聞到的臭味已經夠多了，醫生的太太說。我們會注意到臭味，是因為我們自己已經洗乾淨了，第一個盲人的太太說。她的丈夫也同意，但他懷疑冷水澡害他患了感冒。街上有成群的盲人，趁著雨停時出來覓食以及滿足排泄的需求。儘管他們吃的少，喝的少，這樣的需求卻並沒有失去。野狗四處嗅聞，翻扒垃圾，有些狗嘴裡叼著一隻淹死的老鼠，老鼠會淹死是極罕見的事，唯一的解釋是最近一次豪雨的雨量太過充沛，把牠困在即便泳技再佳也毫無用武之地的滔天洪水中。拭淚狗並沒有加入牠從前的同伴，一同狩獵，牠做了選擇，然而牠並不等待人來餵牠，牠嘴裡已咀嚼著不知什麼東西，這一堆堆如山的垃圾裡藏著你意想不到的寶藏，問題只在於尋索、翻扒與覓得。盲男人與妻子在必要的時候也必須尋索、翻扒記憶，如今他們記起了四個角，不是家裡的四個角，家裡的角落遠遠超過四個，而是他們所居住的那條街的四個角，四個街角成為他們的方向基點，沒有視力的人不在乎東西南北，只希望摸索的手告訴他們這條路走對了。從前當盲人還是少數時，他們會攜帶白手杖，手杖敲擊地面與牆壁的篤篤聲是一種密碼，他們藉以辨識路線。如今大家都是盲人，白手杖在一片嘈雜聲中毫無用處，更何況盲人陷於自己眼中的一片白茫茫當中，可能會對自己手中究竟是不是握有東西產生懷疑。大家都知道，狗除了所謂的本能外，另有其他辨認方向的工具，可以肯定的是由於牠們近視，對眼力的仰賴並不高，而由於牠們的嗅覺遠比視覺要高明許多，通常牠們無論想去哪兒都能順利抵達。比如在現在這情況下，拭淚狗為了確保不迷路，在風的四個角舉起了一條腿，倘使有天牠迷了路，風便會負起帶牠回家的任務。一行人一面走，醫生的太太一面東張西望，尋找賣食物的商店，希望能補充他們已大幅減少的食物存量。街上的商店並未完全被洗劫一空，舊式的雜貨店倉庫裡還有豆子或鷹嘴豆，是乾燥的豆子，需要烹煮很長時間才能食用，因為缺乏水和燃料，這些豆子這陣子並不受青睞。醫生太太對於用諺語來說教的興趣並不高，然而這類古老的民間知識有些部分仍停留在她的記憶裡，證據是她用帶來的其中兩個袋子裝滿了這些豆子。此刻無用的東西暫且留著，往後你就會找到需要的東西。這是她祖母告訴她的，用來浸泡豆子的水也可以用來煮豆子，煮好後水已不再是水，而會成為湯汁。有時並非所有的東西都會失去，偶爾也會得到一些東西，這種現象並非只有自然界才會發生。

此行的目的地是第一個盲人和他妻子的家，他們在與那條街還有一段距離時，便已在袋子裡裝滿各類豆子，只有生活中從未欠缺任何東西的人，才會想問他們為什麼這樣做。即使是石頭也要帶回家，祖母也這麼說過，但她忘了加一句，即使你要繞行整個地球也要帶回家。他們正在進行的正是這麼件工作，他們走著一條最遠的路回家。我們在哪兒，第一個盲人問。他是對醫生的太太發問，她的眼睛作用就在這裡。接著第一個盲人說，我就是在這裡失明的，在那個有紅綠燈的街角。就是這裡，這個街角。就是這裡。我不想回憶當時的情形，我困在車裡，眼睛看不見，人們在外面喊叫，我絕望地高喊著我瞎了，最後那個人出現，帶我回家。可憐的人，第一個盲人的妻子說，他再也不能偷車了。我們太怕明白自己非死不可，醫生的太太說，因此我們總是替死去的人尋找藉口，彷彿是為自己的死預先尋找藉口。這一切就像一場夢，第一個盲人的妻子說，就好像我夢見我自己瞎了。我在家裡等你時也是這麼想，她的丈夫說。他們離開了最初事發的那個廣場，現在正沿著幾條迷宮似的窄路上坡，醫生的太太從沒見過這些路，但第一個盲人對這些街道如數家珍，她唸出街名，他便說，這裡左轉，這裡右轉，最後他說，這條就是我們住的街，我們家在左手邊，大約中段的地方。幾號，醫生的太太問。然而他忘了。喂，我不是忘了，它只是從我腦中跑掉了，他說。這是個壞預兆，如果我們連自己住在哪兒都不知道，如果夢境取代了記憶，那麼這條路會把我們帶到哪裡去。好吧，這次情況並不嚴重，幸好第一個盲人的太太心血來潮一同出來，她已經說出了屋子的門牌號碼，這樣她就無須仰賴第一個盲人，他正得意洋洋地自稱能藉觸覺的魔力辨認出家門來，彷彿是手上拿了魔杖似地，碰一下，金屬，碰一下，木頭，碰個三下或四下，整扇門就會出現。肯定是這間。他們進去了，醫生的太太走在前面。幾樓，她問。三樓，第一個盲人回答。他的記憶並不如先前表現得那麼差，人生就是這樣，有些事情我們會忘記，有些事情我們會記得，比方說，他記得當他失明了後，曾經走進這扇門。你住幾樓，後來偷了他車的那人問。三樓，他回答。兩次的差別是這次他們不是乘電梯上樓，他們攀爬看不見的樓梯，樓梯既黑暗又光明，沒有失明的人多麼懷念電燈，或陽光，或燭光，如今醫生太太已習慣了昏暗。上樓途中，他們遇到兩個從樓上奔跑而下的盲女人，說不定是從三樓下來，沒有人開口問，畢竟現在的鄰居和從前已經不同了。

門是關著的。現在怎麼辦，醫生的太太問。交給我處理，第一個盲人說。他們敲門，敲了一次，兩次，三次。沒有人在裡面，他們當中的一個這麼說，也就在此同時，門打開了，反應慢是可以理解的，在屋子最裡面的盲人實在無法奔跑著出來應門。誰，有什麼事，開門的人問。他的表情嚴肅，態度有禮，一定是個可以溝通的人。第一個盲人說，我本來住在這裡。啊，對方回答，你一個人嗎。還有我太太，和我們的一個朋友。你怎能肯定這就是你家。很簡單，第一個盲人的太太說，我可以告訴你屋裡有什麼東西。開門的人遲疑了幾秒鐘後說，請進。沒有人需要嚮導，因此醫生的太太最後一個進去。屋裡的盲人說，我一個人在，我家人去找食物了，也許我該說女人們出去找食物了，但我覺得這樣說不太合適。他停頓了一會兒，又補充說，但你們可能覺得我應該知道。知道什麼，醫生的太太問。我說的女人們是指我太太和兩個女兒，我應該知道「女人」這名詞什麼時候才適用，我是個作家，我們作家應該要知道這類的事。第一個盲人感到光榮，想想看，有個作家住在我家呢。但他隨即懷疑起來，詢問他的姓名會不會不禮貌呢，說不定他聽過他的名字，甚至還有可能看過他的書。他持續在好奇與慎重間掙扎時，他的妻子已經把問題直截了當地提了出來。你叫什麼名字。盲人不需要名字，我就是我的聲音，其他的一切都不重要。但你寫過書，而書上有你的名字，醫生的太太說。現在沒有人能閱讀那些書了，就好像它們從沒存在過一樣。第一個盲人發覺談話的走向離他所感興趣的主題愈來愈遠。那麼你是怎麼來到我家的，他問。就和其他不再住在自己家裡的人一樣，我發現我家被人佔了，他們不肯講道理，你可以說我們是被趕出來的。你家遠不遠。不遠。你有沒有想辦法把房子要回來，醫生的太太問，人們不斷搬遷到不同的房子去是現在很常見的事。我試了兩次。他們還在那裡嗎。對。現在你知道這是我們家了，你打算怎麼辦，第一個盲人問，你要像他們一樣把我們趕出去嗎。不，我年紀大了，也沒那體力，就算我有那體力，我也不信我有這麼敏捷的手腳，作家從人生裡學到的是耐性，有耐性才能寫作。但你會把房子還我們吧。如果我們沒找到其他的解決辦法，我會還你們。我看不出有什麼別的解決辦法。醫生的太太早已猜出作家會如何回答。我猜想，你和你太太，還有一起來的這位朋友，也是住在一間公寓裡吧。是的，事實上，就是她家。遠不遠。不算太遠。那麼容我提出一個建議。你說吧。我建議我們維持現狀，目前我們各有地方可住，我會繼續注意我家的狀況，如果哪天我發現我的房子空了，就立刻搬回去，你也一樣，隔一段時間就來看一下，如果發現屋子空了，就搬進來。我不確定我喜不喜歡這樣。我也沒期待你會喜歡，但我想你不會喜歡唯一的替代方案。什麼替代方案。就是你把屬於你的房子拿回去。但是那樣的話……。沒錯，那樣的話，我們就要另外找地方住。不，想都別想，第一個盲人的妻子插嘴，我們暫時維持現狀，靜觀其變。我忽然想到，還有一個辦法，作家說。什麼辦法，第一個盲人問。我們可以以客人的身分住在這裡，這房子很大，容得下我們兩家人。不，第一個盲人的妻子說，我們就像原先一樣，住在我們朋友的家裡，我沒有必要問你同不同意，她加了一句，是對醫生太太說的。我也沒有回答的必要。我很感激你們大家，作家說，這些日子以來，我一直在等這房子的主人回來。對失明的人來說，接受自己所擁有的是再自然不過的事了。從流行病爆發到現在，你們是怎麼活下來的。我們三天前才從檢疫出來。啊，你們被檢疫。是的。很難受嗎。豈止難受。多恐怖。你是作家，你剛才也說，你應該要懂得文字，你該瞭解對我們來說，在比方說有人殺人的時候，形容詞一點用也沒有，這個事實開誠布公地說出來比較好，殺人的動作本身太過震撼太過駭人，我們再也沒有必要形容那有多恐怖了。你的意思是說，我們的文字太多，我們不需要這麼多文字。我的意思是說，我們的感覺太少。或者說，我們有感覺，但已不再使用感覺所傳達的文字。所以我們就失去了那些感覺。我希望你們能告訴我檢疫時的生活。為什麼。我是作家。你得親身經歷才能瞭解。作家就和一般人一樣，他不是萬事通，也無法經歷所有的事，他必須詢問並想像。有一天我會告訴你那兒的情況，你就可以寫一本書。對，我已經在寫了。你看不到，怎麼寫。盲人也可以寫作的。你是說你學了點字。我不會點字。那你怎麼寫，第一個盲人問。我拿給你看。他從椅子上站起來，離開客廳，一會兒就回來，手上拿了一疊紙和一支原子筆。這是我剛寫好的一整頁。我們看不見，第一個盲人的妻子說。我也看不見，作家說。那你怎麼寫，醫生的太太問。她注視著那張紙，在昏暗的室內，她看得出紙上有密密麻麻的一行行字，偶爾有兩行重疊在一起。用摸的，作家微笑著回答，很簡單，把紙墊在某個軟的平面上，比方說一疊紙，然後就開始寫了。但你什麼也看不見，第一個盲人說。原子筆非常適合失明的作家使用，雖然他們看不見自己寫了什麼，但可以知道自己寫到了哪裡，只要用指尖摸索出上次寫的一行留下的痕跡，然後一直寫到紙的邊緣，至於計算下一行的距離，那就很簡單了。我注意到有幾行重疊了，醫生的太太一面說，一面輕輕把紙從作家手中接過來。你怎麼知道。我看得到。你看得到，你的視力恢復了，怎麼恢復的，何時恢復的，作家興奮地問。我想我是唯一從沒失去過視力的人。為什麼，原因是什麼。我也無法解釋，可能根本無法解釋。也就是說一切的經過你都看見了。我眼前發生的事我都看見了，我別無選擇。受檢疫的人有多少。將近三百人。從什麼時候開始。從一爆發就開始了，我剛剛說過，我們三天前才出來。我相信我是第一個失明的人，第一個盲人說。那一定很恐怖。又是那個詞，醫生太太說。對不起，我突然覺得從我的家人和我失明之後，我所寫的一切都很可笑。你寫了些什麼。我寫我們受的苦，我們的生活。每個人都該說出自己知道的事，不知道的事情就該發問。所以我才問你。我會回答的，有一天會回答，我不知道是哪一天。醫生的太太用紙拂過作家的手。你介不介意帶我看看你工作的地方和你寫的東西。當然不介意，跟我來。我們能不能一起去，第一個盲人的太太問。這是你們家，作家說，我不過是個過客。臥室裡有一張小桌和一盞沒有點亮的枱燈。藉著窗外透入的微光，可以看到左側有幾張白紙，右側是寫了字的紙，中央則躺著寫到一半的紙。枱燈旁有兩支新的原子筆。就在這裡，作家說。醫生的太太問，我可以看嗎？她沒有等待回答，就逕自拿起寫好字的幾頁紙來看，總共大約有二十張紙，醫生太太瀏覽著密密痲痲的字跡，瀏覽著忽高忽低歪歪扭扭的一行行字，瀏覽著刻在白紙上的一個個字眼，這是在失明的昏翳中所記錄的文字。我不過是個過客，作家方才這麼說，而這就是他經過時留下的痕跡。醫生的太太把手擱在作家的肩上，作家則伸出雙手捧住她的手，捧到唇邊。不要迷失自己，千萬別讓自己迷失，他說。這些謎樣的字眼來得意外，似乎不該出現在這樣的情境中。

一行人帶著夠吃三天的食物回到家，醫生太太把方才的遭遇告訴大家，第一個盲人及妻子則不時穿插種種興奮的感嘆。這一夜，醫生太太從書房拿了本書，讀了幾頁給大家聽，這是這一晚唯一適合做的事。斜眼小男孩對這故事不感興趣，沒一會兒便頭枕在戴墨鏡女孩的膝上，腳擱在戴黑眼罩老人的腿上，墜入夢鄉。

---

5 《舊約聖經》達尼爾書第十三章，兩名長老覬覦巴比倫人約雅金之妻蘇撒納，偷窺其沐浴並意圖姦淫，求歡不成後構陷蘇撒納與他人通姦並誣判其死刑，後經達尼爾挺身而出主持正義，洗雪冤情。

16

兩天後，醫生說，我想知道我的診所怎麼了，現階段我們毫無用處，診所和我都毫無用處，但說不定有一天，人們會恢復視力，那些儀器一定還在那兒等待。你想去的時候我們隨時可以去，他的妻子說。我現在就想去。如果你們不介意，我們可以趁這機會順道到我家看一看，戴墨鏡的女孩說，我不是相信我爸媽回來了，只是這樣良心比較過得去。我們可以去你家，醫生的太太說。其他人誰也不想加入這支勘察舊家的行列，第一個盲人和妻子已經知道了家裡的狀況，戴黑眼罩的老人也知道他家的情況，但原因不同。斜眼的小男孩不去則是因為他仍然記不起自己住的那條街叫什麼名字。天氣晴朗，雨似乎停了，陽光雖然黯淡，但皮膚已能感覺到光的照耀。如果天氣越來越熱，我不知道我們要如何生活下去，滿地的垃圾腐爛，死掉的動物，說不定還有死掉的人，建築物裡一定都有死人，最糟的是我們沒有組織，應該每棟房子都建立組織，每條街、每個區都該建立組織。你是說政府，醫生的太太說。我是說組織，人體也是個有組織的系統，只要保持著秩序，就會繼續存活，死亡是失序的結果。盲人的社會要如何組織以便生存。就是要建立組織，有了組織，某方面來說，就相當於開始有了眼睛。你說的或許對，但這失明的經驗只為我們帶來不幸和死亡，我的眼睛就和你的診所一樣毫無用處。多虧了你的眼睛，我們才得以存活，戴墨鏡的女孩說。如果我瞎了，我們也一樣會活著，這世界充滿了盲人，我想我們都會死的，只是時間的問題。死不死本來就是時間的問題，醫生說。但是純粹因為瞎眼而死，再沒有比這種死法更可怕的了。我們會死於疾病，死於意外，死於偶發事件。現在我們會死於失明，我的意思是說，我們會死於癌症和失明，死於肺結核和失明，死於愛滋病和失明，死於心臟病和失明，疾病或許人人不同，但真正置我們於死地的是失明。我們不會永垂不朽，我們逃不了死亡的命運，但至少我們不該失明，醫生的太太說。這失明如此具體如此真實，要如何不失明，醫生問。我也不清楚，醫生的太太說。我也是，戴墨鏡的女孩說。

他們沒有必要用力推門，門很自然地開了，在他們被帶去檢疫的期間，診所的鑰匙一直都掛在醫生的鑰匙圈上，鑰匙圈則始終放在家裡沒有掉。這是候診室，醫生的太太說。我當時在這兒等，戴墨鏡的女孩說，夢還在持續，但我不知是什麼夢，是夢見我夢見自己要瞎了，還是夢見我一直是瞎的，然後在夢中來到這診所治療不會導致失明的眼睛發炎。那場檢疫不是夢，醫生的太太說。當然不是，我們被強暴也不是夢。我殺死一個人也不是。帶我到我的辦公室去，我自己可以去，但是你帶我吧，醫生說。門是開著的，醫生的太太說。診所被人弄得天翻地覆，紙撒了滿地，檔案櫃的抽屜整個被人拿走。一定是衛生署的人不想浪費時間慢慢找。有可能。儀器呢。乍看之下似乎都很完好。這就已經很了不起了，醫生說。他伸長了手臂前進，摸了摸放透鏡的盒子，摸了摸檢查眼睛的儀器，摸了摸桌子，然後對戴墨鏡的女孩說，我知道你說的生活在夢裡是什麼意思。他在桌旁坐下，雙手放在蒙塵的桌面上，露出悲傷的苦笑，彷彿正對坐在他對面的人說話。他說，不，親愛的醫師，我很抱歉，你的情況目前無藥可醫，如果你希望聽我的意見，我唯一的建議是聽從這句古老的諺語，他們說得對，耐性對眼睛有益。別折磨我們了，女人說。對不起，你們兩個原諒我，過去這個地方可以製造奇蹟，如今我沒有證據證明我的魔力，我失去了我的魔力。我們所能製造的唯一奇蹟就是活下去，女人說，日復一日保存住生命的脆弱，彷彿它瞎了，不知該往哪裡去，說不定它的確就是這樣，說不定它的確不知道自己該往哪裡去，它在給了我們智慧後，把自己交到我們手上，我們卻把它變成了這個樣子。你說得好像你也瞎了似的，戴墨鏡的女孩說。某方面來說我的確瞎了，我和你們一起瞎了，如果多幾個人看得到，我可能會看得更清楚一點。你好像那個尋找法庭的證人，他被誰也不知是誰的人傳喚到法庭，要為一件誰也不知是什麼的案件作證，卻找不到法庭在哪裡，醫生說。時間已到了盡頭，腐朽在擴散，疾病長驅直入，水將乾涸，食物變成毒藥，這便是我的第一段證詞，醫生的太太說。那第二段呢，戴墨鏡的女孩問。我們睜開眼睛吧。我們做不到，我們瞎了，醫生說。最糟的盲人是不想看見的盲人，這是偉大的真相。但我真心想看見，戴墨鏡的女孩說。這不能成為看得見的理由，唯一的差別只在於你不再是最糟的盲人，我們走吧，這裡沒有什麼可以看的了，醫生說。

在前往戴墨鏡女孩家的途中，他們經過一個大廣場，廣場上有成群的盲人正在聆聽其他盲人的演說，乍看之下，每一群盲人都不像盲人，演說的人激昂地面向著聆聽者，聆聽的人則專注地面向著演說者。他們在宣示世界末日的到來，通過懺悔而得的救贖，第七日的幻象，天使的降臨，星球的相撞，太陽的死亡，部落的靈魂，曼陀羅花的汁液，老虎的軟膏，預兆的好處，風的紀律，月亮的芬芳，黑暗的重證清白，驅魔的力量，足跟的預兆，玫瑰的受難，淋巴的純潔，黑貓的血液，影子的沉睡，海的升高，食人肉的邏輯，無痛的閹割，神聖的刺青，自願的失明，凸的思想，凹的思想，水平的，垂直的，傾斜的，集中的，分散的，飛逝的，聲帶的衰弱，文字的死亡。這裡沒有人談組織，醫生的太太說。說不定組織是在別的廣場談，醫生回答。一行人繼續向前，走了一點兒路，醫生的太太說，今天路上的死人比平常更多。我們的抵抗力已經到了盡頭，時間就要用罄，水就要乾涸，疾病增加，食物成為毒藥，這是你自己先前說的，醫生提醒她。天知道我爸媽會不會也是這些死人當中的一個，戴墨鏡的女孩說，而我從他們身邊走過，卻看不見他們。從死者身邊走過而不看見他們，是歷史悠久的美德，醫生的太太說。

戴墨鏡女孩住的街道似乎比平時更荒涼，公寓的門口有一具女屍，被流浪的動物啃去了一半的軀體，幸好今天拭淚狗沒有來，否則就需花點力氣阻止牠就著屍體大快朵頤。是樓下的鄰居，醫生的太太說。誰，哪裡，她的丈夫問。就在這裡，一樓的鄰居，你聞得到她的氣味。可憐的女人，戴墨鏡的女孩說，她為什麼要到外面來，她從不出門的。說不定她覺得自己死期將近，說不定她無法忍受獨自在屋裡腐爛，醫生說。我沒有鑰匙，這下我們進不去了。說不定你爸媽回來了，在屋裡等你，醫生說。我不信。你不信是對的，醫生的太太說，鑰匙在這裡。死去的女人躺在地上半開的手心裡有一串閃閃發亮的鑰匙。說不定那是她自己的鑰匙，戴墨鏡的女孩說。我想不是，她沒有理由帶著鑰匙去自己要死的地方。但如果她把鑰匙帶出來是為了讓我能進我家，我是瞎子，不可能看得到鑰匙。我們不知道她決定帶鑰匙出來時心裡是怎麼想的，說不定她覺得你會恢復視力，說不定她懷疑我們在這裡時出入太容易了，有點奇怪，說不定她聽見我說樓梯太暗所以我看不到，也說不定這些都不對，說不定她是神志恍惚或精神錯亂，腦筋出了問題，只想到要還你鑰匙，我們唯一知道的就是她一走出門就死了。醫生的太太拾起鑰匙，交給戴墨鏡的女孩，然後問，現在怎麼辦，就放她在這兒不管嗎。我們沒有工具撬開石頭，不能在大街上安葬她，醫生說。後面有個花園。那樣的話我們得把她扛到二樓，再從逃生梯下去。那是唯一的辦法。我們有力氣這樣做嗎，戴墨鏡的女孩問。問題不在於我們有沒有力氣，問題在於我們能不能把這女人丟在這裡不管。當然不能，醫生說。那我們就要拿出力氣來。他們的確拿出了力氣，但搬運一具屍體上樓是艱難的工作，不是因為重量，她本來就不重了，加上屍體被狗和貓啃食過，因而變得更輕。搬運艱難是因為屍體僵硬，在窄小的樓梯上難以轉彎。光是爬這麼小小一段階梯，他們就休息了四次。公寓裡的其他住戶並沒有因為腳步聲、談話聲和腐臭的氣味而出來樓梯間探看究竟。和我想的一樣，我爸媽不在這裡，戴墨鏡的女孩說。終於來到門前時，他們疲累至極，但還得穿過屋子，從逃生梯下樓，幸而他們獲得神助，順利下了樓，負擔輕了，因為樓梯在戶外，轉彎處也較好駕馭，唯一要注意的是抓牢這可憐傢伙的屍體，只要稍微摔個跤，屍體就會慘不忍睹，更別提那死後更加劇烈的痛楚了。

花園就像個未經開發的叢林，不久前的雨使原本的草和隨風而來的雜草蓬勃生長，蹦跳其間的兔子不愁沒有新鮮食物，雞隻在困苦中依然生意盎然。一行人坐在地上喘氣，方才的勞動把他們累慘了。屍體躺在一旁，和他們同樣在休息。醫生太太看守著屍體，趕開雞和兔子，兔子只是好奇，抽動著鼻子，雞則有刺刀般尖利的喙，隨時伺機而動。醫生的太太說，她在離開前還記得打開了兔籠的門，她不希望兔子餓死。與人共同生活並不難，難的是瞭解他們，醫生說。戴墨鏡的女孩拔起一叢草來擦她髒污的手，搬運屍體時，她握了一個不該握的地方，這就是失明的壞處。醫生說，我們需要圓鍬或鏟子。我們由此可以看出真正永恆的循環是文字的循環，如今這句話又回來了，為了相同的理由，第一次是為偷車的人而說，現在是為了還鑰匙的老太婆而說，一旦埋葬，誰也分不清其間的差別，除非有人記得他們。醫生的太太上樓到戴墨鏡女孩的家裡去尋找乾淨的床單，她得挑最不髒的一條。下樓來時，雞在啄屍體，兔子僅在嚼新鮮草葉。用床單裹好屍體，醫生太太又去尋找工具，然後在花園的工作棚裡找到圓鍬、鏟子和其他工具。這個我來，她說，地很濕，很容易挖，你休息。她挑了一塊沒有堅硬樹根、因此無需動用斧頭的空地，可別以為這工作很容易，樹根自有一套辦法來利用泥土的柔軟，躲避攻擊且緩和斷頭臺的致命效果。醫生的太太、她的丈夫以及戴墨鏡的女孩都沒注意到周圍的陽臺上出現了盲人，醫生的太太是因為忙著挖掘，她的丈夫及戴墨鏡的女孩則是因為他們的眼睛一點用處也沒有。出現的盲人並不多，也不是每個陽臺都有人，這些人一定是聽到了挖掘的聲音，即使泥土鬆軟，還是有聲音，別忘了泥土裡總是藏有石頭，在圓鍬敲下時會發出巨大的聲響。出現的人有男有女，像遊魂一樣飄動，或許他們是出於好奇而前來參加葬禮的鬼魂，之所以出現純粹是為了回憶自己下葬時的情景。醫生太太在挖掘完畢後終於看見這些人，她挺直發痛的背，舉起手臂揩去額上的汗，接著受到某種無可抑制的衝動驅使，她不假思索地對這些盲人以及全世界的盲人高喊，她將再起。特別注意她說的不是她將復活，雖然我們有字典可以查證，證明這兩個詞彙意義其實是完全相同，但這並不是太重要的問題。盲人吃了驚，紛紛各自回到屋裡，他們無法理解何以有人會說這話，也對這個真相的揭示毫無準備，很顯然他們沒到廣場去聆聽那魔幻的演說，而就那場演說來說，唯一欠缺的便是螳螂祈禱中的頭顱以及自殺的蠍子。醫生說，你為什麼說她將再起，你在對誰說話。我在對一群出現在陽臺上的盲人說話，我嚇了一跳，我一定嚇到他們了。為什麼要說這些話而不是其他的話。我不知道，我腦海中突然出現這些話，我就說了。接下來你就會在我們經過的那個廣場上布道了。對，講述關於白兔牙齒和母雞嘴巴的證道詞，來幫忙我，這裡，對，抬她的腳，我從這頭抬，小心點，別摔進墳墓裡，對，就這樣，慢慢放下去，再下去，再下去，我把墳墓挖得深了一點，因為那些雞一旦開始掘地就欲罷不能，對，就是這樣。她用鏟子往墳墓填土，把土踩實，堆出了人類遺體回歸塵土時必有的土堆，熟練得彷彿她畢生沒做過其他任何事。最後，她從花園一角的玫瑰樹上折下一小段枝椏，插在墳墓的頭端。她會再起嗎，戴墨鏡的女孩問。不，她不會，醫生的太太回答，還活著的人比較需要再起，但他們卻不再起。我們已經死了一半了，醫生說。我們也還活著一半，他的妻子回答。她把圓鍬和鏟子放回工作棚，仔仔細細檢查了院子，確定一切都井然有序。有什麼序，她自問，而後自答，就是死人應當與死人一塊兒而活人應當同活人一塊兒、雞與兔應當成為某些人的食物而某些人應當成為雞與兔的食物的秩序。我想給爸媽留個小小的信號，戴墨鏡的女孩說，好讓他們知道我還活著。我不想潑你冷水，醫生說，但他們首先要找到這個屋子，那就已經不太可能了，我們要不是有人引導，也不可能找到這裡。你說得對，但我連他們還在不在世都不知道，除非我留下一點信號或什麼東西，否則我會覺得我遺棄了他們。那你要留下什麼呢，醫生的太太問。能用觸覺辨認的東西，隨便什麼都好，戴墨鏡的女孩說，悲哀的是我身上已經沒有當初留下的任何東西了。醫生的太太注視著她，她坐在防火梯的第一級階梯，雙手無力地癱在膝蓋上，甜美的臉龐露著痛苦的神色，長髮披在肩頭。我知道你可以留什麼作信號，醫生的太太說。她快速奔上樓梯，回到屋裡，帶著一把剪刀和一根繩子回來。你在想什麼，戴墨鏡的女孩問。她聽到剪刀剪斷她頭髮的喀嚓聲，擔憂起來。如果你的父母回來，會發現門把上掛著一綹頭髮，這若不是他們女兒的頭髮，還會是誰的呢，醫生的太太問。你讓我想哭，戴墨鏡的女孩說。話一說完，她便把頭埋在膝上交疊的兩條手臂間，向她的悲傷、哀愁，以及所有被醫生太太的提議所引動的情緒屈服了，但她隨即發現自己同時也是在為一樓的老婦哭泣，她不知道這情緒的路徑是如何引導她的，但她在為那吃生肉的可怕巫婆、那用死去的手將她家鑰匙交還予她的人哭泣。接著醫生的太太說，我們生活的是個什麼時代，事物的秩序天翻地覆，幾乎代表著死亡的跡象如今卻成為生存的象徵。有些手能製造這一類以及更大的奇蹟，醫生說。親愛的，需求是個強大的武器，女人說，哲學和巫術的話題說夠了，我們手牽手繼續生存吧。戴墨鏡的女孩親手將那一綹頭髮綁在門把上。你想我爸媽會注意到嗎，戴墨鏡的女孩問。門把就是一棟房子伸出的手，醫生的太太說。我們可以說，就在這麼一句平凡無奇的話語中，他們結束了這一次的探訪。

那一夜他們再度朗讀書本，他們沒有其他的方法可以分心，真可惜醫生不是業餘小提琴手，否則在這棟公寓的五樓將能聽到多麼悅耳的小夜曲，滿懷羨慕的鄰居會說，他們若不是過得非常好，就是非常不負責任，以為自己能藉由幸災樂禍來逃避自己的不幸。如今除了文字外，別無其他的音樂，而這些文字，尤其是書本裡的文字，是四平八穩的，即便大樓裡有好奇的人在門邊側耳傾聽，也只會聽到一個孤伶伶的喃喃低語，一縷可以無限延伸的裊裊音絲，因為據說這世上所有的書加起來，就和傳說中的宇宙一樣，是無限的。深夜，書讀完後，戴黑眼罩的老人說，我們淪落到聽別人朗讀。我可以永恆地留在這裡，沒有怨言，戴墨鏡的女孩說。我也不是抱怨，我只是說我們唯一能做的就是這個，聽別人朗讀前人的故事，我們要慶幸這兒有一對眼睛與我們同在，這是僅存的一對眼睛，假使有一天這對眼睛消失了，我們與人類的聯繫就斷了，我想都不敢想那種情況，我們會像在外太空中永恆地分散，每個人都同樣盲目。只要我還有能力，戴墨鏡的女孩說，我就會永遠抱持希望，希望找到我的爸媽，希望斜眼男孩的媽媽會出現。你忘了說出我們大家的希望。什麼希望。恢復視力。抱這種希望沒有意義。我可以告訴你，沒有那些希望的話，我早就放棄了。哪些希望，舉個例吧。眼睛重新看得見。這個已經說過了，換一個。不要。為什麼。你不會有興趣的。你怎麼知道我沒興趣，你對我瞭解多少，怎麼能自己決定我對什麼有興趣什麼沒興趣。不要生氣，我不是故意要傷害你。男人都一樣，他們以為自己既然從女人肚裡生出來，就對女人瞭如指掌。我對女人一無所知，對你也一無所知，至於男人，就我看來，以現代的標準來看，我老了，只有一隻眼睛，而且瞎了。你對你自己只有這些話好說嗎。有很多，你無法想像人老了以後，需要反省的缺點能列成多長的一張表。我年紀不大，但需要反省的東西也夠多了。你還沒做過真正的壞事。你又沒和我一起生活過，哪裡知道。你說得對，我沒和你一起生活過。你為什麼要用那種口氣重複我的話。哪種口氣。那種。我只是說我沒和你一起生活過。少來，少來，別假裝你聽不懂。別逼我，求求你。我就是要逼你，我想知道。我們回到希望的話題吧。好吧。我拒絕告訴你的另一個希望就是這個。哪個。我的自省表上的最後一條。拜託，我聽不懂謎語，解釋解釋吧。但願我們永遠不會恢復視力的可怕希望。為什麼。這樣我們才能繼續這樣生活下去。你是說大家一起生活，還是我和你一起生活。別逼我回答。如果你不過是個男人，就可以和其他人一樣逃避回答，但你自己說了，你是個老人，如果年長有一點意義，就不能逃避現實，回答我。和你一起。你為什麼想和我一起生活。你要我當著大家的面說嗎。我們一起做過了最骯髒、最醜陋、最噁心的事，你要告訴我的事不可能更糟。好吧，既然你堅持，那我就說了，因為現在的我愛著現在的你。愛的宣告很困難嗎。我這年紀的人害怕別人的嘲笑。你並不可笑。拜託，我們把這件事忘了吧。我不想忘記，也不想讓你忘記。別胡扯了，你逼我說出來，還講風涼話。現在輪到我了。別說你會後悔的話，別忘了你的自我反省表。只要我今天真心誠意，誰管明天會不會後悔。求求你別說。你想和我一起生活，我也想和你一起生活。你瘋了。我們將在這裡同居，和情人一樣，我們會一直生活在一起，假使我們必須和朋友們分開，兩個盲人也一定比一個盲人看得多。你瘋了，你不愛我。誰跟你說愛了，我從沒愛過人，我只和人上床。所以說你同意我的話了。不。你說真心話，告訴我你真的愛我。我愛你，愛到想和你一起生活，這是我第一次對人說這種話。如果你早些時候在其他地方遇見我，就不會說這種話了，我是個老人，頭禿了一半，白髮蒼蒼，一隻眼睛戴了眼罩，另一隻眼睛有白內障。過去的我不會說這種話，我同意，說這話的人是現在的我。那麼我們等著看未來的你會怎麼說。你在測試我。什麼話，我哪有資格測試你，只有人生能夠決定這種事。人生已經做了一個決定。

他們面對面進行這段對話，失明的雙眼凝視著失明的雙眼，臉龐因激動而泛著紅光，由於其中一個人這麼說了，而雙方也都希望如此，他們同意人生已決定他們將共同生活，戴墨鏡的女孩伸出她的手，純粹是伸出而毫不探索該往哪兒去，她碰碰戴黑眼罩老人的手，他把她拉向他，他們便這麼肩並肩，很顯然這不是第一次，但如今定情的話已說出。其他人什麼也沒說，沒有人恭喜他們，沒有人祝他們永遠幸福快樂，坦白說，這實在不是歡慶或祝福的時刻，當人們做下如此重大的決定時，我們很自然地會覺得人非得要瞎了才能如此舉措，沉默是最好的喝采。然而醫生的太太做了一件事，她在走廊上鋪了許多沙發靠墊，多到可以鋪成一張舒適的床，然後領著斜眼的小男孩到走廊，對他說，從今天開始，你睡這裡。而客廳裡，我們可以絕絕對對地相信，在那個有著充沛潔淨無瑕的水的早晨，那雙替戴黑眼罩老人洗背的神祕雙手究竟是誰的手，在這第一夜終於得到了答案。

17

第二天尚未起床時，醫生太太對丈夫說，我們的食物不多了，要再出去一次才行，我想今天我要回去那間超商的地下儲藏室，就是我第一天去的那裡，如果沒有別人發現那地方，我們就可以弄到夠吃一、兩個星期的食物。我陪你去，順便多找一、兩個人一起去。我情願只有我們兩個，這樣比較自在，也比較不會迷路。你還能負擔這六個無助的人多久。只要我還有能力，我就會盡力，但你說得對，我已經開始累了，有時我但願我也瞎掉，和其他人一樣，不要有比別人多的義務。我們已經習慣倚靠你，如果沒有你，就會像二度失明，多虧了你的眼睛，我們的盲才輕微一些。只要我做得到，我就會繼續做下去，我只能這樣答應你。有一天當我們發現自己一無是處，什麼也不能做時，就該像他說的那樣，有勇氣離開這世界。像誰說的一樣。昨天的那個幸運男人。我相信他今天絕不會那樣說了，沒有什麼比真實的希望更能改變人的看法了。他是有真實的希望沒錯，能不能持久就難說了。你的語氣讓我覺得你好像不大高興。不高興，為什麼。好像你有什麼東西被人搶走了。你是指我們還在那恐怖地方時那女孩發生的事。對。別忘了，是她想和我上床的。你被記憶騙了，是你想和她上床。你確定嗎。我沒瞎。我可以向你發誓。你只會發假誓。記憶真會欺騙我們，真奇怪。我們從這件事可以了解，自動送上門的東西比需要征服的東西更屬於自己。但她再也沒碰過我，我也沒再碰過她。你願意的話，你們可以找到彼此的記憶，記憶的用處就在這裡。你在嫉妒。不，我不嫉妒，即使是當時我也沒有嫉妒，我只是同情她和你，也同情我自己，因為我無法幫助你。我們的飲水多不多。很少。早餐極為簡省，昨夜的事件引動了間歇的微笑，早餐因而增色。由於有未成年者在場，大夥兒使用的字眼都含蓄，然而假使我們記得這男孩在檢疫期間所聽聞的種種事端，這種謹慎便顯得荒謬。早餐後，醫生太太和丈夫動身，這回只有拭淚狗作陪，因為牠不想留在家裡。

街上的情況每個小時都在變糟，垃圾似乎在黑暗中增長，彷彿外界某個生活依然正常的不知名國家人民在夜裡前來傾倒垃圾，倘使我們不是生活在這麼個盲人的國度，當我們等待著近在咫尺卻遲遲不來的好日子重新降臨時，將可以看穿這片白茫茫的黑暗，看見幽靈推車與貨車，滿載著廢物、碎屑、瓦礫、化學廢料、灰燼、燒過的油、骨骸、空瓶、垃圾、廢電池、塑膠袋、堆積成山的紙，唯一沒有出現的是吃剩的殘渣，甚至連能稍稍緩解飢餓的少許果皮都沒有。時刻還早，熱氣已蒸騰，龐大的垃圾山尖端冒出宛如毒氣的臭味。再過不久就會爆發傳染病了，醫生又說了一次，我們一點抵抗力也不剩了，誰也逃不了。我們的日子真是風風雨雨，女人說。連風雨也沒有，雨至少能解我們的渴，風會吹走一點臭氣。拭淚狗不安地四處嗅，停在某一堆垃圾旁細細觀察，或許垃圾堆中隱藏著某種牠再也找不到的希世珍饈，倘使牠隻身一個，便不會遠離這地方一步，然而那位曾經哭泣的女子已然向前，跟隨她是牠的責任，誰知牠何時又會需要替她拭淚。大街上行走不易，尤其較陡的街道，車輛在演變成洪水的大雨沖刷下，撞上房舍，壓毀屋門，粉碎商店櫥窗，地上滿是大片大片的碎玻璃。有兩輛車間夾著一具腐爛男屍，醫生太太轉開視線，拭淚狗向屍體趨近，但死亡令牠畏懼，牠大膽前進兩步，突然間渾身狗毛倒豎，喉嚨裡發出銳利嚎哭，這隻狗的毛病是牠和人類太過親近，因而也承擔了與人類相同的苦楚。一行人穿過一個廣場，廣場上有成群的盲人聆聽其他盲人的演說，以為娛樂，乍看之下，沒有一群人像盲人，演說者激昂地面對著聆聽者，聆聽者專注地面對著演說者，他們在讚頌組織系統基本原則、私有財產、自由貨幣市場、市場經濟、股票交易、課稅、利率、徵收與撥款、製造、經銷、消費、供與需、貧與富、通訊、鎮壓與違法、彩券、監獄、刑法、民法、公路法、字典、電話簿、娼妓網絡、兵工廠、武裝部隊、墳場、警察、走私、毒品、默許的非法交易、藥學研究、賭博、神職人員與喪禮的價錢、正義、借貸、政黨、選舉、國會、政府、凸的、凹的、水平的、垂直的、傾斜的、集中的、分散的、飛逝的思緒、聲帶的磨損、文字的死亡。他們在討論組織，醫生的太太告訴丈夫。我聽到了，醫生回答，然後便不再接腔。兩人繼續行走，醫生太太到街角去看一幅市街地圖，那地圖就像指引路線的古老十字形路標。這兒離那超市已經相當近了，迷路那天，醫生太太就是在這兒被滿盈的沉重塑膠袋壓得疲累不堪，情緒失控乃至泣不成聲，在無助與痛苦中不得不仰賴一隻狗來安慰她，這隻狗如今正朝與他們靠得太近的狗群吠叫，彷彿是告訴牠們，你們耍不了我，滾遠一點。往左走一條街，再往右走一條街，就是超商的入口了。只有那扇門，找到了，門在那裡，整棟建築都在那兒，但沒有看到進出的人，沒有那些無時無刻不出入於商店的擾攘人潮，這些商店正是靠這些廣大人群的川流不息而過活。醫生太太擔心發生了最糟的情況，她對丈夫說，我們來遲了，裡頭一定連一塊麵包屑也不剩。為什麼這樣說。我沒看見任何人出入。說不定其他人沒有發現那間地下儲藏室。我希望是這樣。兩人站在超商對面的人行道說這話，一旁有三個盲人，彷彿在等紅燈轉綠似地站著。醫生的太太沒有注意到他們臉上的表情，那是充滿了茫然與驚訝的神色，一種困惑的恐懼，她沒發現其中一個人張口想說話，卻又閉上，沒看見他突然聳了聳肩。你會明白是怎麼回事的，我們假設這盲人是這麼想著。醫生和醫生太太穿越馬路時，沒有聽到那三個盲人當中的第二人說的話。她怎麼說她沒看見有人出入。第三個盲人答道，那是一種說話的方式，剛剛我跌倒，你還叫我小心看路，她也是一樣，我們還沒改掉看得見時的習慣。老天爺，我們聽這話聽過多少次了，最初開口卻沒說話的盲人說。

陽光照亮了超級市場的寬敞玄關，幾乎所有的貨架都倒了，屋裡除了垃圾、碎玻璃和空包裝紙外，什麼也沒有。好奇怪，醫生的太太說，即使沒有食物，我也不明白這裡為什麼一個人也沒有。醫生說，你說得對，這不太正常。拭淚狗輕輕發出嗚咽聲，身上的毛再度倒豎。醫生的太太對丈夫說，這兒有股臭味。到處都有臭味，丈夫說。不是那種，不一樣，是腐爛的臭味。這裡面大概哪裡有具屍體。我沒看到。那樣的話你可能只是心理作祟。拭淚狗開始哀鳴。那狗怎麼回事，醫生問。牠很緊張。我們現在怎麼辦。我想想，如果有屍體，我們就離他遠一點，事到如今我已經不怕死人了。我就容易多了，反正看不見。兩人穿過超市大廳，來到通往走廊的門，走廊盡頭就是地下室入口。拭淚狗跟在後面，不時停下來向他們發出淒厲的長嚎，而後受了責任的驅使，又不得不跟上前去。醫生太太打開門時，臭味更強了。好臭，她的丈夫說。你待在這兒，我馬上回來。她沿走廊向前走，每走一步周圍就黑暗一分，拭淚狗不情不願地跟著，彷彿是讓人硬拖著似地。充滿腐臭味的空氣彷彿窒重沉悶。走到一半，女人嘔吐起來，她間歇地作嘔，噁心稍停時她想，這兒到底發生了什麼事。此後她一面向前，嘴裡便一面一遍一遍喃喃重複著相同的話，直到來到通往地下室的金屬門前。噁心的感覺把醫生太太弄昏了頭，她先前沒注意到前方有著細微的閃光，現在她知道那是什麼了，兩扇門、樓梯以及載貨電梯的邊緣都閃爍著小小火焰，她的胃裡再度湧出一股強烈的噁心，聲勢之大，驚動了拭淚狗，狗發出一聲極長的吼聲，接著便哀鳴不已，彷彿怎麼也不會停，像哀怨的悲嘆，迴盪在整條走廊，宛如地下室死者所發出的最後一聲呼喊。醫生聽到了嘔吐、抽搐、咳嗽聲，拚了命飛奔而來，一路跌跌撞撞，屢屢摔跤又重新站起，最後終於握住了妻子的手臂。怎麼回事，他問。她用顫抖的聲音回答，帶我走，求求你，快帶我走。自從失明症爆發以來，這是第一次由醫生領著妻子行動。他領著她，不知該領到哪裡去，只知要遠離那扇門，遠離那他看不見的火焰。一離開走廊，醫生太太就徹底崩潰，啜泣成了抽搐，世上再沒有這般滔滔不絕的淚了，唯有時間與疲憊能使它停止，因此拭淚狗並沒有上前，只尋找一隻可以舔舐的手。怎麼回事，醫生又問了一次，你看到了什麼。他們死了，她在啜泣間歇的空檔勉強擠出這幾個字。誰死了。他們死了。她再也說不下去。冷靜點，等你能說再告訴我。幾分鐘後她說，他們死了。你看到了什麼嗎，你有沒有把門打開，她的丈夫問。沒有，我只看到門周圍的鬼火，那些火挨在那兒上下舞動，不肯離去，我想一定是屍體分解後形成的磷化氫。會是發生了什麼事呢。他們一定是發現了那地下室，一窩蜂地衝下樓梯找食物，我記得那樓梯多麼容易滑倒，如果有一個人滑倒，所有的人都會被絆倒，他們可能根本沒到達他們要去的地方，又或者他們到了，卻被樓梯上跌倒的人堵塞去路而回不來。但你說那門是關著的。很可能其他的盲人把門關上了，把地下室變成了個巨大的墳墓，罪魁禍首是我，我提著袋子飛奔出來時，他們一定察覺到我拿著食物，所以開始尋找。某方面來說，我們所吃的所有食物都是從別人那兒偷來的，如果我們偷了太多東西，他人的死就是我們的責任，無論從哪方面來看，我們都是殺人犯。這安慰不了我。你已經在負擔六張活生生卻毫無用處的嘴，我不希望你再用想像出的罪惡來加重自己的負荷。要是沒有你這張毫無用處的嘴，我要如何活下去。你會為了繼續支持其他的五張嘴而活下去。問題是能支持多久。不會太久了，等所有的東西都吃完後，我們會到田地裡尋找食物，我們會摘光樹上所有的果實，如果狗和貓沒有開始吃我們的話，我們會殺光我們摸得到的所有動物。拭淚狗沒有反應，這個問題牠並不擔心，前陣子轉型成拭淚狗可不是白忙一場。

醫生太太幾乎拖不動自己的身子，那一驚把她的全部氣力都嚇沒了，兩人走出超級市場時，她近乎昏厥而他眼不能視，誰也分辨不清是誰在扶持著誰。或許強烈的陽光使她昏眩，她以為她即將失去視力，但她並不害怕，這不過是一陣暈眩，她沒有仆倒，連意識也沒有失去，她只是需要躺下，闔上眼睛，只要休息個幾分鐘，她的精力就會恢復，她手上的塑膠袋還是空的，非恢復精力不可。但她不想躺在污穢的街道上，也不想回到超級市場內，死也不要回去。她四下望了望，街道的另一側再往前一點，有一間教堂。和其他所有的地方一樣，教堂裡一定有人，但那會是個適合休息的好地方，至少以前一直都是。她對丈夫說，我要恢復體力，帶我去那裡。哪裡。對不起，請原諒我，我會告訴你。那是哪裡。教堂，我只要躺下來一會兒，馬上就會生龍活虎。我們走吧。教堂門前有六級階梯，六級，醫生的太太舉步維艱，尤其還要引導她的丈夫，拾級更加困難。教堂的門大大敞開，這對他們來說大有幫助，在這種情況下，即使是最簡單的旋轉門，對他們來說也會是難以克服的巨大障礙。拭淚狗在門檻前躊躇不前。儘管近幾月來，狗兒在大街上來去自如，但所有的狗可能在腦的遺傳基因中都設定了某種長久以來加諸於這種生物身上有關進入教堂的禁忌，這個禁忌又可能是由另一個遺傳密碼所造成，這另一個遺傳密碼規範牠們，無論去到哪兒，都要在自己的領土做上記號。然而這隻拭淚狗的祖先做過良善而忠實的服務，在聖徒尚未被認可且尊稱為聖徒之前，牠們舔舐過他們化膿的傷口，這絕對是至為無私慈悲的行為，因為我們清楚地知道，無論身上或靈魂裡狗舌頭觸不到的地方如何地傷痕累累，並非所有乞丐都能成為聖徒的。這隻狗如今有勇氣進入神聖的空間，因為大門開敞，沒有人看守，但更重要的是因為當初流淚的那女人進去了，我不知她是如何撐起力氣走進去的，她只含糊對丈夫說了幾個字，拘我。教堂裡人滿為患，幾乎沒有哪一吋地板是空的，甚至可以說，這兒沒有一塊石頭可以用來枕著頭顱歇息，此時拭淚狗再次證實了牠的用處，牠發出了幾聲沒有惡意的咆哮，教堂裡隨即空出了一片地，讓醫生太太屈服於暈眩，仆倒在地，終於完全闔上雙眼。她的丈夫替她量了脈搏，跳動穩定而規律，只是略嫌微弱。接著他想把她扶起來，她目前的姿勢不對，現在最重要的是要讓血液流回腦部，增加大腦的血流量，最好是讓她坐起來，把頭埋在兩膝之間，然後把一切交給大自然和地心引力。失敗了幾次後，他好不容易扶起了她，幾分鐘後，醫生的太太發出了一聲深深的嘆息，幾乎恍若無聲無息似極輕微地動了動，終於開始恢復知覺。先別起來，她的丈夫說，頭再放低一會兒。但她覺得沒事了，不再有暈眩的症狀，已能分辨出地上的一塊塊磁磚。拭淚狗在躺下前先努力扒翻了一番，因此磁磚頗為清潔。為了確定自己的血液循環已恢復正常與穩定，醫生太太抬起頭仰望細長的柱子，仰望高高的拱型天花板，接著她說，我沒事了，然而就在此時，她發現自己恐怕是瘋了，要不就是暈眩過後產生了幻覺，她眼前的景象不可能是真的，釘在十字架上的男人雙眼讓一條白色繃帶蒙住了，他的身邊有個女人，心臟插著七把劍，雙眼同樣蒙著一條白色繃帶，然而這麼蒙住雙眼的並不只有這個男人和這個女人，教堂裡所有的人像眼睛都蒙住了，雕像的頭上纏著布，畫像則被塗上了厚厚的白色顏料，有個女人在教導女兒讀書，兩人的眼睛都蒙住了，有個男人拿著一本攤開的書，書上坐著個孩子，兩人的眼睛都蒙住了，還有個男人，身上插滿了箭，他的眼睛蒙住了，有個女人拿著一盞燈，她的眼睛蒙住了，有個男人的手上、腳上和胸膛都受了傷，他的眼睛蒙住了，另有個男人和隻獅子在一起，男人和獅子的眼睛都矇住了，還有個男人身邊有隻小羊，男人和小羊的眼睛都蒙住了，還有個男人身邊有隻老鷹，男人和老鷹的眼睛都蒙住了，還有個男人舉著一根長矛，俯視一個頭上長角、腳呈蹄狀、摔倒在地的男人身上，兩人的眼睛都蒙住了，有個男人手上拿著一副天秤，他的眼睛蒙住了，有個禿頭老人拿著一朵白色百合，他的眼睛蒙住了，另有個老人倚在一把已拔出鞘的劍上，他的眼睛蒙住了，一個女人帶著一隻鴿子，女人和鴿子的眼睛都蒙住了，有個男人身邊有兩隻烏鴉，男人和烏鴉的眼睛都蒙住了，只有一個女人的眼睛沒有蒙住，因為她用銀盤托著她那雙被挖出的眼球。醫生的太太對丈夫說，你不會相信我看到了什麼，這教堂裡所有繪畫或雕刻的人和動物眼睛都蒙住了。真奇怪，不知是為什麼。我怎麼知道，說不定有個人發現他將和其他人一樣失明後，信仰嚴重動搖，甚至說不定是教區牧師，也許他覺得當大家都看不見這些畫像和雕像後，這些畫像和雕像也不應該看見盲人。畫像和雕像本來就看不見人。你錯了，畫像和雕像用注視它們的眼睛來看東西，只不過現在大家都看不見了。你還看得見。我看的會愈來愈少，即使我不失明，因為再沒有人看見我，我也就會愈來愈看不見。如果給畫像和雕像蒙上眼睛的是教區牧師。那只是我的猜想。只有這個猜測合情合理，只有這樣猜測才能讓我們受的苦難有一點尊嚴，我想像那個人從盲人的世界裡走進來，當他回去時他自己也將失明，我想像教堂的雙扉緊掩，想像教堂荒涼冷清，寂靜無聲，我想像那些雕塑與畫作，我看見他經過每一座雕塑與每一幅畫，看見他爬上祭壇，繫上繃帶，綁了雙結以防繃帶鬆落，在畫像上塗上雙層的白色顏料，以確保他們所墜入的白夜更加濃濁厚重，這個牧師犯下的是古往今來所有宗教裡最重大的褻瀆罪，同時也是最美好也最徹底具有人性的褻瀆罪，他來到這裡宣告，歸根結底，上帝是沒有資格看見東西的。醫生的太太還沒來得及回答，一旁一個人先開了口，你說的是些什麼話呀，你是什麼人。和你一樣的盲人，她回答。但我聽到你說你看得見。那只是一種改不掉的說話習慣，我到底要解釋這個多少次。那你說雕像畫像都蒙上眼睛是怎麼回事。真的是這樣。你看不見，怎麼知道。你如果和我一樣用手去摸，你也會知道，雙手就是盲人的眼睛。你為什麼會去摸。我想我們會落入現在這般境地，天上的那位一定比我們先瞎了。還有你說教區牧師把雕像和畫像的眼睛蒙起來，我和那牧師很熟，他絕不會做這種事。你永遠不可能事前知道一個人會不會做什麼事，你必須等待，必須給它時間，做主的是時間，時間是我們賭博的對手，它坐在桌的對面，手裡握有整副牌，我們得猜測能在人生中獲勝、在我們的生活中獲勝的是哪些牌。在教堂裡討論賭博是有罪的。你要不信我的話，就站起來自己用手摸摸看。你發誓你說那些雕像畫像的眼睛蒙起來是真的。你要我用什麼來發誓。用你的眼睛發誓。我用雙倍的眼睛發誓，用你的眼睛和我的眼睛發誓。是真的嗎。是真的。這段談話被鄰近的盲人聽到了，不用說，無須等待醫生太太用誓言來證實事情的真實性，消息便已傳開，人人口耳相傳，喃喃低語迅速變了調，起初是不可置信，接著是吃驚，接著又是不可置信，很不幸群眾中有一些迷信且想像力豐富的人，所有的聖像都失明了，他們慈悲而充滿同情心的雙眼只能凝視自己的盲，這個概念剎那間變得無可承受，這就如同告訴他們這四周圍繞著活死人，一聲尖叫已經夠駭人，然而尖叫聲接連不斷，恐懼使他們站起了身，慌亂使他們奔向門外，無可避免的事再度重演，由於恐慌奔竄得比承載恐慌的腿更快，逃命的人在飛奔的途中絆倒，失明的人尤其如此，他躺在地上，恐慌告訴他，站起來，他們就要來殺你了。他若站得起來就好了，但其他人也開始飛奔並摔倒，看到這一幅軀體與軀體交纏、人人尋著手臂以便掙脫、尋著腳以便逃跑的古怪畫面，你必須要有堅強的意志，才不致縱聲大笑。屋外的六級階梯猶如絕壁，然而這一跤終將不致摔得過份嚴重，慣常的顛仆鍛鍊出了堅韌的體魄，墜入地面本身是一種解脫，第一個念頭是，我就待在這兒不走了，在鬧出人命的情況下，這有時也是最後一個念頭。另一項不會改變的事實是，有人會趁火打劫，這是自開天闢地以來便眾所週知的事，代代相傳。大家在沒命奔跑時遺落了行李，待需求戰勝了恐懼後，又紛紛回來取自己的東西，這時如何用滿意的方式分辨什麼東西是你的而什麼是我的，就成了大問題，我們將發現我們曾經擁有的稀少食物消失了，或許這是那個聲稱所有聖像都蒙了雙眼的女人所想出的邪惡伎倆，有些人就是這麼不擇手段，他們編造這類誇張的故事，純粹是為了搶奪這些可憐人身上僅存的少許殘渣。現下這是那隻狗的錯，牠眼看四下空曠，便開始左翻右找，自然而然地公平犒賞了自己的努力，同時某方面來說，牠也指引出了礦脈的入口，因此醫生太太和丈夫提著半滿的塑膠袋離開教堂時，並未因偷竊而感到悔恨。如果他們所撿拾的東西中，有一半可以用，他們便可以滿足了。至於另外的那一半，他們會說，我不知人怎能吃那種東西。即便在這種災難普及、無人能倖免的時候，也總有一些人比其他人更不幸。

醫生夫婦依據各事件獨特的性質而採取不同的方式敘述，這一番報告把團體裡的其他成員嚇得張口結舌，困惑不已。這裡特別要注意的是，醫生的太太可能是一時想不出該說什麼，甚至無法表達她在地下室門前，在通往另一個世界的階梯頂端，注視那閃爍著黯淡光芒的長方形形體時，所感受到的徹底恐怖。而有關種種形象被蒙上了雙眼的描述在每個人的想像中都留下了深刻的印象，然而印象在人人心中各有不同，如第一個盲人及妻子便相當不安，認為這是無可原宥的不敬。所有的人類都失去了視力，那是個災難，他們無須負責，也無人能倖免，然而單單為了這麼個理由而去掩蓋教堂裡聖像的眼，在他們看來是罪無可赦，假使犯下這個罪行的是教區牧師，那就更糟了。而戴黑眼罩老人的反應便相當不同。我可以想像你受到的驚嚇，我想像有個博物館，裡面所有的雕塑都蒙上了眼睛，不是因為雕刻家在雕刻到眼睛時不想繼續下去，而是如你所說，用繃帶纏住，彷彿單單一種盲還不夠似地，很奇怪，像我這樣的眼罩無法製造出相同的效果，有時甚至還讓人感覺有點浪漫。他開始嘲笑自己說的話，嘲笑自己。至於戴墨鏡的女孩，她只說但願自己不會在夢中見到這座受詛咒的美術館，她的噩夢已經夠多了。一群人吃著手邊發臭的食物，這是他們所擁有的東西中最好的了，醫生的太太說，食物越來越難找了，他們恐怕得離開城市，住到鄉下去，至少鄉下找到的食物比較健康。鄉下一定會有沒人圈養的牛和羊，我們可以擠牛奶和羊奶來喝，會有奶可喝，而且井裡會有水，我們可以煮東西，問題是要挑個好地點，於是大夥兒紛紛出主意，有些人較興奮，有些人則意興闌珊，但大家都很清楚，這事情非常迫切，他們必須盡快做決定，斜眼的男孩毫無保留地表示贊同，很可能他的腦海中還留存著往日鄉間度假的記憶。吃飽後，大夥兒伸展四肢睡覺，他們一向如此，即使在檢疫的期間也是這樣，經驗告訴他們，安靜休息的軀體可以忍受高度的飢餓。這一晚他們沒有吃東西，只有斜眼的男孩得到一點點東西來減輕他的飢餓並安撫他的抱怨，其他人則坐下來聆聽朗讀，至少他們的心靈不會抱怨缺乏養分，問題是身體的虛弱有時會導致心靈欠缺注意力，這並不是對知識缺乏興趣，而是頭腦陷入一種半昏睡狀態，猶如動物準備冬眠，向世界道晚安，因而聆聽朗讀的人緩緩垂下眼皮並不稀奇，他們逼迫自己用靈魂的眸子追隨情節的遞嬗起落，直到某個精采的段落把他們從睏倦中搖撼而出，這指的不僅是書本突然闔上的聲音，醫生的太太心思纖細而手法巧妙，一點也不想讓人知道她對於聆聽者正恍然入夢其實是知情的。

第一個盲人彷彿是進入了這幽渺柔軟的境地，但事實並非如此。的確他的雙眼緊閉，對朗讀所投注的注意力微乎其微，但他們可能將移居鄉間的念頭使他保持著清醒，離鄉背井到如此遙遠的地方就他看來似乎是萬萬不可犯的錯誤，無論那作家是個什麼樣的作家，小心翼翼監視他、久不久便出現一次，到底還是有那麼點必要。因此第一個盲人是清醒的，假使這點需要證據來證明，那麼他眼前令人眩暈的白便是證據，這片白怕只有睡眠能使之黯淡，然而是否如此我們也無法肯定，畢竟誰也不可能同時睡著又醒著。突然間他的眼皮之內黯淡下來，第一個盲人想著，他終於把這層疑慮弄明晰了。我睡著了，他想。但是不對，他沒有睡著，他仍聽得見醫生太太的聲音，斜眼小男孩的咳嗽聲，這時他的靈魂裡升起了至為強烈的恐懼，他已從一種盲過度到了另一種盲，經歷過明亮的盲之後，如今他進入了黑暗的盲，這恐懼使他簌簌顫抖起來。怎麼回事，他的妻子問。他沒有睜開眼睛，說了句笨話，我瞎了。這話聽來彷彿這是個新消息，於是她柔柔地擁抱他說，別擔心，我們都瞎了，我們毫無辦法。我看到的一切都是黑的，我以為我睡著了，但我沒有，我醒著。你就是該睡一睡，別想了。她的勸告惹惱了他，他的心情低落煩躁，而他的妻子什麼別的也說不出，只能勸他睡覺。他極氣惱，想開口說句尖酸的話，眼睛一睜開，卻看得見了。他看得見，於是高嚷，我看得見了。第一聲叫喊仍帶有幾分不可置信，發出第二聲、第三聲和更多呼喊時，證據愈來愈明顯。我看得見了，我看得見了。他瘋狂地擁抱妻子，接著奔到醫生太太的身邊擁抱她，然後擁抱醫生、戴墨鏡的女孩、戴黑眼罩的老人——他絕不會認錯——然後是斜眼的男孩。他的妻子走到他身後，她不要他離開，於是他停止擁抱他人，轉身擁抱她，接著他對醫生說，我看得見了，我看得見了，醫師。他用他的頭銜稱呼他，這是他們已許久許久都不再做的事。你和以前看得一樣清楚嗎，一點白影都沒有了嗎。什麼都沒有，我甚至覺得我看得比以前更清楚，這可不簡單呢，我從沒戴過眼鏡。接著醫生說了大家都在想卻沒人有膽子說出的話。我們的盲可能都到了盡頭，我們可能都將恢復視力。聽了丈夫的話，醫生的太太開始哭泣，她理當要歡喜的，但她卻哭泣起來，人的反應多麼奇怪，她自然是歡喜的，我的天，這很容易理解，她哭泣是因為她心理上所有的抵抗力都霎時崩潰，她就像個初生嬰兒，這是她意識仍渾沌不明的第一聲啼哭。拭淚狗走上前來，牠向來知道自己什麼時候能派上用場，因此醫生的太太抱緊了牠，她並非不再愛她的丈夫，並非不希望大家都恢復健康，然而這一剎那她的寂寞如此強烈，如此難以承受，彷彿唯有拭淚狗莫名的渴能夠壓制，於是牠啜飲著她的淚滴。

騰騰的歡喜化成了緊張。現在我們該怎麼辦呢，戴墨鏡的女孩問，發生了這種事以後，我不可能睡得著了。誰也睡不著，我想我們應該繼續待在這兒，戴黑眼罩的老人說。他的話突然停頓，彷彿是仍有著懷疑，接著他做了結論。等待。於是大夥兒待在那兒等待，油燈的三支火焰照亮了圍成一圈的臉龐，起初大夥兒興奮交談，他們想知道究竟是發生了什麼事，想知道變化是僅僅發生在眼睛，或是他腦中也感覺到了什麼，然而談話內容卻漸漸沮喪起來，某一剎那，第一個盲人忽然有了個點子，對妻子說他們隔天就回家。但我還是看不到，她答道。沒關係，我會指引你。唯有當場親耳聽見這話的人，才感受得到這短短幾個字當中包含了保護、驕傲與權威等多少分歧複雜的情緒。第二個恢復視力的是戴墨鏡的女孩，當時夜已深，油快燒盡的燈開始閃爍搖曳，戴墨鏡女孩拚命睜著眼不肯閉上，彷彿視力當從睜著的眼中進入，而不是從內部恢復似地。突然間她說，我好像看得見了。謹慎一點是好的，未必每個案例的情況都相同，甚至有人說，世上沒有盲這種東西，只有盲人，但時間的經歷只告訴我們一件事，便是世上沒有盲人這種東西，只有盲。我們現在有三個人看得見了，只要再多一個，明眼人就成了多數，但即使在重見光明的快樂中我們可能會忽視他人，他們的生活也將容易得多，不再會有今天以前的那種痛苦了，你看看那女人，她就像根繃斷的繩索，像個疲軟的彈簧，再也撐不起平日所承受的壓力。或許就是因了這緣故，戴墨鏡的女孩第一個擁抱的就是她，兩人滔滔落淚，使拭淚狗不知該先照管誰才好。她第二個擁抱的是戴黑眼罩的老人，此刻我們將理解到語言的重要，前些天那段致使兩人承諾共度一生的談話曾令我們動容，但現在情況變了，戴墨鏡女孩眼前看到的是老人的血肉之軀，情感塑成的美麗幻象、沙漠島嶼上的海市蜃樓都結束了，皺紋是皺紋，禿頭是禿頭，黑色眼罩與失明的眼沒有差別，那正是他將對她說的話。你看看我，我是你說要共度一生的那個人。而她回答，我認識你，你就是那個我說要共度一生的人。這些字眼終比其他許多亟欲浮現的言詞更珍貴，而擁抱與言詞同樣擲地有聲。第三個恢復視力的是醫生，他在隔天的破曉時分重見光明，現下再也無須懷疑了，其他人的視力能否恢復僅是時間早晚的問題。那些可以預期的自然坦率的談話我們已充分提及，即便是與我們這段敘述的主角相關，此處也無須贅述，而醫生問了大夥兒懸在心中的疑問，外面不知怎麼了。答案從他們居住的大樓中傳來，樓下有人開門走進樓梯間高喊，我看得見了，我看得見了。陽光似乎也正將照耀城市，以示慶祝。

隔天的早餐成了盛宴。桌上的食物少得可憐，但正如同其他所有狂喜的時分，一切正常的胃口都蕩然無存，強烈的情緒取代了飢餓，喜悅就是最好的養分，沒有人抱怨，就連依然看不見的人也歡笑，宛如那些看得見的眼睛是他們的眼睛。早餐吃罷，戴墨鏡的女孩有了個主意。我可以回家去，在門上留個條子說我在這兒，我爸媽若是回來，便會知道該上哪兒找我。我陪你去，我想知道外頭怎樣了，戴黑眼罩的老人說。我們也出去吧，曾經是第一個盲人的男人對妻子說，說不定那作家也看得見了，正想要回到自己的家呢，路上我可以找點吃的。我也是，戴墨鏡的女孩說。幾分鐘後，大夥兒走光了，醫生在妻子身旁坐下，斜眼的男孩在沙發一角打瞌睡，拭淚狗鼻子擱在前爪上，慵懶地俯臥，不時睜開眼睛以示自己仍保持著警醒。公寓儘管位在高樓，敞開的窗戶依然傳入興奮的吵鬧聲，街上想必是人潮洶湧，大夥兒紛紛擾擾地只高喊幾個字，我看得見了。已恢復視力和剛恢復視力的人嚷著，我看得見了，我看得見了。人們高喊我瞎了的故事彷彿完全是另一個世界的傳奇。斜眼的男孩嘴裡不知咕噥著什麼，想必是正作著夢，說不定夢見了母親，他問著母親，你看得到我嗎，你看得到我嗎。醫生的太太問，那其他人呢。醫生回答，他可能醒來時就恢復了，其他人也一樣，很可能他們的視力現在正在恢復，但我們那位戴黑眼罩的先生會受到驚嚇。為什麼。因為白內障，從我上次幫他檢查到現在，白內障一定又惡化了。他會繼續看不見嗎。不會，等生活恢復正常，一切重新上軌道後，我會幫他動手術，只要幾週就能復元。我們為什麼會失明。我不知道，說不定有一天我們會知道。你要不要聽聽我的想法。要。我覺得我們並沒有失明，我認為我們本來就是盲目的。盲目卻又看得見。看得見卻不願看見的盲人。

醫生的太太站起身走到窗邊，俯瞰滿是垃圾的街道，俯瞰正在歡呼、歌唱的人群，然後抬起頭仰望天空，眼前一片渾白。輪到我了，她想。恐懼促使她急急垂下眼光。城市依然在那兒。

發行人小啟

英文譯者在譯稿改寫完成前過世。發行人感謝瑪格麗特・珠兒・寇斯塔（Margaret Jull Costa）協助完成。

推薦跋

隱匿之人

童偉格 作家

我從來不認為自己作為一個作家的認同，與身為一位公民的良心曾有過區分。我相信這兩者應該是緊密相隨、並行不悖的。我不記得自己曾經寫過任何隻字片語，違背牴觸我所擁護支持的政治信念，但這並不表示，我將文學置於政治意識形態底下，並且讓文學為意識形態服務。然而，這件事情蘊含的意義，在於我所寫的每一個字句，都是在表達我這個人的所有面向。

——薩拉馬戈，《謊言的年代》

一九九二年，因葡萄牙官方指控小說《耶穌基督的福音》（*O Evangelho Segundo Jesus Cristo*，1991）褻瀆天主教義，作為抗議，時年七十歲的小說家薩拉馬戈，移居非洲西北岸的西屬蘭薩羅特島，從此近二十年，他皆在島上生活與寫作，直至死後，方由人送返里斯本安葬。這項發生在晚年、自發的抗議行動不無奇特，首先因為，在薩拉馬戈一生中，以個人創作實踐，去獨力挑戰國家或教會的規訓，毋寧早是始終不渝的常態——對他而言，人若要正直寫作，就很難不和神聖與世俗的權威，處處皆有扞格。最重要的例證，當是《修道院紀事》（*Memorial do Convento*，1982）這部經典作品：十八世紀，葡萄牙國王若望五世的「虔誠」宏願、極峰之上的砌建藍圖，由小說家，絲縷抽繹為威權的瘋癲與譫妄，以及常民總也隨之被豪奢徵斂、也被輕易辜負了的血與汗。在小說家筆下，比起後來，成為國家文化財的瑪弗拉修道院建築群，那些永遠困縛現場、同埋泥濘的無名眾生，顯然，更應當被人給深深感知與銘記。

晚年的去國行動不無奇特，還因長期以來，那始終不渝的逆叛書寫，某種意義，已使薩拉馬戈成為葡萄牙國境內，最公開的自我隔離之人了。這是說：他在天主教與右翼政府共構的國度與時代中，原就形同島居，以寫作，致力於讓天上無有神靈，且以獨自的左翼立場，迫視集體現實的基進難題。而的確，移居蘭薩羅特，也沒有令他改變上述引文中，對作家職志的自我認知，並從此，就默許了一個「讓自己無法接受的世界」。晚年島居時，他依舊相信：「當世界需要批判觀點的時候，文學就不應該遺世而獨立。」

這也許，正是薩拉馬戈的小說話語中，最特別的一種共構狀態：一方面，是極其繁複密織的現代主義文體；另一方面，則格外明澈的現實批判觀點。或者，若延伸引文裡，薩拉馬戈的自述，則我們可知薩拉馬戈追求的，是將後者擲入前者，予以深化並驗算。由此，一種事關人類生活的理想假設，得以在虛構文本裡，由小說角色來經歷、相互反詰，並彼此對話。而當假設的理想生活，成為角色們最專誠的共同關注時，政治意識形態在小說裡，成了角色們的具象體感——政治意識，事關他們存有的「所有面向」。也於是，諸如《石筏》（*A Jangada de Pedra*，1986）裡，伊比利半島「脫歐」、逕自板塊漂流的奇想，在薩拉馬戈的許多小說裡，皆不乏極其魔幻的設定。我們可知，這些寓言語境，就小說技藝而言，是為讓角色處境極端化，從而，使對生活假設自身的凝視與提問，成為角色生活裡，唯一重要且艱鉅的命題。

倘若由此，思考蘭薩羅特時期，薩拉馬戈創作的小說代表作《盲目》（*Ensaio sobre a Cegueira*，1995），則我們可知，《盲目》延異的，原則上，即是上述的極端化設想。《盲目》節奏明快、省略多餘鋪陳，在開場，即曝現一場「白禍」大疫的肇始點：在方向盤前，「第一個盲人」驟然視野白灼，目不能視，無助如嬰孩，困坐車陣中。彼時，「白禍」一詞尚未由官僚定名，眾人，亦尚不知此疫的高傳染性；不預期這場大疫，將使那個在現代社會中，再尋常不過了的塞車現場，成為日後，那些彼此再無差別、盡皆目盲了的倖存人等，會想念的許多生活場景之一。

「第一個盲人」，在惶惑中啟行，在社會網絡中尋求醫療，由此，帶出了整部《盲目》裡，最特別的一位角色：眼科醫生的太太。也許，若周遭一直太平無事，她將永遠自安於目前生活。如最初，薩拉馬戈對她的描述：晚餐過後，丈夫聊起過去一天，在診所遇見的怪奇病例，而她同坐陪伴，好奇地聆聽與提問。眼科醫生，彷彿是她探查外界的觀望鏡，將一日他者病痛，聚焦為家屋裡的可解。而我們可以預期，這般靜好的日常，亦將在漫漫時間中，湮沒她個人的獨特性，最後，僅餘「醫生太太」這個從屬身分，得以為他人所識別。時間之中，我們最難以妥善記憶的，也許是某種風波不擾的安然生活。我們最難以理解的，也許，將是直到小說終卷，醫生太太猶然不變的衷願：她但願世界復原如初、和好如常，是以，依舊無人需要「看見」她，遑論特別記得她。

我們得見她的識見，當然，是因小說裡，疫病無由的擺弄：出於對醫生的醇粹關愛與不捨，醫生太太自願偽裝成盲，陪他同赴隔離場；卻不知為何，在險峻環境裡，她始終不受感染，因此，成了群盲裡的異類。在那座原為精神病院的隔離場內，她清醒卻孤絕地，自我否證了「在盲人國，獨眼人稱王」這則譏誚諺語；只因唯她獨見時，她感覺自己，形同「站在顯微鏡後方，觀察一群人的行為」。某種接近特權的獨察地位，只令她自覺卑猥。她毋寧，更想持守相互的禮儀。她認為：「別人看不見我時，我也沒有權利看人。」

她於是，成為那個粗暴末世裡，最悉心的潛行者。她努力地，不讓人發覺自己的獨特之能，只為在無異於群盲伊時，擔當起他們絕密的嚮導。也可以說：事實上，她是以一種形同自我滅跡的助人行動，將丈夫時常提起的，「如果我們不能活得完全像人，至少也要避免活得完全像獸」，這般人皆耳熟的教諭話語，在她所置身的隔離病房裡，一天一天，實踐為因為信然有徵、因此人人依循的生活共識。她的引領方式，使那間病房並無英雄；有的，只是許多在一場集體災厄裡共同奮鬥、試圖維繫彼此之「平常生活」的尋常人。

正是那間並無冠冕的病房，使我們明確可知，相隔近半世紀後，薩拉馬戈再次聲言了卡繆，已寄存在小說《鼠疫》（*La Peste*，1947）裡的價值追求：當面對集體災厄，是在尋常人位階上，依於對人的「同情」與「理解」，去為所應為的自發舉動，而非英雄主義，使同困之人，得視彼此猶然為人。然而，由封印在《鼠疫》裡的，「面對命運無由的苦難，生還者無法得勝」這則古典斷言再次出發，醫生太太，卻孤自潛行得更遠。因為相對於《鼠疫》中，一個主要由齊心合作的男性角色，所組成的古典圍城，《盲目》是藉由整座隔離場，更深切推算了現實的幽黯面：在基本上，猶有公權力組織的圍城狀態中，卡繆或有理由，可略筆輕估的種種暴亂可能，恐慌威脅，結幫侵剝，直接屠戮，甚或諸如伴屍而食、公開性交、隨地便溺如獸等等，終將泯滅人之尊嚴的人為行跡，而這些，皆是《盲目》裡，薩拉馬戈試圖讓我們與醫生太太同看的，無法迴避的目擊。

在其中，她的一切自我審視，皆也同時反照一個屬於人的，更極端化的集體災厄。例如：她的立即體解與容受——直視自己丈夫，夢遊般走向女孩床邊。為了換得集體糧食，她極其高貴地，立即做出自我犧牲的決定，但這般犧牲，卻只導致現實的每下愈況。她終於反擊，卻從此，必須更其私密而綿長地，承擔起謀殺者的自我罪咎。在隔離場遭火焚盡後，她且嚮導群盲返家，卻只能藉著竊取商店膏腴，來維持依舊危疑且孤絕的生存狀態。

凡此種種，直到小說最後一景，當疫情突然又無由消失，群盲復視時，醫生太太，如

《鼠疫》裡的李厄醫師，獨自俯瞰那個復原中的世界，心中，卻有了比李厄更具體的「恐懼」，彷彿自己將盲。此前，她的獨自夜巡，也就使整部《盲目》，在薩拉馬戈的創作象限裡，再一次，結成人對理想生活假設的悲傷扣問。而在《盲目》裡，這樣獨特的「恐懼」之情，也許，亦正是蘭薩羅特時期，薩拉馬戈再思的現實批判命題之一，因為屬於醫生太太，這位隱匿之人的終局，亦從此隱匿：要到近十年後，薩拉馬戈才會在小說《投票記》（*Ensaio sobre a Lucidez*，2004），再次藉「第一個盲人」，帶出醫師太太，揭曉了為何，對那個復原如常的世界，她該當害怕——因為廢墟裡絕密的異類，即將成為日後官方，必須偵破的異端。

因為醫生太太，毋寧是以獨自的文明，傷逝一般，帶我們預見了集體文明，能如何輕易地崩壞、再次成為殘酷廢墟，而後又建制起文明。矛盾的是，這位被迫全程貼近目睹、因此背負罪咎，衷心情願從此隱匿之人卻不知：也許，她已就是復建人世間，最寶重的脆弱了。

導讀

盲目的明亮，明目的黑暗——薩拉馬戈的《盲目》

張淑英*

二〇一九底開始迄今，全球遭受新冠肺炎猖獗襲擊，人類集體受到疾病的威脅而引發各種遽變，回觀薩拉馬戈於一九九五年出版的《盲目》，恰似一個精準的未來式「反烏托邦」預言／寓言。

希臘神話裡便有盲眼諸神的敘述：「荷馬」（Homero: *Ho-Me-Horón*）就是眼盲的意思。西班牙十六世紀的寫實小說《小癩子》（*Lazarillo de Tormes*），年老眼盲的主子是最突出的角色：老成、狡猾、藏心機，教小癩子要世故機伶。英國威爾斯（Herbert George Wells）的短篇小說《盲人國》（*The Country of the Blind*）敘述厄瓜多山谷裡的盲人，世世代代以盲安家治國，眼明人反而是異類。阿根廷小說家薩巴多（Ernesto Sábato）的〈關於盲人的報告〉（*Informe sobre ciegos*）描述偏執狂的維達爾（Fernando Vidal Olmos），以「地獄的聖徒」自居，視盲人祕密組織為黑暗的惡勢力，反思人類面對生死的孤寂和善惡時分辨的能力與智慧；還有《隧道》（*El túnel*）裡因眼盲而遭少妻背叛戴綠帽子的老夫阿言德。這些作品裡面的盲人，不論是個人或群體，多少反映了保羅・里克爾（Paul Ricoeur）的《惡的象徵》（*La symbolique du mal*）的論述，是存在明眼世界的怪異現象，也是薩拉馬戈《盲目》的母題。

《盲目》敘述在某個國家裡，人民接二連三突然感染失明的「白症」，眼盲的疾病以迅雷不及掩耳的速度擴散蔓延，所有病患被倉皇集中到精神病院。這光天化日之下眾人莫名其妙眼盲的現象中出現一個神奇的例外——眼科醫師的妻子是唯一明目正常看得見的人，而她卻佯裝跟眾人一樣，和丈夫及一群眼盲病患住進精神病院。

《盲目》裡所有的人物都沒有名字，僅以身體特徵或職業表述。這是薩拉馬戈的創作刻意凸顯的特色，他認為名字不過是一個面具、表象或標籤：「你認識別人給你的名字，卻不認識自己的名字」。人們置身在一個充斥暴力、人群疏離的世界裡，看不見真實的自己，徒有名字有何用？《盲目》之外，《所有的名字》（*Todos os Nombres*；僅主角叫荷西）、《間歇性死亡》（*As Intermitências da Morte*）、《投票記》、《大象所羅門的維也納之旅》，這幾部小說的人物都是無名氏，沒有個人主義，沒有獨立自我，無政府狀態，以集體共存亡的社群為主軸，從中探索體與靈、人與人，人民與政府、人與環境、世界的關係。

精神病院收容的眼盲患者分成幾個族群，故事環繞在以醫師娘為首的第一批病患為核心：眼科醫生、第一個眼盲人與其妻子、偷車賊、從事性交易的戴墨鏡的女孩、戴眼罩的獨眼老人、吵著找媽媽的斜眼小男孩。第二群是惡勢力：以持槍的流氓為老大，其餘為手下嘍囉和臣服惡勢力的牆頭草；第三群是精神病院負責送三餐的士兵、時時頒布管制條例，卻任所有病患自生自滅，而這些士兵也無法倖免於盲症的侵襲。第四群是零星個案，往來精神病院廂房，參與搶食徒增鬥毆的亂源。

《盲目》揭櫫幾個發人深省的問題，有別於古今歷史上瘟疫大流行時眾人所恐懼的死亡問題，盲目所引起的恐懼和傷害更甚於死亡。誠如書中所言「我們會死，是一出生就知道的事」；「我們會瞎是因為我們已經死了。我們之所以死掉是因為我們瞎了」。對這群突然眼盲人生驟變的人，時而生不如死。對另外一些人而言，「人類沒有眼睛的生活，使人類不再是人類」。所謂的國家治理也不復存在，因為盲人統治的盲人政府，將是虛無中的虛無。小說所呈現的問題在於生的過程中，人類面對災難衝擊時所展現的本能與原始、智慧與愚蠢、勇敢與懦弱、感性與理性、利他與自私、團結與疏離、群體與自我的角力拔河，以及隨著災難的程度人類所做的抉擇和承受的耐力。《盲目》以哲理和俚語、知性和人性的嘲諷，檢視各人自顧不暇規避責任的解套推諉，無法旁「觀」（因此「無視」）他人的痛苦，都在薩拉馬戈穿透本性的文字刻畫與人生歷練中現形，一下筆就從「失能」和「失常」嘲弄眾生相。

「衣食足而後知榮辱」。首先是食與飢餓的問題。第一批人可以相依為命，彼此拋棄成見，不相互怪罪，信任醫師所言：「流行病猖獗時，沒有誰害誰，大家都是受害者」；更依賴醫生娘的眼睛和理性，她的勇氣和犧牲，她的愛和利他。群體盲目的當下「即使不能活得完全像個人，也要全力避免不要活得像禽獸」。她是一個平凡女人，為了醫生丈夫愛屋及烏，除了丈夫，沒有人知道她看得見。曾幾何時，她希望自己也失明，就不會看到丈夫和戴墨鏡的女孩交歡，就不用承載眼明人必須為眼盲人服務的義務和承擔，但是她讓「一個人的力量」改變了大環境。維根斯坦畢生探究的邏輯是「看得到，所以知道」，因此，醫生太太因知而為，「知行合一」。精神病院裡其他女性，也都願屈服於第二批流氓的性暴力，任其糟蹋逞獸慾，只為了餬口止飢。然而，她更知道，因為看得到，所以她必須為大家除害，於是伺機用剪刀刺死正高潮的流氓老大。理性的存在已經不再有個體，而是群體如何存續。

「生命在被遺棄時是多麼地脆弱」。薩拉馬戈藉用身心的飢餓和極限為引子，勾勒出多重人性、理性和感性的交戰。為了維繫脆弱的生命，尊嚴和榮譽皆可拋；然而柔中有剛，時而因脆弱而更堅毅。盲人的世界，所有的污穢、骯髒、惡臭全部現形，和人、精神病院同時存在。人在混沌與災難中為了存活，彷彿回到最原初和野蠻的境地，頗回應了李維史陀《原始人的心智》（*La Pensée Sauvage*）的雙關語。

女性角色在薩拉馬戈的作品中經常各擅勝場：醫生太太、第一個眼盲的妻子和戴墨鏡的女孩，這三位沉著冷靜，尤其在脫離精神病院後和諧共浴的情景，薩拉馬戈將她們比喻為魯本斯的畫作《優美三女神》那般優雅與寬容。職場上，戴墨鏡的女孩雖賣身維生，在群體受難當下，為大我犧牲小我。她是醫生太太之外最能體恤眾人，並且提供協助的角色：「我們的內在有樣東西是沒有名字的，那就是真正的自己」。她戴墨鏡掩飾自己的內心，裝飾自己身體的表象。她所接收的有限教育不影響她的理性思考，或許因為她的工作，讓她知道體與靈的區別。她經常安慰吵著要找媽媽的斜眼小男孩，她也是最能陪伴戴眼罩的老人聊天解悶的人，她的角色，像母親、似紅顏、像妻子，她與老人相互「盲目告白」，明目廝守一生。

《盲目》透過諸多無名氏人物的言行舉止披露人性的弱點，彷彿芸芸眾生內心深處自私的厚黑學。例如，偷車賊，他原是出於善心好意，送第一位眼盲者回家，卻因他眼盲認為有機可乘，「正念不足邪惡起」，順手偷了他的車。偷車賊不僅跟著變瞎，還是第一個在精神病院中因混亂脫序而被殺死的人。第一個瞎眼的人（總是責怪別人害他眼盲、害他感冒），原本不准自己的妻子讓流氓逞慾，對其他女子的犧牲卻保持沉默。那位服侍流氓老大的真盲人（本來就是盲眼的瞎子），靠著他會點字的技能，在持槍流氓喪命後，竟也權力慾薰心想恃暴稱王，果真「盲人國裡，獨眼稱王」。入住戴墨鏡女孩家裡的老婆婆，一個孤獨老人自持維生，搜刮整棟大樓的食物和可用設施，還能養兔養雞種蔬菜，在飢餓與孤獨之間，在存活與死亡之間，顯露令人憐憫的自私。

拭淚狗陪伴醫生太太的情節，也是一種寓言式的擬仿，意味動物比人還窩心。當人們以「禽獸不如」作為斥責的話語時，實則已鄙夷動物的格。小說行文間，只有拭淚狗能看出醫生太太的恐懼與悲傷，只有拭淚狗能緩和她的慌亂。狗的隱喻讓人連想到薩拉馬戈經常援引塞萬提斯的作品。塞萬提斯的《訓誡短篇小說》（*Novelas ejemplares*）系列裡，《雙狗對話錄》（*El coloquio de los perros*）的寓言也是拭淚狗的素材來源。《雙狗對話錄》是兩條看守「復活醫院」的狗的對話。其中一條叫伯岡薩（Berganza，精明厚顏之意），敘述自己跟隨不同主人的觀察與際遇，西比翁（Cipión，手杖、法杖之意）則回應和評論，談論人性的善惡、道德與腐敗。

狗的寓言之外，薩拉馬戈也挪用藝術和神話，嘲諷人類經常「張著眼睛說瞎話，矇著眼睛說亮話」。從柏拉圖的洞穴理論切入，延伸論述到另兩部小說——《洞穴》（*A Caverna*）和《投票記》，體驗與辯證存在論和認識論的過程。更明顯的是，我認為《盲目》是接續薩巴多的〈關於盲人的報告〉的矛盾：用盲的黑暗展現惡的本質，又企圖從暗中體會明的真義，不斷在希望與懷疑之間詰辯。這個論點依序可以從幾幅畫作看出：先是引用老布勒哲爾的畫作《盲人的寓言》，瞎子帶瞎子必定同時跌倒死去的預言；接著正面詮釋真蒂萊希（Artemisia Gentilesche）的畫作《蘇珊娜與老人》的啟示；最後在教堂看到所有雕像都被綁住眼睛，只有被挖掉眼睛的沒有繃帶矇住：「唯有在盲人的世界裡，事情才會以本來的面目呈現。」

《盲目》以寓言梳理集體感染眼盲的疾病，也以寓言的方式，讓每個患者又恢復了視力。眼科醫生說：「或許我們並沒有失明，我們本來就是盲目的。盲目卻又看得見，看得見卻不願看見的盲人」。知識人（醫生）的省思能否讓人類醒悟、學習並記取教訓？薩拉馬戈認為自己的小說都比殘酷的真實世界來的仁慈許多，總留著一線希望，但是他的態度卻是懷疑又悲觀，就像小說裡，盲目心才亮，明眼時卻目光如豆。柏拉圖的洞穴裡的囚犯，面對著牆壁看到身後的光影是真是假，真相是要他們要脫離洞穴或繼續潛居洞穴才能分解？。

＊本文作者為臺大外文系教授暨西班牙皇家學院外籍院士。

大師名作坊 191

盲目

作　　者—喬賽・薩拉馬戈
譯　　者—彭玲嫻
初版編輯—黃嬿羽
編　　輯—張瑋庭
美術設計—廖韡

總 編 輯—嘉世強
董 事 長—趙政岷
出 版 者—時報文化出版企業股份有限公司
108019台北市和平西路三段二四〇號三樓
發行專線—（〇二）二三〇六—六八四二
讀者服務專線—〇八〇〇—二三一—七〇五
（〇二）二三〇四—七一〇三
讀者服務傳真—（〇二）二三〇四—六八五八
郵撥—一九三四四七二四時報文化出版公司
信箱—10899臺北華江橋郵局第九九信箱

時報悅讀網—http://www.readingtimes.com.tw
電子郵件信箱—liter@readingtimes.com.tw
法律顧問—理律法律事務所　陳長文律師、李念祖律師
印　　刷—勁達印刷有限公司
初版一刷—二〇〇二年八月二十六日
二版一刷—二〇二二年十月二十八日
二版四刷—二〇二四年八月三十日
定　　價—新台幣四〇〇元

時報文化出版公司成立於一九七五年，
並於一九九九年股票上櫃公開發行，於二〇〇八年脫離中時集團非屬旺中，
以「尊重智慧與創意的文化事業」為信念。

盲目／喬賽・薩拉馬戈（José Saramago）著；彭玲嫻譯. – 二版. – 臺北市：時報文化, 2022.10
面；　公分. --（大師名作坊；191）
譯自：Ensaio sobre a Cegueira
ISBN 978-626-353-072-0

879.57　　　　111016661

ISBN 978-626-353-072-0